吕铮

著

原罪

北京联合出版公司
Beijing United Publishing Co.,Ltd.

一朵鲜花的绽放，是它生命的全部意义。在绽放的时候花会疼痛吗？无人知晓。

　　而我们的一生，到底是为了什么在追逐、在奔跑，是为了绚烂的爱与憧憬吗？还是对寂寞的惶恐？我想要的生活，是在平静中疯狂奔跑，在平静中理智选择，在确定目标后全力以赴。生要尽兴，爱要尽情，才不枉此生。要快乐，就必先经历疼痛，学会在疼痛中努力微笑，才能体验到真实的人生。

　　谨将此篇小说献给我挚爱的姥爷和奶奶。你们在生命的最后一刻战斗战斗再战斗，没有输给癌症病魔。谢谢你们给我的赞誉、为我自豪，我永远不会觉得自己卑微，一定会努力地生活。你们将永远居住在我的心灵深处。

一　提前退休

天色灰白，城市的上空被一层厚厚的阴霾所笼罩，夕阳透过灰色的云层投射出一种惨白的光芒，让天色介乎白天和夜晚之间。这是一年中最难熬的三伏天，熙熙攘攘的人群在拥挤的街头左突右撞，蚁群般地寻找着食物。路灯还未点亮，抬头看鳞次栉比的摩天大楼，会感到一阵眩晕。

老马停好自行车，来到单位门口金水湾餐厅的时候，刚好六点。他一如往常地迈着四平八稳的步子，穿梭于忙忙碌碌的人群中，似乎这里的忙碌与他毫不相干。他那一米八几身高的身体最近越来越抽抽，估计是烟酒过度的原因。他的脸色看着就和他那一身原本是名牌的衣服一样，疲惫且褶皱不堪。夏日的闷热在进入餐馆的一瞬间被空调阻隔，大功率开放的空调公事公办地输出着冷气。老马一激灵，抹了一把额头湿腻的汗水，随即将嘴边即将燃尽的烟头吐到身前，用脚踩灭。

他想起一句话："你要是烦谁啊，就把谁的名字写在烟蒂上，不但要'抽'他，抽完了还得把他用脚踩灭。"老马今天就是憋着这股劲儿来的。

老马走进房间的时候，已开始推杯换盏的众人顿时停了下来。

"哎，师傅……您这是……"林楠的表情一百八十度大转弯，足以掩饰一闪而过的惊讶。"哎！就差您了……来来来，坐！"林楠迅速调好表情，起身相迎。

林楠是老马的徒弟，四十出头，有点谢顶，一贯是精干的打扮。他前几天刚竞聘上了经侦总队的大队长，今天是攒饭局请领导同事走面儿来了。

"嘿，林大队长，您当领导了，得了道了，早忘了有我这个老家伙了吧？"老马撇了撇嘴说，"但我这人呀，还是记吃不记打。虽然退了休、滚了蛋，但还拿事当事、拿人当人，再加上脸皮厚点儿，这不是蹬着自行车跑这儿给您道喜来了？"老马阴阳怪气，一嘴的不是。

"哎，哎，别啊，师傅。"林楠听这话，立马从桌子后面走了过来。"师傅，师傅！您是我大爷，是我祖宗。您这挑理了不是，我哪儿敢在您面前耍心眼儿玩花花肠子啊，我是谁教出来的啊，还不是您老？哈哈。"林楠尽力控制局面，说着就把老马往里面拉。

"甭跟我来这套。"老马把手一甩，"我问你，你今天当了官了，眼里就没你师傅了？啊！"从他这真真假假的表情中，林楠看出他是真的生气了。

"师傅，师傅，我错了，我错了行吗？"林楠继续赔不是。"说实在的，我本来就说叫您来着，可一想您这刚刚退休，正是回家享天伦之乐的时候，这……"

"甭跟我这儿找理由。"老马脸往下一耷拉，"都是明白人，铁打的营盘流水的兵，人走茶凉的事儿天天有，林大队长今儿个能叫我一声师傅，已经是给了天大的面儿了，至于这吃饭嘛，纯粹就是我岁数大了没人请了臊眉耷眼地硬往上凑，和你没啥关系。"老马连珠炮似的用嘴干人，弄得林楠脸上红一阵白一阵的。但林楠毕竟是场面人，懂得见什么人说什么话的道理，对付老马这样的，来硬的是万万不可的，毕竟错在自己。那就只能来软的，但还不能太软，太软了跌面儿。要软得得体、软得到位，这就要看林楠的功力了。

"哈哈，师傅呦……这么大岁数了还跟小孩儿似的。"林楠说着一把搂过老马，"来来来，您上坐，上坐！"

"别，林大队长。"老马一把挡开了林楠伸过来的手，"这样吧，还是老规矩，迟到了罚酒。"老马说着随手从桌上抄过来一瓶白酒，也不看什么度数高低，"咚咚咚"地给自己倒满了一杯。

旁边的几个同事看着这对师徒的现场表演，都替林楠捏一把汗。这老马是什么人啊，说好听了是经侦总队的资深老民警，说难听了就是个倚老卖老的牛皮糖、滚刀肉，十几年都这个样，一点正事儿不干，斜的歪的倒不少，上班耗点儿，下班走人。在警察这个整天撅着屁股往前冲的职业里，老马该算是个另类，就冲他十几年都趴在最底层，一个案件没破，就够给他这当了大队长的徒弟争脸的了。这不，几天前老马刚刚退休，终于熬到了他向往的新生活。

老马不顾林楠的再三劝阻，一仰脖喝干了一大杯白酒。年轻时过度的消耗和烟酒无度，让老马已经过早地显露老态，往日虚胖的脸上布满皱纹，乍看上去说是六十都有人信，实际老马也不过刚过五十。

"嗝……"老马被酒噎了一下，打了个响嗝儿，之后把空酒杯往桌子上一蹾。"怎么着，林大队长，这酒我自罚了，下面该看你的了。"老马故作面无表情地对林楠说。

"师傅，我这……"林楠面带难色。

"这什么这！给他倒满！"老马拿手点着杯口冲一个新来的小民警说，"给他倒满，倒满。"

新来的小民警左右为难，一时不知该如何是好。

"哎，师傅，您是知道我酒量的，咱有酒慢慢喝，我就别干了，这满桌的哥们儿呢，待会儿我钻桌子底下去了，也陪不好大家不是？"林楠用商量的语气说，放弃了控制局面的幻想。

"是啊，老马，咱们有话慢慢说，有酒慢慢喝，别一上来就剑拔弩张的，都是一家人。"坐在上座的江副总队长发话了，想要为林楠争回点面儿。

孰知老马一点面儿也没给。"嘿，我说这是哪个大领导呢？原来是三哥啊！是啊，我这退休老民警就算敢跟徒弟耍三青子，也不敢跟三哥犯浑不是？不，现在得叫江总（总队长的简称）了。"老马嘴一撇，难听的就出来了。"想当年虽然你师父跟我论哥们儿，但现如今却是不同了，对，我这记性也差，您现在是处级大领导了，哪能跟我这老民警论辈分啊！"

老马说得吐沫星子乱蹿，借着酒劲儿有点见神杀神、遇佛杀佛的气势了。江副总队长一看这路子，也蒙了。

眼看着林楠组的这个局就要完蛋，林楠就要被眼前的这个空杯子击沉。感觉最尴尬的除了当事人之外，还有一个人，就是站在桌边不知所措的小民警。小民警拿着酒瓶子一直呆站着，压根儿就不知道这酒是该倒还是不该倒。这事儿闹的！

这时老马倒是不再难为他了，抢过小民警手中的酒瓶，咕咚咕咚地给自己倒满。

林楠知道老马的性格，也知道自己这杯是逃不过去的，今天摆这个局的意思，本是感谢几个领导在自己竞聘时使了劲儿，也为日后自己工作打点基础。所以在座的基本都是在经侦总队有头有脸的人物，他压根儿就没想叫老马，也不敢叫老马。虽然老马名义上是他师傅，但这十几年老马的所作所为，让正处于上升期的林楠不敢把自己归到那个堆儿。世界有时就是这样，许多事是不以人的意志为转移的。

老马这喝酒是出了名的，而且还酒后无德，经常闹酒诈。林楠此时此刻真是连装孙子的机会都没了。而老马虽然一脸怒相，心里却彻底通畅，干了三十年警察了，别看平时不着四六，可这心里一点儿不傻，按单田芳说的，拔一根眼睫毛都是空心的。他这正是憋着一肚子气找林楠泄火来了。

大家看着老马这满满的酒杯，也再没法去劝阻，毕竟这是个大爷级别的老警察了。林楠整了整难看的表情，再次恢复热情，毕竟在老马面前跌面儿是小，在江副总队长面前跌面儿是大，连这个场面都控制不好，就别提以后怎么抓案子、带队伍了。"好，师傅，您既然说到这儿了，我也就不推辞了。徒弟干了！"林楠仪式性地举起酒杯环顾一周，之后豪迈地一饮而尽。在座的都替他捏了一把汗。

"好！牛气！是个当领导的料。"老马得逞了嘴上还不留德。"来来来，咱们为了庆祝林大队长高升，一起喝一个。"老马彻底夺过酒桌的控制权，逼得在座的众人也都无可奈何地站了起来。众人都有种被绑架了的感觉，但是无奈客随主便是老理儿，忍一时风平浪静，大家都在竭力维护林楠的这个升职宴。

"哎，怎么不给那个哥们儿倒满啊？"老马用手指了指刚才倒酒的那个小民警。

"啊……他不能喝酒。"林楠轻描淡写地说，"小曹刚从警校毕业，还没练出来，今儿就不难为他了，师傅。"小曹是林楠新带的徒弟，这话里话外都透着照顾他的意思。

"哎，这可不行，这当警察的怎么能不喝酒呢？"老马的脸当时就耷拉下来了。"我可告诉你，小曹，别看咱干的是经侦，搞的是经济案子，但也算是刑警啊，这当刑警的就得一能白话、二能喝，这喝酒看人品，喝酒看胆量，酒场如战场啊！"老马说得信誓旦旦，弄得小曹一时手足无措。

"哎哎哎，算了师傅，他是真不行。"林楠摆着手说，"再说，待会儿他还得开车给哥儿几个送回去呢，今儿就算了。"林楠说着扣过了小曹的酒杯。

"不行！"老马斩钉截铁地说，"当警察的不能犯怵，怎么着都得有第一次，我告诉你啊，你不是不能喝，你是不敢喝，这得练，必须得练！来，小曹，我敬你。"老马说着就站起身来，抢过小曹的酒杯，三下五除二给倒满，之后弯腰举杯一副毕恭毕敬的样子端到小曹面前。

这下可把小曹弄蒙了。"马师傅，我……我真不能喝。"小曹扭捏着说。

"不行，曹大爷，哎，您是我曹大爷，小马给您敬酒了。"老马继续弯腰，装得更加谦恭。

"这……我……"小曹更加不知所措起来，"马师傅，我这……我……"

"曹爷爷，行吗？我叫您爷爷！给小马一面儿！"老马的语气越发强硬。

"嘿，我说师傅，这怎么话儿说的啊。"林楠的表情有些绷不住了。"这……哎，小曹，喝吧，这马爷既然发话了。"林楠摇着头说。

"好，我喝……"小曹哪儿见过这场面啊，还真实在，一仰脖就把这满满一杯酒给干了，之后呛得涕泪横流。

"哎，这才有咱警察的样儿！"老马也不甘示弱，又仰头干了一杯。

"唔……"小曹还没等老马喝完，就捂着嘴一个箭步冲出了包间，门外传来了阵阵呕吐声。林楠和众人看在眼里，暗自摇头。

"这怎么话儿说的。"林楠随着跟了出去，一脸无趣。

二　故意搅局

　　酒局再怎么着也开始了，虽然开始时剑拔弩张，但这一帮平时琢磨人的警察，聚在一起就是心中再不快也能聊得火热。警察就是这样，生存能力强，控制局面能力也强，甭说老马今天挑理犯葛，就是他今天拍桌子骂娘，大家也不能毁了林楠的这个局，毕竟这是人家荣升队长之后的第一顿饭，谁也不能当这个搅局者，再怎么别扭也得硬撑着吃完。不一会儿，江总就夺过了饭局的控制权，忽悠着老马谈退休生活。

　　"马爷，这下大松心了，再不用起早摸黑了。"江总笑着说。

　　"可不是。"老马咂摸一下嘴说，"我啊，早就活明白了，你说咱这整天起早贪黑地干活儿，为了什么呢？跟你们不同，你们还有个追求，升官发财，我啊，可早就断了这个念想了。"不知这算不算是老马的推心置腹。"干警察三十年了，我早就告诉自己了，到三十年就立马退休，别在单位耗着让别人看了碍眼。五十了，还能提笼架鸟，还能伺候伺候花花草草，还能琢磨点儿鱼钩鱼饵，不像你们啊，还得撅着眼子干活，哎，同情啊！"

　　江总笑了笑，不便再说什么。而老马却还在继续说："你别看我刚回家几天，但我这鸟啊、花啊、草啊，需要干的事情多着呢，弄仔细了没准儿一天都忙不过来，这人啊，就是这样，总得遭那么半辈子罪，才能享下半辈子福。"老马又是一口酒。

小曹吐完了以后就基本在桌边歇菜了，不是歇着吃菜，而是歇着看着别人吃菜。他这平时一杯啤酒的量今天算栽了个彻彻底底，一口菜没吃就灌进去一大杯，这觉醒来估计得后半夜了。

老马好酒，借着各种理由灌了自己好几杯，眼看着就到了一斤的量了。林楠有点犯迷糊，但还得努力克制着、硬撑着招呼好在座的众人，心想这个局简直就他妈是个灾难。这时他手机振动了一下，一个同桌的同事发来短信说："这老孙子！"

"三哥，您这都浴血奋战快三十年了，从白制服到绿制服，又从绿制服到蓝制服的，还真想再干到白衬衫（警察局级是白衬衫）啊。"老马铁定了要让江总下不来台。

"我？白衬衫，歇了吧您呐。"江总不知如何回答，支应着说，"我是羡慕您啊，趁着现在这三十年退休的这个政策还在，急流勇退，回家享清福，咱是没这命啊，还得继续往下奔啊。"

"得了吧您呐。"老马笑出声来，"咱这一辈子大头兵，一没职位二没地位的，穷耗着干吗啊，占着地方还让人看着不顺眼，这徒弟都当了大官了，哪儿还有师傅的饭吃呢？"老马撇嘴。

林楠让他弄得不痛快，也没搭茬儿。旁边一个同事接茬儿说："您这退了以后，光在家里待着干吗啊？刚五十出头儿，还不再找一活儿？"

"找什么活儿啊，我还没累够啊。"老马夹了一口菜。"钓鱼，养鸟儿，看电视，骂大街，时不常地喝两口，乐子多着呢，我可不难为自己，干活儿为了什么啊？还不是为了老了弄个舒服。我就说句掏心窝子的话，我就差点儿憋不住二十九年就退了，哈哈。"老马越说越来劲。这番话他倒是发自内心，而且从他往日的所作所为也一目了然。

"来来来，再干一个，为了咱林大队长飞黄腾达。"老马又开始挤对林楠，站起来忽悠。

林楠也没办法，只盼着这个老家伙喝多了自生自灭，也就只能硬着头皮接话："行，那我借我师傅吉言，哥儿几个，干！"

干这杯酒的时候，六个人已经开了第六瓶牛栏山二锅头了，而就在大家仰头灌酒的时候，耳畔突然听到一阵闷响，待大家低头的时候，发现老马已经仰头摔倒在凳子上了，手中的酒杯随即落地破碎，又发出一声脆响。这下大家可慌了，林楠赶忙跑上去摇晃老马脑袋，扒他眼皮。

"愣着干嘛！快打 120 啊！快！"江总也坐不住了，气不打一处来地喊。

"匈！这叫什么事儿啊！哎！"林楠狠狠叹了口气。

三　突然抢救

120急救车呼啸而去，林楠几个都喝了酒只能打车跟着。

夜晚的闷热丝毫没有退去之意，反而执拗地包裹着每一寸的空气和土地。急救车刺眼的红蓝灯光像一把匕首一样划破城市的黑夜。林楠在出租车上百感交集，觉得今天肯定是得罪哪路神仙了，本来一个好好的饭局怎么能弄成这样。而此时此刻，坏了饭局是小，要是老马真在自己的饭局上出个三长两短，自己可就真该万劫不复了。肏！林楠跳车的念想都有。

道路逐渐畅通，车速开始加快，风吹进车窗，却丝毫吹不散人们心中的压抑。在一个小时的抢救之后，老马终于从昏迷中醒了过来。

"哎哟……"老马感到头疼欲裂。

林楠站在急诊室里，百感交集。"马爷，感觉怎么样啊……"大家都注意到林楠叫老马的称谓。

"没事……"老马摆了摆手，"该死卵朝上，哎……真是老了，这还哪儿到哪儿啊，就不行了。"老马强忍着坐了起来，却突然感到右侧的腹部一阵剧痛，他用左手用力地抵住那个部位，豆大的汗珠从额头涌出，感到窒息。"妈的，这岁数是不行了，年轻的时候喝个一斤跟玩儿似的。"老马强撑着说。

"过几天正好有个老干部体检，再给他加一个名额，好好查查。"江总背着手对林楠说，说完便大步走出了诊室。

四　体检结果

老马那天酒醉入院，连虚了三天。他心里这回有点儿数了，到了这把子年纪，酒还真成了穿肠毒药。悉数这从警的几十年，他早就不拿警察当事业了。活一辈子为了什么？老马早就给自己找到了答案。为了什么？为了退休时全须全尾，他可不想当英雄当烈士，为了什么几等功弄个缺胳膊少腿。为了什么？为了弄好自己的花鸟鱼虫，别再让住在隔壁的老小子叫嚣着他的百灵怎么叫出了"十三套"。为了什么？为了能在早晨好好逛逛天坛北海，别再被催命似的随时叫回单位加班。老马就压根儿没拿警察当事业，这终于耗到三十年退休这个好政策了，还不麻利儿的。今儿个老马却起得挺早，按照他打心眼里看不上的那个江总的安排，他和总队几个退了休的老家伙一起到公安医院做体检。这个福利他可不会落空，按他的话说，像他这样一无职务二无地位的人，再不享受享受公安局的福利，那真是冤枉大了。

体检还是那个德行，抽血、心电图、B超、CT。只不过这次不同以往，他参加的是退休老干部的体检，一帮六七十岁的老家伙扎在一起，随便扒拉扒拉，某个零件就有问题。老马谁也没理，总觉得自己不该往这帮人里凑。在例行检查之后，老马又做了一个增强CT，这是江副总队长给自己安排的"福利"。不做白不做，反正是公家报销，老马就是这么想的。

检查已经过去好几天了，结果却迟迟还未出来。今儿个一早，老马在家门口的"京味居"塞了几口炒肝包子，就坐上了驶向公安医院的公交车。对于自己的身体，老马还是有数的，除了经年累月的脂肪肝和高血压以外，没有什么可琢磨的。但检查结果还是要取的，都说人走茶凉，要等着单位取结果发表，还不知道猴年马月呢。今天下午他约了隔壁的老小子钓鱼，准备取了结果就顺路去市场买点儿新鲜鱼饵。

公安医院是一栋老式建筑，据说是解放前从一个资本家手里弄过来的，夏日的清晨已然闷热，街头人群尚未聚拢，偶尔一丝风吹过，让墙头碧绿的爬山虎微微晃动。老马看着建筑后映射过来的阳光，心情格外好，想着这扑面而来的大块时间都是属于自己的，心里就别提多么得劲。赚时间和赚钱其实是一个道理，都是越多越好、越早越好。老马一边往公安医院里面走，一边佩服着自己提前退休的英明选择，一边用手抚着那墙壁上厚密的爬山虎，一边哼着陈年小曲。一股夏日特有的气息扑面而来，让人有种微醺的感觉。他心里估算着一会儿回家拿哪根鱼竿，戴哪顶帽子，是不是带那本《垂钓手册》，但那样会不会让隔壁老小子觉得自己不够专业，对了，还有他刚和门口渔具店老板学会的那种拴钩的新方法，这次是一定要试一试的。老马刚走进门，脚步便有些急不可耐，心里被一种奇怪的感觉左右。这种感觉就来自几天前检查时一个年轻医生的眼神。

那眼神是医生特有的冷漠刻板，但不知为何，在那个医生看自己时，却多了一丝躲闪和隐瞒。是错觉吗？老马问自己。但多年的警察生涯早就练就了老马察言观色的本领，刑警如猎犬般闻着味儿就能找到猎物、听着声儿就能找到方向、一个眼神就能猜个大概的本领告诉老马，这医生心里有事，而且不该是什么小事。老马虽然大半辈子是混过来的，但手艺却一点儿不差，这种感觉像滴在清水上的一滴墨点，慢慢伸展蔓延溶化，直至将他整日的心情弄得迷雾重重。

夏日的闷热开始聚拢，医院的冷风也没开。老马额头上的细汗密布起来，他觉得心里有点儿慌。突然一阵熟悉的痛感在右腹出现，他突然感到浑身一阵发冷，瞬间彷徨了一下。"妈的。"老马不知咒骂着谁。

早晨来医院看病的人不少，这年头儿生意好的有两个地方：监狱和医院。穿过熙攘的人群，老马三步并作两步走到了医生办公室。

"哎，您好，医生。"老马来的是时候，一推门，正看见办公桌后的那个年轻医生。

"您什么事？"年轻医生礼节性地问。

"啊，我前几天过来做的体检，今天来取结果。"老马紧盯着年轻医生的眼睛说。

年轻医生犹豫了一下，说："嗯，请问您的姓名？"

"啊，我叫马庆，经侦总队的。"老马回答。

医生一愣，一瞬间又浮现出那天的表情。他显然已经认出了老马，沉默了几秒钟之后，摆出毫无商量的口吻："现在还不能取结果，等检查结果出来了，我们会一起送到你们单位的。"年轻医生说完就低下了头。老马心里又一颤。

"那……我……能不能提前看看一些结果呢？比如增强CT？"老马试探地问。

"不行。"年轻医生将对话封闭，"您还是等着看最后的体检结果吧。"年轻医生头也不抬地回答。

"嘿……你这……"老马停顿了一下将嘴里的脏字截住。他没招了，原地愣了一会儿转头出了门。

在医院楼道里，老马心里越发感觉不对。年轻医生刚才的表情，完全像是一个刻意隐瞒真实的谎言者，特别是他最后竟选择了不与他对视的谈话方式，更令老马揪心。这，这太蹊跷了，老马心里七上八下起来。

老马还是没走，他稳了稳情绪，直接走向了放射科。到医生办公室门前，他吐了口吐沫，拢了拢头发。

"哎，大夫，您好，我是经侦总队的，过来看一个民警的体检结果。"老马对一个年轻的女医生说。

"哦，您好，请问您要看谁的体检结果？"女医生不过二十出头儿，长得挺清秀。

"啊，我要看一下马庆的体检结果，嗯，是我们领导特意关照的。"老马说。

"啊？马庆的CT啊。"女医生犹豫了一下。"请问，您是马庆的什么人？"女医生试探地问。

"啊，我是马庆的领导。"老马谎话说到底。

"啊，是经侦总队的领导啊，那好，请您跟我进来。"女医生虽然在公安医院，但毕竟不是警察，她礼貌地用手示意，带着老马走进了里屋。

"我还要给你们打电话呢。"女医生满脸的关切，"体检的结果出来了，马庆比别人还多做了一个增强CT，估计他也意识到了自己身体的问题。"

"来，您看看，这里。"女医生取过一个片子，指着上面的一个部位。

"啊？什么问题？严不严重？"老马的心顿时往下一沉，这情景太像电视剧了。但他还是控制住了情绪，心里的惊涛骇浪一点儿没有表现在脸上。

"嗯，通过增强CT片子上的观察，发现马庆的肝部有占位，具体说是肿瘤。在肝右叶上大小为5cm×8cm，但要判断是良性的还是恶性的，下一步需要经过穿刺取样才能得到结论，同时还需要……"

老马觉得脑袋里"嗡"的一声就什么也听不进去了。他感觉全身突然一下就沉了下去，一点儿劲儿也没了。但他还必须装作与他无关，因为他极力想知道自己更多真实的病情。

"哦……那……"老马努力控制着自己的语调。"如果……像他这样的病，他大概还能有多长时间？"老马极力掩饰着自己的情绪问。

"啊？什么多长时间？手术时间？还是？"女医生一时没反应过来。

"是……他还能活多长时间？"老马感到浑身都在震颤、都在跳。

"嗯……这个也要因人而异，一般来说，肝部上的肿瘤如果是恶性的，被发现就基本是晚期了，我们称之为肝癌晚期。肝癌晚期一般生存时间只有三至六个月，但是如果积极治疗，也不排除可以延长病人的生存时间，现在关键的问题是要立即进行穿刺取样，如果有手术条件的话就立即手术，这是唯一可行的办法。"女医生说得十分详细。在不面对当事人的情况下，医生对别人的宣判往往简单而直接。

"嘭！"不知从哪儿发出一阵闷响，老马顿时感到天旋地转，女医生温柔轻缓的声音渐渐模糊，竟然比雷霆万钧的审判词还无情。他甚至感到一种只有在酩酊大醉后才能体会到的慌乱和迷幻，心脏被什么东西紧紧地拽着，就那么拽着，像是要撕碎一样。"嗡……"耳边的忙音再次出现了，而且大有不断加剧的趋势。老马感觉腿麻了，手软了，无法再继续将戏演完。面对命运对自己的审判，谁也无法像选择他人命运一样冷静淡定。

老马瘫坐在凳子上，大张着嘴，却一言不发。

走吧，再听也是浪费时间。老马也不顾女医生把话讲完，恍惚着站起身想要离去，却失手一下将椅子打翻。

"哎，马庆的病情请您先不要和当事人说。"女医生一边扶起椅子一边提醒。"一定要先告诉他的家属，之后婉转地告诉他本人。癌症的治疗和患者的情绪有直接的关系，请您……"女医生叮嘱着。她不知道，此刻面前的人，恰恰就是刚才那冷酷无情的判决的当事人。

当事人，这个经常用在犯罪嫌疑人身上的词，竟然用在了自己身上。老马觉得可笑。

"喂，马庆的检查结果，您还没拿走……"女医生在后面喊，"哎……"

五　判处死刑

回家，唯一能去的只有那个不足四十平方米的家。老马跌跌撞撞、失魂落魄地走在午间拥挤的街头，丢了魂魄一样茫然无措，像做梦一样恍惚。他怎么也想不明白自己怎么在一天之内就夹在了生与死两大主题之间。他摸出"中南海"，哆哆嗦嗦地找打火机，摸遍了全身也找不出来，手一抖一包烟撒了一地。他木然，蹲在地上捡起一支放在嘴上，搜着自己的身却仍然找不到火。一阵风奢侈地吹过，身旁柳枝婆娑的身影就像个施法的绿色巫婆。

像做梦一样，画面和声音不同步，方向也恍惚着，老马没想到自己还能找到家门。

一脚踏进去，一眼就看见了那些他一直摆弄着的花和草、鱼和鸟。不知哪里来的一股力量，一下就冲破了老马那干涸的身体，他突然狂躁起来，跑过去用尽全身的力量，想一把将几盆花扑倒在地上，而随即又感到万分的虚弱，一下瘫倒在原地，眼泪夺眶而出，全身迸发的狂躁一下跌过冰点。

"三儿啊……"老马坐在地上对鸟笼中的一只画眉说话，"我也许照顾不了你了，我……"老马流泪到颤抖，却不承认自己这叫作哭，但也不知道自己现在的状态该归结成什么。

"我……我……要先走了……还有谁给你洗澡啊……"老马声音微弱颤抖，努力挤出一丝笑容，而画眉却一如既往地在笼中乱蹦，黑黑的小眼睛紧盯着老马。

老马沉默着，也不知道过了多长时间。这时门开了，老马的儿子马刚走进了门，他看到老马坐在地上对着鸟笼子，眉头一皱。

马刚身材不高，中等身材，头发一看就是经过细心打理，但眉宇之间却没老马那股劲儿。马刚一晃也奔三了，但还没个稳定的工作，他几经努力无果。在现在这个年头，没关系没钱，和千军万马挤独木桥是一点儿戏也没有。同时他心里也明镜似的，他这个爹是指望不上。

"您啊，这一天到晚就都是鸟儿啊、虫儿啊，比什么都重要。"他看都没看老马，一脑门子官司地说。

老马一下就急了："对！它们都是我的命，怎么了！"

马刚不再理会，转身关上了自己小屋的门。在四十平方米的屋子里再隔出一个小屋，这就是老马给儿子的赐予。

"浑蛋！不愿意好好待着就给我滚！"老马被气得瞬间忘记了恐惧。

"好好，我马上就滚。"马刚说完又走了出来，拿起外衣。

"干吗去？"老马问。

"找工作啊，面试。您说呢？"马刚没好气地回答。

林楠这几天挺闹心的，先是被老马喝酒抢救的事来了当头一棒，后又被安置新人的问题弄得两头儿不落好。其实要说林楠这时正该春风得意，四十岁不到就当上了经侦总队现职副处级的大队长，手里指挥着几十号人，以警察为事业的人生价值也该得到了满足，这点儿小事算不了什么。但万事求完美的林楠却容不下自己一点儿的偏差。搞案子的"工作狂"在生活中也一定是个强迫症，这是林楠评价自己的话。他在工作和生活中都尽可能要求自己尽善尽美，没有遗憾，明知这样做的后果是大大增加了自己的劳动强度，而降低了自己的生活质量。但没辙，只有这样做才能在高强度密集型工作的警察群体中脱颖而出。这就是警察的命。

老马喝酒抢救的事已经基本过去，而第二件安置新人的问题仍无法解决，这件事，仍与老马有关。

按照经侦总队的规定，凡是民警退休之后，在单位的警用装备要立即上交，其中最重要的就是警服和警官证。同时，退休民警原先占用的抽屉和柜子也要腾空，以供新人使用。而老马这几点却一样都没做，警服、警官证没交，铐子不知放在了哪里，抽屉和柜子不但没有收拾，案卷材料还堆了一桌子。警察内部有不成文的规矩：谁的案卷谁整理，就算是堆在桌子上别人也不能插手，你要是热心动了别人的案卷材料，日后一旦出了跑风漏气的泄密状况，你就得"沾包儿"。所以这雷活儿，只有不懂规矩的人才来凑热闹。大家都懂规矩，没人管也没人动。

新来的民警是局领导的关系，因为老马没腾地儿，人家就挪不了窝。坐了几天的冷板凳，人家嘴上不说，这脸色还是看得出来的。林楠这个队长当的不容易，这基层领导啊，天生就要受三气，上面的气、下面的气、中间的夹板气。现在许多下面的都通着上面的，别看这几年人家在你手下，对你恭恭敬敬，没准儿你这小庙只是人家的跳板，过几年人家几个跟头就翻到你头上来了。特别是在这个有"白领警察"之称的经侦总队里，领导的关系更是格外的多。正应了"文革"时的那句话：庙小神仙大，水浅什么什么多。

林楠坐在老马的办公桌前，琢磨了半天还是没动那些案卷材料，他想叫小曹又犹豫了一下，猛吸了两口烟，拿起了电话。

"哎，马爷，是我，楠子……"林楠不再管老马叫师傅。

"什么事……"电话那头儿老马的声音木然。

"嗨，本来不该催您的，但我也没办法啊。是这样，咱们队刚来了一个新人，人家抱着东西没地儿放，行李整天都搁在桌子上。您看啊，我不是催您，但真是没办法了，您这退休手续办完了，是不是什么时候也把东西收拾收拾？"林楠尽量说得客气，他可不想再招上老马这个瘟神。

电话那边一阵沉默，林楠等了半天也没有声音。

"哎，马爷……喂……马爷……"林楠试探着问，生怕又点燃老马这个火药桶。

"你不就是想让我腾地儿吗？"老马有了声音。

"嗨，瞧您说的。"林楠也不想再绕弯子，"这样吧，马爷，我知道您也挺忙。我明天上午让小曹去您家接您，然后咱们一起收拾您的东西，还有您别忘了把警服和警官证带好，总队政治处都催了好几次了，要收上去的，还有您的退休证发下来了，明天也别忘了领……"林楠事无巨细，将要做的清单一并背出。

"嘟嘟嘟……"而就在林楠还未说完的时候，电话那头儿却发出了忙音。林楠说话的节奏一下被打乱了，戛然而止。那感觉仿佛是一辆已经启动的汽车，刚要挂上四挡，却突然被迫紧急刹车。林楠感觉很不爽，举起右手想拍桌子，又努力放了下来，一下将手中的烟蒂捻灭在烟灰缸里。

"林队，政治处的朱主任叫您过去一下。"小曹跑过来说。

林楠回了回神，稳了一下情绪站了起来。

老马看着扔在地上的手机和面前杂乱的空间，午后的阳光透过窗户洒在他的身上，生发出一种固执的慵懒，让他似乎再无力去疼痛、去挣扎。屋内本就狭小的空间，几乎完全被花鸟鱼虫占据。老马默默地看着出神，怅然若失。"我他妈的这一辈子，都干了什么呢？刚他妈退休，就要被阎王给收了，这就是我的后半辈子？"老马自言自语。

"什么！您……您再说一遍……"林楠惊讶得合不拢嘴，"怎么会是……肝癌……"

"嗯，没错，公安医院刚送来马庆的体检结果。"政治处的朱主任将体检结果递给林楠。"他们已经基本确诊老马的病情，建议立即将他送到专科医院进行治疗，肝癌晚期病情发展很快，也很痛苦，这个病耽误不起啊！"朱主任认真地说。

"这……这是什么事啊……"林楠恨不得抽自己一耳光。"这叫什么事啊！怎么会是癌症呢！"林楠的视线一下就被泪水模糊了。他想到了马庆大杯喝酒的样子，想到了马庆冲自己不屑一顾倔强的责问，又想到了马庆指着自己肆无忌惮的笑。"我他妈的在催什么呢？这不是催命吗……"林楠用力地抹了抹泪，真想拿大耳刮子抽自己。他看到体检结果上清晰地写着：肝癌晚期。

六　只能硬扛

林楠开车到老马家的时候，已经是下班高峰期了。这是个位于南城的大杂院，被周围的高楼大厦裹得密不透风，它近乎于坚守似的保留着这个城市曾有过的最后一点儿原貌，而不久也将被淹没在繁华之中。

老马家的门没有锁，林楠进门差点儿踩到老马的手机。他一抬眼便看到了躺在地上的老马，一动不动。

"师傅，师傅！"林楠慌了，一个箭步蹿了过去，用力摇晃老马。

"干吗……"老马虚弱地抵抗。林楠细看，发现躺在地上的老马是睁着眼的。

"师傅，您……您别想不开……"林楠不知道如何劝解。

"哎……"老马深深叹了一口气，"这人呐，早晚都得走到这一步，甭管男女老少……"老马用几乎听不见的声调说："想开点就好了，也没什么大不了的。"

林楠看着老马的眼睛，里面毫无生气。他努力地控制着自己的情绪，往日师徒之间的亲情、回忆，纷纷浮现出来。他环顾四周，这是一间什么样的屋子啊，不但狭小且杂乱不堪，只有那一侧放花鸟鱼虫的地方非常干净，在阳光下显得那么透亮。

"哎，该给鱼换水了。"老马说着硬撑着要站起来。林楠忙扶住老马。

"没事……没事……"老马摆了摆手，极力克制着自己的情绪。他用手撑了一下自己的腰，佝偻着身子去端一盆晒了一天的水。林楠想帮忙，又被他制止。

"这鸟儿啊，一天不喂食就跳笼儿；这鱼啊，也要经常换水……你就说我这红鹦鹉吧，养这么大可不容易。这家伙只要游一天，这气泵就得开一天……"老马拿来另外一个盆，用嘴在换水的管子一头嘬了一下，脏水就被吸了出来。

"这鸟啊、鱼啊都通人性，你好好伺候它们啊，它们就认你，没事还给你解闷儿，你要不好好伺候啊，它们就不好好叫、不好好游……"老马麻木的脸上竟有一丝笑容,自言自语。"其实啊,这人跟鸟啊,没有什么根本的区别,这区别就在于人啊,太难满足了,而鸟啊、鱼啊,却很容易快乐。"老马收起那仅有的一丝笑容。

"师傅。"林楠叫得自然恳切。"其实……我想您也知道了……这病耽误不起啊,要马上检查治疗。"林楠帮老马端起晒好的水往缸里倒。"我刚才找到了一个肿瘤医院的关系,咱明天一早儿就去做全面检查,凭您的身体,好好接受治疗,应该能渡过这关的。"林楠说。

"哼哼……"老马摇了摇头,表情还在硬扛,"阎王让人三更死,谁也留不到五更。徒弟啊,别瞒着我了,我知道的比你多,大夫都告诉我了,长不过六个月,没准三个月就没了。认命吧,人啊……他妈的都有这么一天……只不过早点儿、晚点儿……"

"师傅,没什么事是确定的,一切要看最终的结果。还记得这句话吗?这是您教我的啊!"林楠的眼睛里闪过力量。"不仅要治,还要马上治!我这就给您联系医院!咱当警察的,还怕个死吗?"林楠在反问中故意提到忌讳的字眼儿,他太了解老马的性格了,不激出他的斗性,就压不住他的执拗。

"我……不是害怕啊……你懂吗?我是留恋,留恋你懂吗?"老马转头看着林楠,表情复杂。"要说冤啊,我这辈子是最冤的,当民警的时候在混,干了几十年了也没破几个正经案子,快退休了吧,还是混,没让人正眼看过几回。这终于熬到退休了吧,刚想好好地活几年,阎王爷又要把我收了……哎……什么叫荒废啊,这就是荒废啊……"老马将眼光转到缸中的红鹦鹉。"死啊,年轻的时候没怕过，到了这岁数了也更不怕了。但你知道吗？话说得虽然好听，但不到这个关口啊，是谁也说不出这种感觉的啊。你说我要是走了，这鸟啊、鱼啊的都谁来管啊……"老马说着说着，泪水决堤。

"师傅……您放心……"林楠拍了拍老马的肩膀，"您这个犟性的，阎王爷不敢随便收，他也怕您到那头儿甩咧子说怪话。"

老马顿了一下，努力做出了个笑容，说："嗯，也没准是这个理儿。要是他想提前让我过去折腾，我就好好伺候伺候他！"

"嗯！也让他连喝三杯！"林楠和老马一起忍住泪水大笑。

"爸！"门突然被儿子马刚撞开了。看父亲和林楠都在，马刚气喘吁吁急切地说："爸，您一定没事儿，咱明天就去医院好好检查，就冲您这身体，一定能扛过来的。"马刚的话与林楠如出一辙。

老马和林楠虚浮在脸上的笑容瞬间凝结。谎言总是经不起推敲。

七 肿瘤医院

肿瘤医院位于这个城市的西南方，门口的停车位紧俏，停车收费员为了多增加收入，跑马圈地似的占用了好几处未画白线的空地。医院门庭若市，鲜花礼品商店在门口扎堆，依靠人们真情实意、虚情假意的关心或走面儿，欣欣向荣。

林楠找的关系叫王健，是肿瘤医院放射科的大夫，人很热心。他带着林楠、老马和马刚上楼下楼一通忙活，一边约着当天能做的所有检查，一边不厌其烦地给老马上课，意思归结起来其实只有三句话，就是别怕癌症、正确对待、积极治疗。其实这三句话早就从林楠和马刚的嘴里说烂了，但从医生的嘴里说出来分量毕竟不一样，老马第一次这么谦恭甚至是谦卑地对待一个人，再也没有那种无所畏惧的不屑和自欺欺人的自信。林楠看在眼里，疼在心中。

　　王健给老马安排好住院的事项，马不停蹄地带老马做了一系列的检查，又亲自拿着增强CT片子找到了肿瘤医院的一位老专家。老专家细细看了老马的增强CT，用平淡的语气说："这里，这里就是肝部占位，在肝右叶上，是一个5cm×8cm的占位。具体是什么性质的肿瘤要以穿刺结果确诊。"

　　"这个肿瘤算大吗？"老马问。

　　"嗯，差不多鸡蛋大小吧，还可以。"老医生不带任何感情色彩地说。这病对他来说早就习以为常。

　　老马混混沌沌地向医院外面走，仍不时回头向王健道谢。检查、入院、手术、治疗，未来的每一天似乎都被确定好了，老马此刻感到自己仿佛进入了一条流水线，这条流水线一直通向未知的地方，说不清是光明还是黑暗，是生存还是死亡。天空开始下起小雨，确切地说是一场即将来临的小雨。散落的雨点几乎被夏日的闷热蒸发，气雾般地努力证明着存在。

　　林楠跑去车场开车，马刚还在住院处办几项手续。老马木然地走着，刚走出楼门，突然一辆奔驰疾驰而来，溅起了一片积水。

"王八蛋！开车不长眼啊，赶死投胎去啊！"老马抹了一把裤子上被溅的污点，愤怒地叫骂，一下恢复了常态。

奔驰车在不远处停下，身着正装的司机下车打开左后车门，用眼睛瞥了一下老马。

"我他妈说你呢！开车不长眼啊！"老马追了上去，质问道。

司机身材魁梧，脸上架着的金丝眼镜只是故作斯文。他没有道歉，似乎在保持着某种姿态。见老马走过来了也不理会，他转手撑开一把伞，为即将下车的人遮雨。

老马走到面前的时候，车里的人刚刚下车。

"跟人家说对不起。"下车的人对司机说，语气温和却不容置疑。

"对不起……"魁梧的司机犹豫了一下，克制地服从。

老马仔细端详着那个人，似曾相识。

这时，早已恭候多时的几个医生齐刷刷走了过来。老马认识其中一个，就是刚刚给自己看片子的那个老医生。

"张总，恭候多时，来，请跟我来。"为首的一个医生说。

"不敢当，秦院长，给你们添麻烦了。"那个被称作张总的人回答。

老马这才重新打量起面前的人来。不是似曾相识，而是确实见过，但见过的不是本人，而是在电视里。面前的人不是别人，正是这个城市备受关注和争议的人——张文昊。

张文昊年纪不到六十岁，人高挑清瘦，一身休闲的装扮在西装革履的众人中仍是焦点，岁月的痕迹在他身上并不明显，如果从他挺直的腰板看，也许会误解他的年龄。张文昊是这个城市的知名企业家，他任董事长的文昊集团，触角遍布这个城市的每一个领域。作为企业家，他是成功商人的代表和青年人奋斗的楷模，而企业家之外，他更有着许多企业家没有的光环——慈善家。

张文昊至今已向社会捐款上亿元，被媒体称为"十年如一日，以实际行动证明慈善的先行者"。他所捐助的希望小学达上百所，他还定期召开慈善晚会号召社会各界加入慈善活动。可以说，他彻底改变了富人"为富不仁"的面貌。但近期的几件事又将他推到风口浪尖，先是有人质疑他的学历，说他某阶段的学历是伪造的，学校学籍里根本就没有记载；后又有人质疑他所谓的"暴力慈善"是在作秀，说他是在以慈善为名吸引眼球。一时间舆论风起云涌，张文昊成为了备受争议的人物。

而这一切，张文昊都不放在眼里。张文昊不可复制，他可以选择去当上帝，拯救别人的生活，赐予他们光明，也可以去当恶魔，挤垮同行的企业，争取更大的利润。这一切的争议和评价早已对他没有任何影响。

张文昊冲老马礼貌地微微点头，以示歉意。在司机的护送中，他沿着医院院长伸出的右手，信步走进了医院。

"肏！甭管多有钱也得得病，到了鬼门关，都是一个德行！"老马往地上吐了一口痰，犯着狠骂道。

林楠打开雨刷，面前的景物模糊又清晰。车开得不快，林楠再次看着王健发来的短信：情况不好，手术概率不大。他从车窗里看到细雨中的老马，心里五味杂陈。

八 不超过半年

张文昊跟着肿瘤医院的秦院长走到 CT 室，他脱去外衣，坐到全身扫描的仪器之上。这种仪器费用昂贵，工作一次就要花费普通人几个月的工资。

"张总，可以开始了吗？"秦院长问。

"稍等，我还有几句话。"张文昊礼貌地回答。

他叫来司机，秦院长等人识相地退了出去。

"小郭，这件事一定要保密，谁也不许说。特别是不要让我的女儿知道。"张文昊语气平静，但眉头紧锁。"还有，在全面检查结果出来之前，也不要对公司的人透露，近期公司的项目进展不错，不要因为我个人的问题影响大势。"

"好的，但是张总……"司机说着拿出一张日程表。"这几天的安排是不是需要取消？"司机问。

张文昊看着日程表上密密麻麻写满的字，叹了口气。他知道自己在做什么，一直准确定位着未来的每一个走向，一直带领追随他的人们深信不疑地向着未知的某个方向努力前行。他从未彻底相信过别人的话，甚至连这个肿瘤医院专家的话也未彻底相信，他相信的只有自己的判断，只有他自己。他不相信任何别人给予他的承诺，也不能去相信那些承诺，作为一个商人，特别是像他这样一个成功的商人，他必须让自己在每一刻保持一种天生的戒备和判断。而正是因为他的戒备和判断，才能为他赢得今天如此丰硕的收获，而也正是由于他的戒备和判断，才让更多的人获得了自助和重生。

所以在众多专家之中，他唯一相信的是秦院长说的那句"不超过半年"。他太懂得如何去辨别对方眼神中的内涵，那些所谓的专家甚至大师的眼神中，都或多或少存在着期待或安慰，而作为当事者，他是不需要所谓的期待或安慰的。他最想知道的，只是自己还有多少时间。

"拿本儿，记一下这几天需要更改的日程安排。"张文昊不动声色地说。"明天上午的会议安排到后天上午，市里的餐会让李总替我参加，下午的慈善捐助仪式不要更改，记住，要让薛主任将善款直接捐到每名受赠者手中，不要依靠那些政府代表。还有，明晚的酒会行程取消，如果媒体追问就说我临时出国洽谈……"张文昊一一悉数着第二天的安排，事无巨细地安排到每个细节。他的时间是以每个小时来计算的，他不能允许自己有任何的差错。

"张总，但医院说您要住院，会议改到后天上午，您能参加吗？"司机问。

"后天要去公司的，几个项目不能耽误。"张文昊的语气不容置疑。

"不超过半年……"

不知为何，这句话久久地在张文昊耳畔回响。

"这一切都是肝癌晚期的症状，我希望您尽快住院，马上检查，看能不能进行手术。"在几天前，秦院长就这样毫无感情色彩地说着实情。

当他问及秦院长手术的胜算时，秦院长摇头。"对于我们医生而言，是没有以百分之多少计算的所谓胜算的，手术的结果只能是两种，成功或失败。"秦院长一向不说假话。

张文昊回了回神，认真地告诉司机："这件事，谁也别说。"

九　陈年旧案

在喧嚣的人群中，感到一种旷世的孤独，老马从没有这种感受。他与周围不停涌动的人群割裂着，似乎再不可能融合。不是他拿自己当异类，而是自己心无所属。

生活再无主线，一切开始变得毫无意义。唯一需要做的事就是全力抵御着未来某日即将降临的黑暗。这是个很可笑的道理，用现在的时间去拖延即将到来的时间，未来是浪费，现在更是浪费。生命还有什么价值？

茫然地回家，收拾各种东西，事无巨细，让儿子跟着林楠到单位里领支票，准备住院的一切事务；茫然地给鸟儿换食，给花浇水，给鱼换水，给虫儿喂瓜条；茫然地接电话，茫然地说着谎言，说自己没事；茫然地拒绝邻居钓鱼的邀请，茫然地被指责。邻居老头说："你个老家伙能有什么事啊？下午两点，不见不散。"老马不禁悲从心生，自己还有几个下午两点？九十个？还是一百八十个？

终于，茫然被一个电话打破。是单位内勤的来电，不明真相的内勤客气但指令性地说："请您尽快把单位的东西收拾好、取走，新来的同志需要进驻了 。"老马这才明白，自己真的是多余了。他没有发怒、没有狂躁，也再未觉得自己被抛弃，而是带着一种近乎麻木的状态坐上了那路驶向单位的公交车。黑压压的人群制造着这个夏天应有的窒息，而老马却再未流汗。他听到公交车里放着的一首歌，名字叫《落叶潮汐》。秋天，是我的归宿吗？老马默默地想。

清晨，天还在下雨，
仿佛如叹息，心情也坠入谷底
想你，在一字一句
思念若来袭，怎么也挥之不去

在那个秋日，落叶如海的潮汐
若不沉溺悲喜，怎会匆匆落地
在那个秋日，浮云如海的涟漪
只因心存期许，伤就无法痊愈

我爱的你，爱的过去

纵然梦消散，甜蜜却残存心底

若再说想你，就又输给了回忆

心紧闭，去阻隔痛的距离

老马来到单位的时候林楠不在，问了问同事说是和江副总队长去督办一个案件去了。老马在同事们的眼神间穿梭。视而不见的、不屑一顾的、犹豫躲闪的、虚情假意的，不知为何，老马竟然看到了这么多的虚假而毫无善意。自己到底怎么了？竟然遭到如此的礼遇？老马不想变成弱者，更不知道该如何变成弱者。几十年了，自己从没有低下过头，哪怕用玩世不恭作为铠甲、用不屑一顾作为武器，老马都自以为是地战斗着、抵抗着，试图去证明什么。但自己一直抵抗的、证明的对象到底是什么，老马却不得而知。自己一直未向什么低下过头，自己也无法说明。老马觉得可笑，自己到底在向什么宣战？为什么要用尽力量让自己变成别人眼中的另类？而自己一直竭力想要证明的正确，却恰恰被一纸体检证明击碎。

老马先去政治处交了警服和警官证，在将警官证交给朱主任的时候，老马的手在空中停留了好久。办完政治处的事，老马走到自己的办公室里，冷冷清清。警察的工作是争分夺秒的，没有人能像他这样理所应当地浪费时间，屋里的内勤表情虽然在笑，但是眼角却并未出现皱纹。这些细节骗不了老马，他都替那个努力微笑的人觉得累。

内勤吃过老马的亏，至今心里还有疙瘩。他努力笑着跟老马寒暄，笑得连自己都不相信。

"马爷，您慢慢收拾，需要帮忙叫我一声啊。"内勤选择了离开。

正合老马所愿。

老马慢慢地收拾着，一点一点地把没用的东西扔在地上。几个新人走过来也不搭手，老马在单位确实恶名昭著。

未报销的停车票，算了，老马扔在一边；用于装订案卷的图钉和纸张，收拾齐整，留给单位；老马开始收拾得很顺利，该扔的扔、该交的交。但不知为什么，随着将旧物一点点地翻开整理，老马的速度渐渐慢了下来，一件一件曾经熟视无睹的物品，到现在却令他如此留恋。笔记本、食堂饭卡、内部准驾证，几张记满了养鱼心得的稿纸。每翻出几件就会勾起某段记忆。记忆如碎片，支离破碎却可追忆全貌。老马不断陷入深思、跌入往事，他又不断地克制、恢复，试图逃离。他极力克制着自己越陷越深的情感波澜，努力加快着手里的速度，想要尽快逃离这种无谓的感伤。那些深蓝色、墨绿色的肩章，那些泛了黄的、缺了角的照片，无一不在见证着他流去久远的青春岁月。老马点燃了一颗烟，深深地吸吮。虽然医生早已明令禁止，但老马不知道此刻的禁止还有什么意义，特别是对于他这样一个不断向深渊下坠的人。

就在老马收拾柜子的时候，突然袭来的一阵剧痛击中了右腹部，一阵漆黑扑面而来。老马感到脑袋一沉，仰面倒了下去。他试图抓住什么，又竭力想关上柜门，结果适得其反。一柜子的东西像决堤的潮水一般倾泻而下。时间仿佛突然放缓，老马从仰视的角度看到，那些凌乱的材料在空中的不同角度旋转、伸展，慢镜头般地下坠，而随即又恢复重力，迅速加快，同自己一并摔在地上。

屋外的人们闻声纷纷赶来，几个同事扶老马起来。

"不用你们！走开！"老马奋力将他们推开，用尽全力支撑起身体。"走开！全都给我走开！"老马继续歇斯底里。

人们漠然地向后退去，看老马的眼神仿佛是在看一个怪物。

豆大的汗珠从老马额头上滴落，针刺似的疼痛提醒着老马最不愿接受的事实。老马竭力将案卷材料整理好，这些曾经被老马认为是公家的案子，如今真的该如数退还给公家了。而这一切的行动却又停止在了一本案卷面前。

这是一本泛黄破旧的案卷，无论是从上面磨损的字迹，还是从装订的格式来看，都证明着它的饱经风霜。老马再次沉默了，他用手轻轻抚摩着案卷上已快褪色的编号和自己多年以前用心的字迹，眼泪竟然滴落下来，滴在案卷上，飞溅在空气里。

他犹豫了一下，挣扎着从地上站起，将这本案卷和其他几样杂物放在备好的纸箱中，抱着走出了办公室。留下的是夕阳下的一道背影和人们的唏嘘。

十　平民老爷子

一里一外，两个世界。

在这个无处不是闹市的城市，肿瘤医院也不是净土。鲜花、礼品，川流不息的人群，组成一场习以为常的喧嚣。院中的喷泉景观掩映在绿树和花草之中，例行公事似的起伏跌宕，将这里装扮得艳俗。几个穿病号服的零散病人在这里闲坐、晒太阳，却互不聊天。探望者冷漠地与病人擦肩而过，却会在几分钟后露出笑容。只有这里的常住者，才能真正懂得生与死的概念。

老马在林楠和马刚的带领下，走进了这间四人病房。病房不大，但也不算狭窄。四白落地的墙壁，四张白色病床，如果不是门口左侧墙上贴的"肿瘤放化疗须知"，大概很难与其他医院的病房区别。屋里的人不少，进门右侧的一个病床旁挤满了来探望的家属，一个老者被围在当中，像极了被人参拜的佛陀。而另一个病床旁却空空荡荡，放着没叠的被子，不见患者。

老马的病床就在靠门的左侧，床头上有两个插座、两个医疗设备的孔洞，还坠着一个呼叫医护的按钮。他抬头望了望窗外，一排笔直的杨树郁郁葱葱，一缕阳光透过绿色洒在床上，是那么的不真实。马刚将大包小包放在左侧的床头柜上，林楠则将老马所用的洗漱用具一一打开放在床下。

"来，拿个凳子坐坐吧，别都站着。"对面病床旁的一个中年妇女拿过一个凳子。

老马循声看去，妇女一脸的和善。

"哎，伙计，咱以后就是一个战壕的战友喽！"对面床上的老爷子七十多岁的样子，竟是一脸的灿烂。

"哎，您好。"老马抬手回礼。

"到这儿了就什么都别想，好好治病，好好战斗。"老爷子说。

"嗯，您这话说得好。"老马的情绪由低谷回升。"您住这儿多久了？"老马问。

"我？时间不长。刚半个月，战斗还长着呢。"老爷子回答。

"嗯……"老马语塞，一时不知道如何继续话题。

"您家老爷子心态好，肯定没问题。"老马没话找话，向那个中年妇女做出笑容。

"嗯，我父亲一辈子没当过兵，但动不动就说打仗。"中年妇女摇头笑着。她大约五十岁上下的样子，体态微胖，衣着朴素。

"那叫战斗，不是打仗。"老爷子挺健谈。"这是我大闺女，这是我大女婿，这是我大外孙子。"老爷子指着病床旁的亲人一一介绍。几个人都客气地冲老马点头。"我啊，这一辈子净给他们添麻烦了。他们年轻的时候吧，上山下乡，我也没本事把大闺女弄回来，这老了老了吧，还得让他们伺候我，哎……"老爷子说着说着就晴转多云，伤感起来。

"哎哟，爸，瞧您说什么呢？"中年妇女摇头。"来来来，别老坐着，躺下待会儿。"中年妇女说着就和儿子给老爷子摇下病床的靠背。

老马低头往老爷子的病床头看去，上面写着："姓名姚洪，性别男，年龄72，病案号708719。"

"嗨，您瞧您说的，这养儿防老，他们照顾您是应该的，哪儿能叫添麻烦啊。"老马也健谈好聊，找个切入点就能整出几句。"要我说您啊，这是有福才对。您看啊，这么一大家子围着您，多好啊，这人到晚年啊，儿女孝顺才是福啊！"

"哎，这您是说对了，我这儿女都孝顺，孙子辈儿的也都懂事。"老爷子欣慰地点头。

"姥爷，喝口水。"一旁的年轻人端来茶杯。

"哎，伙计，我姓姚，叫我老姚吧。这是我外孙子，就叫他小吕吧。"老姚说。

"哎，小伙子真精神。"老马点头，"我姓马，您就叫我小马吧。"

如果不是这病房里随处可见的"肿瘤"二字，一家子的和乐融融也许会让老马暂时忘记自己身处何地。但随之而来的医生和护士则一下将他拉回到沉重的现实。

医生按惯例查房。护士先把住院期间每天的试表、查房、检查等安排及医院的规章制度事无巨细地交代清楚之后，主治医生又着重向老马说明了一些问题。老马默默地听着，不时地点头，不知为什么，他突然想到了自己每次送犯罪嫌疑人进看守所时的例行检查和告知程序，与现在如出一辙。这么一想，他脑子便不够用了。他猛地闭上眼睛，让头脑清醒。

主治医生姓高，人却长得很矮。他语气不快，但说每个字都很有力量，显得那么不容置疑。

"大夫，我爸这病就拜托您了，您多费费心。"马刚在一旁说。

"来这儿的都这病，对每个病人我们都一样。"高医生的语气里毫无感情色彩，说完就背着手冲老姚的病床去了。

马刚被噎了一个没话。

高医生问了老姚几句，老姚和家人的表情都谦恭仰望。在这个封闭的环境中，医生不仅是绝对的权威，还是决定生死的上帝。

"哎，老姚，杨晋财呢？"高医生指着左侧最里面的病床问。

"啊？小杨刚才出去了，应该没走远。"老姚回答。

"哎，整天乱跑，不知在忙什么。"高医生自言自语地摇了摇头，带着护士走出了病房。

"这里的医生不会笑吗？怎么是这个态度。"老马撇嘴说。

"哎，你可别这么说。"老姚让大闺女扶着他坐起来。"这高大夫啊，人不错，就是严肃点儿。哎，听人家说啊，这肿瘤医院里啊，有的大夫也不行，态度虽然热情，但动不动就给你推荐自费药，图的就是那点利益。"老姚说得挺认真。

"啊？这话怎么说？"老马费解。

"我刚来的时候就听几个病友说啊，这肿瘤医院啊，许多大夫都是和卖药的勾着的……"老姚降低声音。"他们说有个大夫吧，就是对谁都特别好，但是一看病啊，就向你推荐什么灵芝粉啊、鲨鱼油啊，变着法儿地让你买，他们……都提成……"老姚说完了还冲门口看看，似乎道出了天机。

"啊？还有这种事？"林楠也好奇了。"那这种事医院里没人管啊？"林楠问。

"谁管啊？一个医生管好几个病房的病人，他向你推荐药你能不买？你别忘了，你这小命儿可攥在人家手里呢。"老姚说，"最后吃了药吧，没什么效果还弄你个倾家荡产。伙计啊，这里买的不是态度，是医术啊！"

"嗯。"林楠点点头。

老马默然，他心头压抑，觉得此后自己的性命竟要由他人掌控了。

"您好，15床，你们买多少饭票？"一个护士进来问老马。

"啊……先买一千块钱的吧。"马刚从老马后面走过来，准备掏钱。

"什么买一千块钱的？先买五百！"老马一下急了，"你他妈是盼着我出不去是吧。"

马刚一下呆了，和病房里的人都看着老马，哑口无言。

十一　富豪慈善家

同一个病区，截然不同的房间。

张文昊默默地坐在VIP病房的真皮沙发上，窗帘紧闭着。他终于还是逃不开这里的禁闭，无奈再次将接连几天的安排顺延。他已经连续 24 小时没进入睡眠了，虽然这 24 小时的大部分时间他都试图去睡眠，却根本无法忍受这种连绵不绝的空旷。这片空旷，让他分不清白天或黑夜，让他不知该何去何从。跑太久了，他停不下来。

这间 VIP 病房是秦院长亲自安排的，三十多平方米的单人空间，真皮沙发，实木桌椅，甚至还有液晶电视，可以说是医院所能提供的最好条件。如果不是张文昊穿着的那身病号服，也许根本看不出这里是间病房。但这一切对于张文昊来说却毫无意义。这里所谓的奢华的装修和设备，甚至还比不过他公司里随意的一间接待室或会议间，他曾无数次告诉自己，顺其自然、随遇而安，到了这里第一件事就是好好地补觉。但不知怎么的，也许真的就是劳累命，在这么封闭安静的空间内，自己却怎么也无法进入睡眠。这个平时如此简单的事情，却在此刻变得异常艰难。

沉默时最容易反思，也最容易回忆。张文昊想起了许多过去的人和事，也想起了许多支离破碎的片段话语，其中总有一句话挥之不去："生者必死，聚者必散，积者必竭，立者必倒，高者必堕"，这仿佛是一句咒语。张文昊突然想拉开窗帘让阳光洒进来，但又觉得自己还没有准备好，他不想让别人看到他的落寞，洞悉他内心深处的脆弱。而这样的躲避又有什么意义呢？可笑，现在的生活到底对他来说有怎样的意义？就像他拥有的资产一样，膨胀着，却即将不属于自己。

生者必死，聚者必散，积者必竭，立者必倒，高者必堕。这是世间万物逃也逃不掉的宿命。

张文昊打开沙发旁的台灯，他宁可选择在白天开灯，也不愿接受阳光的直射。黑夜对他来说才是最安全的。他犹豫了一下，还是拨通了司机的电话，司机在公司没有任何职务，但是他最信任的人。

　　"小郭，今天下午你去一趟敬老院，把准备下个月捐助的钱给了。对，直接给现金，不要通过银行走账，也不要让其他人知道，捐赠随便签一个名字。"张文昊停顿了一下，"下周灾区的捐助活动也不能取消，如果我能去就去，去不了的话让薛主任去，还是那个规矩，把钱发到孩子的手里，不能通过村干部转交。"

　　张文昊一边说一边翻看今天的《都市报》，头条还是与他有关的新闻：《张文昊慈善晚会提议富人裸捐》。下面还有评论，如《张文昊裸捐引起社会公众辩论》。张文昊挂断电话，细细地翻看。文章里有严厉抨击他一百元合影事件的，有质疑他学历造假的，更有甚者说他慈善捐款的目的是为了洗钱。张文昊叹了一口气，虽然到了他这个岁数，是不该在意别人的评判了，但文章中那个说他学历造假的评论却让他如鲠在喉。他觉得评论者不厚道，明明只是捐款的事，为什么总要往其他的方面牵扯，他再次拿起电话，拨通了某个号码。

　　"看见今天的《都市报》了吗？嗯，没看就马上买一份看看，用你的手段，把报刊和网上说我学历造假的消息都删掉，就这事。"简简单单的一句话。张文昊挂断电话的时候，脸上的表情恢复如初。

　　第三个电话，他打给了家中的管家。"老杜，泰格这几天怎么样？"张文昊的脸上露出温情，"嗯，记得别给它吃太多肉，定时带它出去，但不要遛太久，天要热就多给他梳梳毛，别让它中暑……"

泰格，是张文昊养的一只藏獒。

还没通完话，病房的门突然被敲响了。张文昊清了一下嗓子，挂断电话，表情迅速恢复。他是张文昊，无所不能的张文昊，在绝大多数人面前，他总是一个表情。

进来的人是公司的李总，张文昊公司的副手。李总五十岁上下的年纪，精干笔挺，一副商场上多年打拼的精英姿态。

"你怎么来了？"张文昊的表情平淡傲慢。

"张总，公司诺嘉琳的项目马上就要竣工了，董事会的意思是还要请您出面，不然在新闻发布会上可就……"李总欲言又止。

"嗯，知道了。你安排时间，我去。"张文昊点头。

"还有，东海的项目是否参与，常总让我请示您的意见，毕竟近期的局势比较紧张，这个项目如果投入，盈亏将牵扯到下一步更大的投资。"

"嗯，这个因素是该考虑。"张文昊沉默了一会儿。"这样，你让常总做一个详细的分析报告，尽快给我拿来。还有，这件事一定不要对外公开，不要影响公司股价。"张文昊说。

三十分钟后，李总退出了病房。他是少数几个知道张文昊住院的人之一。

张文昊觉得有点累，而且胸口还有些发闷。他站起来想活动活动手脚，而这时，秦院长却又匆匆地推开了病房门。

张文昊一惊，有些不悦。"下次请先敲门。"张文昊说。

"啊，对不起，张总。"秦院长也一愣，他刚要出门重新敲门，被张文昊叫住。

"什么事这么急？"张文昊问。

"是这样，市里的刘副书记过来看您了，现在就在我的办公室，他让我先跟您打个招呼。"秦院长说。

"什么？"张文昊觉得突然，刚想往下询问，一股隐痛向腹部袭来，这种隐痛像针刺，在一瞬间膨胀，一直延伸到胸腔和后背。他忙用手压住腹部，额头顿时布满细汗。

"张总，怎么了？"秦院长赶忙上前扶住他。

"没事……"张文昊深呼吸了几下，"秦院长，找个护工帮我打扫一下房间。"

"张总，我看这样吧，您先休息一下，我去和刘副书记说一下。"秦院长说。

"不行，人家百忙之中过来了，我不见面不合适。"张文昊慢慢挺起身板。"秦院长，就照我说的办吧，快点儿让护工过来。还有，帮我拿一下那盒止疼片。"

十二 绝户才裸捐

老马躺在病床上，用手枕着头，他看着不远处 VIP 病房的人来人往，不屑一顾地"哼"了一声。

"哎，这人呐，都是想不明白啊，整天把时间都浪费给别人，把自己最后的命啊，也赔在别人身上喽。"老马对富人有种天生的敌视感，也许这和他退休前的经侦生涯有很大关系。

"呵呵，伙计啊，你可别瞎说啊，你知道那间房里住的是谁吗？你要是知道了就不会这么说了。"老姚在一旁说。

"谁啊？天王老子不也得了这个病吗？"老马撇了撇嘴。

"哎，住在那里的是张文昊，就是那个大善人。"老姚说得诚恳。

"嗨，我还以为是谁呢。"老马不屑一顾起来。"老姚啊，我跟您说啊，不要动不动就相信什么善人啊，这帮做生意的哪有一个好人？他们的手哪有那么干净？"老马一说，警察气就出来了。

"呵呵，也不能这么说。"老姚摇了摇头，"你啊，别管人家手干不干净，现在能像他一样真把钱捐到穷人手里的，也为数不多了。那新闻里不说了嘛，人家提出自己裸捐。"

"哎哟，您这老爷子懂什么啊？"老马摇头。"他提议裸捐？那纯粹就是为自己树碑立传，人家老外提议裸捐是不给儿孙留钱，这小子裸捐是因为没有儿孙，老绝户。"老马说得挺狠。

"啊？"老姚一愣，"你怎么知道的啊？"

"嗨，我说您啊，看报纸别光看放在报摊前头的报纸，多翻翻放在后面的小报。这年头啊，买苹果不能光看浮头摆着的，没准底下就都是烂的。不能别人说什么就信什么。"老马说。

"哎，老马啊，你这话倒是说得对啊。"老姚接过话茬儿。"这现在啊，真是跟原来不一样了，你说这现在吃的喝的都不比从前，菜有假的，米有假的，连西瓜听说都是弄了什么药催起来的。这得病正常啊，不得病倒怪了。"老姚摇头。

"是啊，您说现在什么是真的？您就说打开电视吧，新闻是假的，广告是假的，连天气预报都是假的，除了月份牌还造不了假，其他的都不能信。"老马说得绝对了。"我啊，现在就信我那鸟儿啊、鱼啊，你只要对他们好，他们就对你好，你只要耐下心去伺候它们，这鸟儿啊，就能叫出'十三套'；这鱼啊，见到你就撞缸。"老马一说就想起家里的老伙计了。

"啊，老马啊，你也养鸟啊？"老姚顿时恢复了生气。

"啊？可不，玩了好些年了，怎么着，您也养？"老马遇到了同道。

"是啊，估计我玩的时间得比你长。"老姚笑了。

"嗨，可不，您岁数在这儿摆着呢。姚老爷子，那哪天您可得带我长长眼了。"老马这病一下就没了。"怎么着？您是玩什么？靛颏、画眉、百灵、粉眼？"老马问。

"百灵。"老姚点头，眼里有了神采。"我那百灵啊，从小'压口'，'十三套'叫的真招。麻雀、山喜鹊、红子、鸡叫、口哨、燕子、猫叫、灰喜鹊、鹰叫，再加上后四套靛颏的师儿、苇柞子、黄鸟、胡伯劳。左邻右舍的没一个不说好的。"老姚如数家珍，说得老马两眼冒光。

"我的妈啊，您这画眉还真叫出'十三套'了，哎哟喂，那得费多大功夫啊。"老马说。

"嗨，伙计。"老姚笑了。"现在啊，什么都是高科技了，明天让我孙子给你拿张光盘来，改天弄只好画眉按着光盘的顺序压口，一准儿成。"老姚得意地说。

"哎，真是真是。没想到还能遇到知音啊。"老马笑着摇头。"您就说我家吧，鸟儿啊，不咋地，但这物件却没少配。您就说我匀过来的一个笼儿，三和乔的老笼，配天津张记的铜钩、前门张的盖板，让我盘的啊，那叫一个红里透亮。"老马手舞足蹈。

"啊，三合乔的东西啊，现在真少了。我啊，还有一个涿州马的笼呢，几十年前从前门匀过来的，呵呵，当时你猜花了多少钱？"老姚故作神秘。

"涿州马啊？真不敢瞎说，多少钱？老爷子。"老马听得入神。

"三十块钱啊。"老姚说出答案。

十三　山西煤老板

这两位一唱一和，几乎都忘了同屋另一个病人的存在。倒是那个病人主动用山西口音提醒了他们。

"喂？对，我是杨总，我问你，你们那批货款到底什么时候打过来啊？这合同是早就讲好了的，再拖着不付，我就要到法院去告你们了！"

老马忍这位快一天了，这位就是医生查房时不在的病人杨晋财。人如其名，姓杨的，山西人，有点钱，杨晋财。其实老马也该同病相怜，年纪轻轻就走到了死胡同，杨晋财也就四十出头，干瘦的身材几乎撑不住病号服，两只眼睛硕大，往脸上那么一放怎么看都觉得突兀。

但老马看不上他，都到了这个日子口儿了，还整天为仨瓜俩枣较劲儿，什么几吨焦炭吧，几吨煤渣吧，他妈的那几个钱就真的比这条命还重要？但老姚还是很宽容，一点儿没有反感的表情，反而是老姚的外孙子小吕整天对他斜视。冲这点儿，老马挺喜欢这小伙子。

"哎，这鸟啊，就是通人性，你知道对它好，功夫下到了，它就给你玩儿活，给你唱歌。"老马话有所指。

"呵呵，瞧你说的，再怎么好啊，也是个玩物，比不了孙子儿女啊。"老姚动情地说。"哎，你就说我这大闺女吧，苦命。上山下乡那时候，咱也没本事也没给弄回来，在东北结了婚留在当地了，到现在回了家两口子也没个好工作。"

"哎，都是被耽误了啊。"老马也摇头。

"我告诉你，十吨焦炭的钱，明天必须给我打款！"杨晋财的声音越来越大。"你别以为我的钱是好赚的，咱们说明白了，你要是不仁我也不义，明天再不打款，咱们就法庭上见！"

老马皱眉，刚要说两句，老姚外孙子小吕就进来了。

"姥爷，马爷爷。"小伙子挺有礼貌。

"哎，小子，你姥爷想你半天了，刚下班？"老马问。

"嗯……"小吕点头。

“哎，我这大孙子有出息啊，写小说，以后肯定是个大作家。”老姚说着拉过了小吕。

“哎，姥爷，别这么说。”小吕有些难为情。

“嗨，这藏着掖着什么啊？”老马说。“是在作协上班？还是在出版社？”老马问。

“不是，马爷爷，我在建筑公司……”小吕声音降低。

“啊？哪个建筑公司啊？城建？”老马改不了警察的老毛病，继续问。

“不是，我是在工地……”小吕声音更小了。

“哎，我外孙子啊，是建筑工人。”老姚倒挺开通。“但你别看现在他还在工地干活啊，用不了几年，一定能成个大作家。”老姚的语气信心十足，那种肯定，远远超越了对自己病情的乐观。

老马没有再问，他觉得自己和老姚很像，但也很不像。他不知道自己能不能在老姚这个年龄拥有这样的生活，儿孙满堂、和乐融融。不可能，对！不可能，他也许真的会像医生预料的那样活不过六个月，也许真的撑不过明年的春节。老马转头看着窗外的那排郁郁葱葱的白杨树，想象着六个月后大雪纷飞的样子，想象着自己那时还能不能躺在这个病床，一时间百感交集，眼泪在眼眶里打转。但老马深呼了一口气，压抑住情绪。看到小吕，他又想起了自己的儿子马刚。快三十了，也没个稳定的工作，婚姻大事也没解决，唯一能住的还是那间四十平方米房子里隔出的一间，自己作为父亲，到底给了儿子什么？这些年，他所谓的又当爹来又当妈，实际上是什么也没当好。而现在，一切悔之晚矣，剩下的时间却要儿子为自己付出，老马咬了咬牙，侧过身躺下，眼泪流了下来。

"不要以为你认识局长就可以乱来！我告诉你，我也是有关系的，你要是把我逼急了，我就把你的丑事都抖搂出来，你要是不让我好活，我也不让你好死！"杨晋财还在喋喋不休。

"行了！死啊活啊的，都他妈活不了！有完没完！这是医院，不是他妈的卖煤摊！"老马一下就爆发了，转身坐起来冲着杨晋财喊。

杨晋财一下傻了，愣了十几秒钟，起身穿鞋拿着手机出了病房。

"哎，我说老马啊，你也是。"老姚有些责怪地说，"这有的人啊，心里要是害怕就得给自己找点儿事，要不就得吓出病来，这小伙子啊，我看是心里慌的。"老姚说。

"他妈的，都到这份儿上了，还钱钱钱的呢。"老马不信老姚的道理。"我说这种人啊，就该……"老马没往下说，那个字对于在这里的所有人来说，都太沉重了，也都太真实了。

"姥爷，看我给您带什么来了？"小吕神秘地说。

"呵呵，什么啊？我不知道。"老姚说。

"看，当当当当……"小吕说着从包里拿出了一个饭盒。"卤煮火烧，姥爷，我特意从小肠陈买的。"小吕笑着说。

"哈哈，太好了，你可小声点儿，别让护士听见，要不该给咱没收了。"老姚的表情像个孩子。

"得嘞，来，姥爷，我扶您起来。"小吕支起老姚病床前的小桌，放稳饭盒，之后轻轻摇起病床的靠背。"多放的香菜，多加了一份小肠，没有肺头。"小吕说。

"好，好孙子。有这一口啊，就算得什么病也没事喽。"老姚
一脸的灿烂。

"老伙计，来一口啊。"老姚冲老马说。

"不了不了，我不好这一口儿，我给你盯梢啊，呵呵。"老马
笑着说。

"好。"老姚拿起勺子，"来，拿起勺子来战斗！"

十四　空中花园

　　张文昊终于送走了刘副书记，在刘副书记走出病房的一刹那，
一阵虚脱的感觉顿时把他推倒在床上。张文昊在充满阳光的房间里
感到眼前阵阵的黑暗。他讨厌自己现在的这个样子，无法忍受自
己的病态被暴露在阳光下。他用尽全身的力量挣扎着坐起，重新
审视起这间空荡荡的病房来，按照他的要求，房间里没有病历卡，
没有宣传贴，没有白色的床单，甚至还没有放进医疗设备。如果
不是自己这身病号服，他简直无法相信这是个病房，自己此刻正待
在医院。而冷酷的现实却摆在面前，即使他再不愿意接受住院的事
实，也逃不出这人生的死胡同，也逃离不出这宿命。他不知道距明
天检查前的十几个小时要做什么？或者要去哪里？这种惨白的空旷

和盲目的寂静，让他忍无可忍。

张文昊愣在那里许久，拿起一本书，是乌纳穆诺的《生命的悲剧意识》。他良久才翻过一页，与其说是看书的内容，不如说是一种看书的形式，他感受着在阳光下的黑暗。

老马不想多看老姚和小吕那边的情景，怕勾起自己内心柔软的东西。儿子该在下班的路上了，一会儿到了饭点儿会直接拿着饭上来。老马不知道自己此时该做什么？或者说是能做什么？自己被一个尚未确诊的预言囚禁在这里，无法用有限的时间再去做些曾经认为有意义的事情，而养鸟、养鱼、种植花草、钓鱼，算是生活中有意义的事情吗？还是一些用于消磨、浪费时间的幌子而已？老马不得而知。他许多年不再琢磨这些问题了，因为他知道，想得再多也逃离不了现实，明白人往往比糊涂人痛苦。老马下意识地从包里拿出那本案卷，就是那本破旧不堪、被他从单位带来的案卷。卷上留着他多年前认真书写的字迹："张鹰涉嫌非法经营案。"

如果不是单位的档案室要重新装订旧卷，也许这本案卷永远无法与他再见。老马仰身将案卷慢慢翻开，他逐字逐句地看着卷中的"简要案情"，一下回到了二十年前。

二十年前，这个城市还不是现在的样子。天还很蓝，楼群也未挡住视线，满大街的车加一块也堵不住现在家门口的路。那时经侦总队还不是副局级单位，而只是个科级建制，在刑侦处的下面，叫经侦科。而老马则还是小马，三十岁的年纪，比现在的林楠还年轻不少。那时的老马冲劲十足，虽然只是个小分队长却干得风生水起，在社会上还有人送了他一个充满敌意的外号——"疯狗"。

疯狗咬人不撒嘴，社会上的人叫他"疯狗"，老马还觉得光荣。他正处于事业的上升期，软硬不吃、油盐不进，他不要那些为了案子送来的钱、女人还有承诺，要的就是"见真章"的破案数、抓人数、追缴数。这三个搞经济犯罪侦查一直到现在雷打不动的硬标准，曾经是那时老马的唯一追求。那是个极其忙碌却异常美好的年代，儿子马刚即将出生，妻子魏霞还在身边，三十出头就领着十几个人打江山。老马永远会记住那个夏天，那个充满鹅黄嫩绿、耀眼阳光和阵阵花草清香的夏天，老马永远也忘不掉那个夏天，那个雷声阵阵、暴雨倾盆、啤酒、香烟、漆黑的夜的夏天。

那个夏天的起始记忆从那个下午开始，老马带着三个民警去抓捕一个重案的主犯。案情不复杂，本市的东易茂盛有限公司法定代表人周博，在城郊租赁了一个军队仓库，在里面码放了许多废旧炮弹壳，以此为诱饵，谎称有军方的关系，可以廉价回收炮弹壳用于再利用，骗取了几个商人共计一百余万的资金。这几个商人不断注资，满心欢喜地等待着，后来却发现周博和他的公司人间蒸发，那一仓库的废旧炮弹壳也被搬得干干净净。当时一百万的实际价值到现在该翻了好几倍。此案不但数额巨大，而且后果严重。当时正值改革开放初期，所谓的民营企业家，其实也就是几个辞职下海的吃螃蟹者。在被骗之后，几个商人可谓是倾家荡产，其中一个因无法偿还自身的债务，跳楼自杀。作为"戴着帽"下来的重案，各级领导都很重视，老马带人苦心调查了一年，查公司、调账目，发现蹊跷颇多。犯罪嫌疑人周博其实是个假名字，他的真实姓名叫张鹰，他伪造了身份证件，在工商部门蒙混过关，之后又伪造了诸如军队的内部供需文件等资料，可谓是思路缜密；同时他作为东易茂盛公司的法定代表人，对几名被害人循循善诱、步步为营地引他们进入圈套，可谓是手段高超。从整个布局上看，张鹰使用假名字，注册真公司，虚构军方的关系，机关算尽，最终得手，该是个高智商犯罪的代表。但从张鹰的履历上看，他既无前科，也无从军经历，学历也不高，很难想象这么一个人能做出这样的大案。老马带着疑惑，一直在追逐这个对手。警察和贼就是这么一个关系，你跑我追，越跑越追。一个好的猎手有时期待的就是遇到一个狡猾难缠的猎物，这样才能激发出自己最大的潜能和战斗力。老马觉得张鹰就是这样一个对手，一个能跟自己斗的对手。他喜欢一决雌雄的感受。

俗话说再狡猾的狐狸也逃不过猎人的眼睛。张鹰自认为天衣无缝，却疏忽了一个重要的细节——他的飞行记录。他的真实姓名暴露也就源于此。老马在搜查张鹰的一个住处时，发现了一张机票的票根，上面有他去往外地的记录。经过查询机场的登机人员记录，张鹰自然就褪去了周博这个伪装的外衣。真实身份出来了，案件便成功了一半。老马再接再厉，跑遍了张鹰去过的几个城市，最终竟然发现他就在本市隐藏。张鹰的落脚点在城北最高的一栋建筑——朗坤大酒店。没什么说的，调监控、查登记，一一核实无误。老马没有再拖泥带水地逐层汇报，他有些迫不及待地想得到预想的圆满结果，迫不及待地结束这场长达一年的追逐，同时也迫不及待地获得那种成功后的满足。大隐隐于市？呵呵，狗屁！

老马在心中暗骂着。贼就是贼，被警察盯上了再怎么狡猾也跑不了。老马带着人苦苦蹲守了几个小时，确定无误了，就决定立即"摘果"。

老马一如既往地第一个冲了上去，破门而入。一瞬间，老马看到了那个眼神，那个令他终生难忘的眼神。

"15床马庆，去做检查。"护士的声音把老马拉回到现实。老马环顾四周，依然是空空白墙。护士把检查的单据递给老马，例行公事地说："新楼的三层，快去吧。"

老马点头，默然地起立，穿鞋，走出门外。

从病房楼到门诊楼可以走两条路，第一条是先下到一楼，然后穿过那条总是拥挤着茫然人群、浓缩着焦虑情绪的楼道，做穿刺的地方就在那里。而第二条路呢，则是上到病房楼的顶层，然后从顶层的空中花园走到门诊楼的顶层，这条路不拥挤，平时只有零零散散的病人在这里闲坐、聊天。经老姚指点后，老马选择了这条路。

空中花园当然并不是空中，而是建在医院两栋楼顶层连接处的一个露天花园。按照相关规定，楼顶禁止裸露。这片大约几百平方米的绿色景观，被扣在了巨大的玻璃之下，蓝天只是窗外的幻想。空中花园狭长，种植一些盆栽的植物，偶尔也有几盆虎皮掌、吊兰，像是医院办公室装修去味后被遗弃在这里。花园中间是一个咖啡厅，里面提供一些热水沏的奶茶和可以随时加热的灌装咖啡，但几乎没有人会在这里消费。售货员是个老年妇女，坐在那里翻一本日期是几年前的杂志，她一整天都要待在这个没有生意的地方。老马看了看她身后的扫帚，心想这个人是个身兼数职但只领一份工资的可怜人。

花园里的人不多，一个母亲在陪着一个穿病号服的瘦弱孩子打羽毛球；一个没有头发的年轻姑娘，身材曼妙，缓缓走路；一个老人在哭，说自己不该折磨子女；一个中年男人叹息着说，钱不是问题，先要治病。老马再也找不到好心情，他匆忙走过这些人，仿佛是怕沾染上什么病毒瘟疫，他没有天真地憧憬着自己被误诊，但总觉得自己会一息尚存。花园的窗户开着，因为是楼顶，所以风格外冲。老马走到花园的边际驻足观望，百米下的喧嚣尽收眼底。下班高峰期快到了，整个城市陷入了例行的恐慌之中，秩序只是异想天开的痴人说梦，黑压压的车辆蚁群似的寻找着出路，盲目而不自信。老马深呼了一口气，觉得这里和外面简直是两个世界。一个那么安静，一个那么喧嚣。

十五　不可饶恕

黑白交替总是这么猝不及防，就像初恋的情人突然提出分手。

VIP 病房里只开着一盏床头灯，昏黄的光晕打在张文昊的金丝边眼镜上，闪闪发亮。他还是无法入睡，不知是什么力量抵抗着他的睡眠。那本《生命的悲剧意识》已经翻到一半，但里面的内容他却没有读懂，这本该是一本细读、慢读的东西，而他此时的阅读，却更像是一种形式。

经过穿刺活检，结果出来了：肝右叶上占位，占位紧邻门静脉，确诊为原发性肝癌，但占位紧邻大血管，手术难度极大，且术后极可能转移。这些都是这所医院权威人士的论断，他们在第一时间告诉张文昊，希望他能够自己做出选择。选择无非是动不动手术。动手术风险大，有可能走不下手术台，而不动手术就无法根治，可以采取保守的介入治疗。需要张文昊自己选择，对，就像无数个需要他做出判断的重大决策一样，需要他自己选择。公司的命运，他人的前途，贷款的签署，资金的投入，他都可以迅速做出判断。而这些选择，又怎能和现在这个相比呢？他合上书本，闭眼想着书中的某句话。房间里安静极了，床头柜上手表的嘀嗒声是这里唯一的声音。

他该不该告诉女儿夏尔呢？该不该告诉那个自己无颜面对的至亲骨肉？他曾经是那么无情地抛弃了她们母女，而在获得成功后又试图去挽回情感。但冷冰冰的现实给他的结果却是无情的拒绝，失去的东西真的再难找回。张文昊后来又结过婚，不止一次。办了仪式的，没办仪式的，分过他财产的，净身出户的，最短的甚至仅仅维持了一个月。张文昊努力去回忆她们每一个人的姓名和相貌，但一想到"妻子"二字，眼前浮现出的仍是第一任妻子夏婕的容貌，她依然穿着那件蓝毛衣，长发盘在脑后，害羞地浅笑着，模样和现在的女儿一模一样。也许，自己会在那个世界见到她吧，张文昊暗叹。可笑，自己竟然寄托于神鬼。他扶着窗站了起来，窗帘外，是片粉紫色的黑夜。

惊恐、抵抗、无助、求救，那个眼神里竟然有那么多的含义。

"别过来！你们别过来！"那个声音剧烈地颤抖着，正如他剧烈颤抖的身体。那个眼神和身体的主人，不超过三十岁，他就是张鹰。

老马在漆黑的病房中梦呓着，他在延续着自己回忆中的故事。

粉色的墙纸，反射着金属光泽的窗台，欧式双人床对面的化妆镜，窗外鹅黄嫩绿的耀眼风景。阳光直射着老马的眼睛，让他看不清对方。他闻到了房间里打扫过后消毒水的味道，和窗外吹来充满花草清香的风。

"下来！我是警察！"老马喊道。撞开房门的力量让他还在往里面冲，即使努力也停不住脚步。"快下来！"这是他最后说出的一句话。

"我不会让你抓到我的！不会的！"张鹰痛苦地号叫着，似是一只亡命的困兽。

"你给我下来！听见没有！"老马没有迟疑，一下就冲了过去。

之后便是坠落，无尽的坠落，从二十几层垂直坠落。没有任何力量可以阻止，没有任何方法可能挽救。老马拼命地扑过去，伸出的右手被窗框的金属划破。人，像极了蚂蚁，那么渺小和无助，谁也记不清，就在那么短的一秒钟时间里发生了什么，在那么灿烂的阳光里，人在坠落的时候，没有任何声音，而瞬间就消失在了视线里。当老马被惯性推到窗前的时候，他看到了楼下一个鲜艳的红点。

剧烈的颤抖瞬间转移到老马的身体，整个世界震颤起来，他筛糠似的控制不住双手、控制不住大脑、控制不住自己的思维和行动。记得自己曾经喊了什么，之后便是后面冲进来的人们，接着是惊慌的喊声、匆忙的脚步、高声的质问和不断扶住自己身体的手臂。

"怎么回事！你到底在干什么？"老马忘了这是谁的声音。

"浑蛋，你闯下大祸了！你怎么搞的！"他也忘了这个声音的主人。

"我不知道，我不知道。"老马只记得自己在盲目地摇头，无助地应答。

之后是暴雨倾盆，沉重的呼吸、满地的啤酒瓶、散落的烟蒂和漆黑的夜晚。为什么他在坠落时没有声音？为什么这一切要发生在那么一个阳光灿烂的日子？

突然，那个眼神再次浮现。

老马一下从梦中惊醒，汗水将他的内衣浸湿。他无法摆脱刚才的一切，却被现在眼前的一切惊呆了。他发现，老姚的病床前挤满了护士，他们正在将一根管子插进老姚的鼻孔里。老姚痛苦地呻吟着，双手却被众人按住。不一会儿，病房的灯被打开了，医生匆忙赶来，他们拿着各种仪器和工具在老姚的病床旁操作。老姚渐渐不省人事，不久前还鲜活的表情此时定格在茫然里，像被人随意牵扯的木偶。

"快给家属打电话，立即抢救。"医生如是说。

忙乱了几分钟后，老姚被抬上推车，运往病房外。

"他……这是怎么了？"老马惊愕地问一个护士。

"痰液堵塞气管，支气管颈狭窄。"护士急着要走，甩出几个专业名词。

老马愕然。病房重回黑暗，黑暗暂时遮挡住四周的惨白，让人觉得窒息压抑。老马感到费劲、感到惶恐、感到愤怒。白天还好好的人，怎么会突然变成这样？老马突然看到了墙角那个山西人的目光，那目光竟然像极了他梦中见到的目光。惊恐、抵抗、无助、求救。

死亡，是他们共同的宿命。

老马倒吸了一口凉气，心想："妈的，我怎么也逃不出那个不可饶恕的过去！"

张文昊听到外面乱了一阵，又平静下来。他没有开门，这里，也许是生与死距离最近的地方，发生了什么也不足为奇。张文昊拉上窗帘，关上灯，默默地躺在床上，等待着黎明的到来。他无法抑制地想，女儿现在身处的国家，到底离他有几万公里，而他自己离那个世界，到底有几万公里，如果他去了那个地方，是不是就永远失去了女儿？而此时此刻，他算是拥有着吗？

十六　最后的任务

住院的生活极其规律，每天五点开始试表，六点开始吃药，吃药后是洗漱，洗漱完有的人在护工的搀扶下去检查，有的人则去等待治疗。八点门口总会出现那个人的呻吟声，而随着他腹部缠满绷带的瘦弱身影的离去，呻吟声则会飘远。据说，老马旁边的那个空床今天就会被病人占满，这是个永远不缺病人的医院。

清晨五点试完体温后，老马趁护士短暂休息，换上了自己的衣服，走出了肿瘤医院。清晨的城市还未被喧嚣占领，初升的太阳也未散发出无奈的闷热，老马深呼吸了一口空气，觉得清新无比，回头看了看渐行渐远的医院，丝毫未觉不安。他坐上了10路汽车的第一班，没想到车上的人并不少。

从这里到那里，该先在甜心家园倒车。老马按照自己纸条上记载的那个地址，琢磨着。他要去张鹰的家，那个二十年前在自己面前坠落楼底的犯罪嫌疑人张鹰的家。

老马从那次出事开始，便陷入了人生和事业的谷底。本来那个案子搞得很好，如果当时把主犯张鹰抓到，破了这个大案，立功受奖不说，职位没准儿还会提升一截。但从张鹰坠楼的那一刻开始，老马的命运也随之急转直下。那是一条命啊，一条未被定性的犯罪嫌疑人的命。老马在冲进房间的那一刻，身后的战友来不及跟着进入，而当他们进入后张鹰已经坠落，老马甚至无法辩解自己伸出的右手与他的死亡之间是否存在关系。张鹰从一个活生生的人变成一个血点，老马也随之从一个意气风发的警察，变成了被严密监控的审查对象。这一审查，就是两年。两年内张鹰家属不断控告、上访，那个案件不断被质疑、被调查。这期间，老马学会了烟酒度日，而妻子魏霞的难产则再次给以他沉重的打击。屋漏偏逢连夜雨，老马体会到了这句话。

两年后老马重回单位的时候，那个案子已经破了，主犯被认定成了张鹰。由于主犯的死亡，巨额的赃款无处追缴，受害人的损失难以追回。面对着倾家荡产、负债累累的被骗人，老马真的无言以对。他们是一群善良的人，有的是下海弄潮儿，集全家之力做这笔生意；有的是乡镇企业老板，拿全厂的流动资金挖这个富矿。但谁能想到，就是这笔他们认为稳赚不赔的生意，却让他们付出了沉重的代价。有的自杀，以死来摆脱不堪重负的债务；有的逃离，躲避那群勤劳纯朴却领不到工资的职工；有的恍惚，一家人一辈子的积蓄毁于一旦；有的骂娘，说你们公安局到底干什么吃的，为什么追不回我们的血汗钱。

　　因为此案的影响，老马年纪轻轻，却被安排到了经侦科的司机班工作，从此不再接触侦查办案。但老马借酒浇愁以至于嗜酒，一次交通事故后，他又被从司机班调到了档案室，每天负责订卷、整理档案。后又因为抽烟点燃了案卷，被调到了门口的接待室，再无权力参与办案。案子破了，老马被搁了起来，一切似乎都已结束。但张鹰坠楼前的眼神和那句话却无法让老马心安。

　　"我不会让你抓到我的！不会的！"张鹰是这么说的。

　　老马眼睁睁地看着这个案件破获，成为既定的事实。但张鹰死前的那个眼神，却让老马疑惑重重。惊恐、抵抗、无助、求救，这不该是属于张鹰的眼神，按照张鹰老辣的作案手段和天衣无缝的圈套设置，他该是个城府颇深、冷酷决绝的人，不会轻易结束自己的生命。刑警的直觉告诉他，这是个表面已经破了的案件，其实悬而未决。

警察破案必须证据确凿，这个案件的众多疑点一日不查清楚，就算不上是真正的破获。从案件的走势来看，与几个被害人直接签署协议的，确实是张鹰，而且在场的第三人也能证明，张鹰是借款的受益者和偿还者。但老马曾查遍了与张鹰关联的账户，却未曾发现任何走账的痕迹。在张鹰死亡后搜查他的住处，发现他家的现金不超过一万元。同时还有其他许多疑点拨动着老马的神经：张鹰那件未曾剪去标签的高档西装，查遍了本市的专卖店竟然没有他的购买记录；张鹰居住的酒店，开房登记用的假身份证竟然不在张鹰身上；就连他冒用的假银行资信证明，也无法证明是他亲手伪造的。这个案件，到底是谁干的？这个问题，在老马心里纠结压抑了二十年。二十年啊！

　　但案件破了，竟然破了，也幸亏破了。这也许算是众多压力下的最好结果。老马找领导请求过、闹过，要求将此案继续办理，但领导再未采纳过他的意见。张鹰最后被定性为畏罪自杀。这个结果，挽救了老马，保住了他的工作和制服，让他有朝一日可以安全退休。在所有人眼里，这个案件完结了，正如同每年都要完结的几百个案件一样，这个案件的材料被装订成册，打上编号，最后由经办人老马签字，交到了档案室。如果不是二十年后已提成副局级的经侦总队档案室要求重新归整旧案卷，也许永远也无法再回到老马的手里。

　　老马看着窗外的街景，慢慢从那二十年来支离破碎却历历在目的片段中抽回神来。这二十年来，自己到底都干了些什么？老马问自己。

这时他又想到了老姚向自己解释过的一句话：这空着的床位啊，都是走了的人。走了的人？老马猜不透那后面的含义。

今天，老马要去的是二十年前那个犯罪嫌疑人张鹰的家，也许不该再叫他犯罪嫌疑人，在案件破获的那一刻起，他就被定义为罪犯。老马不知道自己去那个地址能做什么。去探寻？去揭秘？去追寻一个二十年前已经破了的案件的所谓"真相"？老马不知道自己该以何种身份去面对那个地址的主人，自己已经退休，不再是一名警察。难道他要对着曾经在二十年前层层上访的张鹰的母亲说"是我，冤枉了你的儿子"？

老马感到惶恐，但一种固执的力量却在推动着他的身体，似乎必须要找到某个答案。时过境迁，这座城市生长的速度像一匹肆意奔跑的野兽，一切昨天的美好堆加起来，似乎也比不上眼前一隅的繁华。岁月的尘土积成沙堆，埋葬了曾经的自己，而当人们终有一天能够选择逃离的时候，却发现头顶上所谓的蓝天，早已被楼宇如利剑的黑影撕碎。老马觉得心里发空，腹部胀痛，虚汗淋淋。他定了定神，从甜心家园站下了10路汽车。

不知怎么的，风是冷的，夏天的风竟然是冷的。老马站在早已被商业街占据的街头，根本还原不出哪里才是曾经的大杂院。高耸的楼群直入云霄，让人看着眩晕。老马问了几个路人和附近的经商者，谁也不知道这里曾经有个院落，他们大都是外地来客。别说找人了，就是还原二十年前的地址都难比登天。老马决定还是走老路子，去派出所。

派出所二十四小时服务，但户籍办公却还是朝九晚五。老马一点儿没犹豫，径直走进了户籍室，他还拿自己当警察。户籍室里有一个小民警，小伙子二十出头的样子，一脸倦容，一看就是加了一宿班。

"哎，同志，请您帮我查一下这个地址。"老马把纸条递过去。

"啊，你好，要查什么？"小民警例行公事地礼貌，公安局要求热情服务。

"嗯，这个地址。"老马用手指了一下。"这是个二十年前的地址，我想看看，这里的一户人家迁到哪里去了。"老马说。

小民警皱了一下眉，接过纸条看着。"嗯……这个地址，我没听说过。"

老马不知怎么说他，二十年前这小伙子大约连妈还不会叫，自然是不会听说这个地址的。

"嗯，这个地址是很早以前的，你帮我翻一下户籍底票吧，那里应该会有记载。"老马教他。

"什么？"小民警有点不耐烦，"您为什么要查这个地址？您是刑警队的？"小民警问。

"嗯，不是……我……是经侦总队的。"老马犹豫了一下说。

"啊，经侦总队的。"小民警打量了一下老马，"那……请您把调取证据的介绍信给我，还有警官证。"小民警说。

"这……"老马为难了。"嗯，是这样，小伙子。"老马习惯性地浑身摸烟，"我是刚从经侦总队退休的，但这个案件，还是需要摸一下线索，所以……"老马没有找到烟，也不知道该如何解释。

"啊？退休了？"小民警费解。"那对不起了，没有介绍信和警官证，按照规定我是不能为您调取户籍底票的。"小民警肯定地回答。

"哎，不是不是。"老马解释。"虽然是退休了，但是那个案子还要继续搞，小兄弟这样，你帮我查查，我不要复印件，就要这个地址的去向，查到了记一下就行。"老马说。

"不行。"小民警拒绝道。

"哎，小伙子。你看，这是我的退休证，我真是经侦总队的，不信，你可以打电话去问。"老马说着拿出自己的退休证。

"说过了不行了，老同志。"小民警表情难看了。"按照规定，没有介绍信和警官证就是私自办案，如果参与私自办案是要承担相应责任的。更何况您这已经退休了，不再是警察了，我要帮你查，就是违法乱纪。"小民警一点不客气。

"说他妈什么呢！小兔崽子。"老马的火腾一下就起来了。"什么他妈私自办案、违法乱纪，我搞案子时还没有你呢，跟我说什么规定规定的！"老马恢复了老德行。

"嘿，我说你怎么说话呢？"小民警也火了。"我告诉你了，不行就是不行！规定就是规定！你说什么也没用！"小民警也挺有气势。

"这规定谁定的？啊！你说，哪有这么个规定！谁说老百姓就不能查个地址？"老马继续发难。

"谁定的？我们局长定的，怎么了？"小民警提高嗓门儿。

"局长？哪个局长？"老马气的腹胀又疼了起来。"城北分局的，不就是王志宇吗？是不是王志宇是局长？"老马捂着肚子高声问。

"是，就是王局，我跟你说，规定就是规定，你别问我，既然是退休的民警就要好好遵守规定。"小民警还得理不让人了。

"行！那我直接找王志宇，行不行？"老马把话将到这儿了。

"行啊！没问题啊！"小民警也将老马。

老马气得哆嗦，这要是在他没退休的时候，早一大耳刮子过去了。但现在不行啊，自己退休了，不能算民警了。民警打民警，顶多是内部矛盾，局内解决，这要是老百姓打民警了，上纲上线就是袭警。这十几年了，就算是在经侦总队没人正眼看老马、拿他当回事，也毕竟没这么对待过他，今天这小子算是给老马上了一课。老马犹豫了一下，掏出手机，眯着眼睛找了半天，才翻出了电话号码。

老马在等待了十几秒钟后，电话接通了。"喂！王志宇吗？啊，我是马庆，呵呵，对，退休了。那什么，闲话少说，我求你办个事……"老马说着就把他要查二十年前这个地址的事说了。"啊，对，我现在就在管辖的派出所，嗯，不是自己的事，真是公家的事，就为了一个案子……嗯，你跟民警说。"老马哼哼哈哈着，把电话递给小民警。

小民警没接。

"哎，你们局长的电话。"老马说。

"哼哼……我们局长还是您的局长啊？"小民警不屑一顾。"你这招啊，我见的多了，甭跟我这儿耍心眼，说不给查就是不给查。"小民警把头转了过去。

"嘿，我说你这小伙子，这真是你们局长的电话，王志宇局长。"老马确定地说。

"得了吧您，什么王志宇、张志宇的，查不了！"小民警说着就往里走了。

"嘿！你说这……"老马也无奈了。"志宇，那什么，不好意思了，这么一大早，还……"老马也不知怎么圆场。反而是电话那头儿的王志宇火了。

"这是哪个派出所？那个民警叫什么？"电话那头儿传出了王局的声音。

五分钟后，派出所所长从楼上跳着脚跑了下来。

"小刘！小刘！"所长声嘶力竭地喊。

小民警听见所长的声音，一个箭步冲到了门前，双脚一磕笔挺地站立。"到！所长。"

所长一眼扫到了坐在长椅上的老马。"哎呀，您好您好，您就是老马吧。"所长三步并作两步走了过来，与老马握手。"嗨，真是不好意思，我们所这是服务不到位啊，主要是我的失管失查，是我的责任，管理民警不到位，造成服务不够热情、业务不够熟练。这查询地址啊，当然是派出所应当面向老百姓的服务之一了，对不起啊，对不起，怪我们，怪我们。"所长再三赔礼。

老马知道是那个电话管用了。但他心里却十分过意不去，本来挺简单的一个事，非要弄成这样。也怪自己，动不动就犯狗脾气，被这小民警一将，竟然找到了好久不联系的警校同学。

"来！快跟人家道歉！"所长一拉小民警，一下拽到老马面前。

"啊……对不起，对不起……"小民警早傻了，他哪知道面前这个不修边幅的老头子能有这道行。同时更让他肝颤的是，刚才自己的那几句话，是不是真的让王局听到了。

十分钟后，老马查到了一个地址，距离这儿不远。老马没有放过小民警，又让他给那个地址所属的派出所打了电话，查询这户人家现在居住的确切门牌号，经过查询，老马得知现在张鹰的母亲还健在，二十年过后，该是个年过七十的老太太了。老马临出门的时候被所长拦住，所长说了许多客气话，大概有两层意思：一是让小民警工作做到底，开警车把老马送到那里；二是请老马能不能帮他们说说好话，别让王局拿他们开刀。老马点头答应，但却没勇气再去打扰那个老同学。

十七　夕阳漫山

司机小郭站在张文昊的病房，汇报着这几天的工作情况。希望小学的捐款，灾区的捐助，慈善项目的启动情况，说得事无巨细。小郭虽是司机，实际上在公司就是张文昊的代言人，公司许多副总都敬着他。张文昊一边听一边看着报纸。《张文昊将高调慈善进行到底》《张文昊裸捐的背后：慈善注水》，舆论对于他仍是毁誉参半。但世界上毕竟要有这两种声音，有唱青衣的，就有铜锤花脸。其实张文昊从未把自己当成过上帝，他不想，也不屑。但当他看到某个对于他的评价时，却心里一惊。"是沽名钓誉还是真心实意？是慈善还是赎罪？"张文昊合上报纸，被里面的字眼儿刺痛了一下，叹了一口气。

"那笔钱送到了吗？"张文昊问。

"送到了，张总。"小郭回答。

"养老院的人没有多问吧。"张文昊问。

"没有，还是老样子，直接给的现金，十万元。留的假名字。"小郭回答。

"留的哪个名字？"张文昊接着问。

"按您吩咐。这次留的是郝静。"小郭回答，"我没有亲自去，随便找了一个女孩做的交款登记。"

"嗯……"张文昊点了点头，十万元够老太太一年花销的了。"做得还要隐秘，不能出一点问题，千万别张扬。"张文昊再次提醒。

小郭点头。

老马辗转来到那个住处，却被铁将军拦了道。问了邻居才知道，这个老太太早在几年前就被送去养老院了。老马冒充老太太的外甥，问了好几户邻居得知，养老院位于几十公里外的郊区。那个养老院在本市以护理条件好出名，但护理费据说也很昂贵，名字很诗意，叫夕阳漫山。

坐车到郊区的时候已经下午了，老马没时间坐下来吃饭，买了个面包也不喝水，就在嘴里干嚼。拐过一个路口，老马费力走了十多分钟的林荫道，肚子已经疼痛难忍，他干咽了两片止疼片，缓了半天才挨到了夕阳漫山养老院的大门。这条路不通公交车，来这里养老的大都是车接车送的殷实家庭的老人。

夏日蝉鸣阵阵，老马抹了把额头上的细汗，感到有些恍惚。从早晨到现在，他辗转往来了几十公里，不要说他是个重病患，就是一个小伙子也该累得虚脱。老马弯下了腰，用双手支撑起膝盖，大口喘气。

养老院不是派出所，里面工作人员的警惕性并不强。老马从刚才的派出所查出了老太太的姓名，以此为据，冒充起老太太的外甥来。一个女工作人员拿老马的身份证件登记之后，带着老马向里面走去。养老院分内院和外院，外院是工作人员的接待处、景致花园和休闲活动室。夕阳漫山养老院的装修古雅，所用设施都很考究，老马看着心中渐生疑惑。

老太太住的是 516 房间，老马被工作人员引进屋，发现这是一个正规的两居室。

两居室里装修得挺古朴，餐桌、沙发一应俱全，墙上还挂着一个老相框，里面是些老照片。如果不是门前的呼叫器和墙壁上养老院的标志，这与普通的住宅并无两样。老马走到老相框前观望，中间的一张照片便是老人的儿子张鹰。那时的张鹰还很年轻，站在一个建筑前傻笑。

"赵奶奶，您看是谁来看您了？"工作人员向里屋轻声说。

老马在一旁编织着对白，不知下面会出现什么样的场景。这个老太太给他的影响太深刻了，或者说是太有震撼力了。二十年前，这个老太太曾经跪在市公安局门前上访，躺在市政府门前喊冤，也曾经亲自用巴掌抽在他的脸上，那一巴掌抽得老马脸上二十年都火辣。他更忘不了那个女人仇恨的眼神，那绝望中愤怒的号啕。二十年过去了，那样一个瘦弱却目光如电的女人，她的坚持和犀利还在吗？她还是坚信儿子被公安害死的吗？她该如何对待自己？而自己又该如何去面对她呢？老马找不到答案，心里像被一只手抓紧了，七上八下地摇。

"谁？吃饭了？"屋里的声音苍老憔悴。

工作人员是个二十岁出头儿的小姑娘，说起话来甜甜的。"赵奶奶，是您的外甥来了。"小姑娘说着就缓步走进屋里，把老太太搀了出来。

二十年的光阴如刀如剑，谁也逃脱不掉。老马看着被搀扶出来的老人，心里五味杂陈。岁月在她身上留痕太重，那眼神中哪里还有从前的坚持和犀利啊？取而代之的是一种茫然与无助，本就干瘦的身材佝偻着，似乎别人一松手就要塌陷下去。老马心里难受，嘴上说："大娘，我来看您了。"说话的同时，老马胆怯着，不知道下一秒钟会发生什么。

老太太循声缓缓地抬头，眼神麻木茫然。"谁啊？谁？"

老马与老人对视，看不到一点生气。

"嗨，这个老奶奶啊，几年前得了老年痴呆症，有时清醒，有时糊涂，估计这是认不出您了。"小姑娘在一旁解释。

"大娘，我对不起您。"老马鼻子一酸，扑通一下跪倒在老太太面前。

"啊……你是谁，是谁？啊……"老太太被吓住了，蜷缩着身体往后面退。

"大娘，是我……"老马不知该如何解释自己的身份。

"哎，请您往后退退。"小姑娘果断地拦住了老马。"慢慢来，慢慢来，别吓到老人。"小姑娘说。

"她住在这里多久了？"老马缓缓站起来问。

"我也不知道确切时间，我才来这里不到两年。听说老人来这里很久了，起码也有快十年了吧。"小姑娘说。

"十年了？"老马费解。

"是谁送她来的这里？"老马又问。

"嗯……这个我就不知道了，您要去我们院长那里查。"小姑娘回答。

"她还有其他的亲属吗？有谁来看过她吗？"老马接着问。

"嗯……"小姑娘低头想了想。"好像有个亲属，但不知道姓名，很少来，每次都是到该交钱的时候来，放下钱就走，也不看老太太。"小姑娘说。

"你们这里一年的费用得多少钱？"老马问。

"多少不等，住花园单栋别墅的是每年二十万，住带浴缸标准房间的是每年……"小姑娘说着。

"就她这间，多少钱？"老马问。

"应该是每年十万。"小姑娘回答。

"十万……"老马彻底蒙了。据他了解，老人只有张鹰一个儿子，在张鹰死后，也并未有其他亲属随她一起上访或控告，如果老人在夕阳漫山养老院住了将近十年，每年支付十万元的话，那老人的养老费用到现在该上百万了。这笔钱从何而来？是谁支付的？老马似乎看到了迷雾重重后的一丝转机。

"走，姑娘，带我去找你们院长。"老马转身就走，一点儿没有病相。

十八　无法手术

"我理解你们家属的心情，但从马庆的病理结构来看，他确实不适合做手术。"高医生坐在办公桌后，语气温和。"他得的是原发性肝癌，但癌细胞除了在肝部，胆管上也有了转移，这是一种肝胆混合的癌症，到了晚期，就算通过手术切除病灶，也无法从根本上消除转移。我这么说，你明白吗？"高医生问。

马刚缓缓低头，双手攥在一起。"高医生，那……那我父亲……该怎么治疗？"马刚抬起头颤抖着问。

"哎，如果你父亲身体条件允许的话，可以试试介入疗法。介入治疗是目前治疗无法切除肝癌的首选手段，主要通过病人大腿部血管插入一根导管到达肝脏肿瘤部位后，对肿瘤进行栓塞、化疗。其他的方法诸如射频消融都不是首选，但是否做介入，要你们家属和病人做决定。"高医生回答。

"嗯，我懂了。"马刚点头，"那，高医生，我父亲现在吃饭有没有什么需要忌口啊，从网上我看，鱼虾什么的都不能吃吧？"

"嗨……"高医生摇头，"到了这个时候，还有什么忌口啊，老人想吃什么就尽量弄些给他，关键是最后一段时间的生活质量。"高医生停顿了一下说："现在你父亲已经出现少量肝腹水了，要尽快了……"他没把话说完。

马刚站了起来，冲高医生深深鞠了一躬。门诊楼熙攘的人群中，马刚仿佛拿着一纸审判书，简单的一段文字，便判定了父亲的命运：肝癌晚期，已转移，不建议手术，术后复发概率大，不建议做放化疗，建议介入疗法。

马刚有些害怕，他不知道该如何去面对父亲，更不知道该如何继续处理这接下来的一切。他至今还没有个正经的工作，没有个正经的住处，没有个正经的女友，没有个步入正轨的人生。他惶恐，他茫然，他不知道父亲如果走了，自己该如何面对生活。父亲带他来到人世，只给了他寂寞的、空虚的、灰色的二十几年，他没见过母亲，从未感受过母亲的宠爱和温暖，也很少从父亲那里获得任何的赞赏和鼓励、支持和依靠。在他眼里，父亲是个不称职的警察，更是个不称职的家长，他似乎一直在消极躲避着某种东西，但又用坚硬的不屑一顾去抵御着别人的评价，他对家里那些鸟和鱼、花和草的细心，远远超过了对待自己的耐心。父子之间的关系一直处于冰点。而此时，马刚心里却有一股翻江倒海的热流在涌动，一种不断弥散的疼痛在蔓延。在生死面前，他害怕任何一种预感。

马刚提着饭盒走进住院楼，穿过一间又一间的病房。肝部肿瘤、肺部肿瘤、泌尿肿瘤……这里是病患和家属的世界，而医生和护士更像是这个世界的旁观者、见证者。肿瘤像一堵墙一样，把病人与外界隔开。

走进屋里的时候，马刚傻了。15号病床空空如也，病号服被叠好放在枕头上。一个护士见马刚进来了，忙过来问："您是马庆的家属吧，他去哪里了？这住院怎么能随便乱跑呢，今天一天的点滴呢……"

马刚哪里知道，他迅速拿起手机，拨打起老马的号码。

老马的手机在裤兜里振动了半天，他也不去接。在院长办公室里，他拿到了养老院的登记表，从上面记录的情况看，最初送老人入院的登记姓名是张楚。

张楚……老马迅速从脑海中寻找着这个名字。

再翻，隔一年支付费用的姓名又改成了王凯……

再翻，两年后又改成了郑朋……

这到底是怎么回事？

"院长，每次交款都不是同一个人吗？"老马问。

"这个情况我不太清楚，每次交款和登记都应该是前台的工作人员负责。"院长回答。

老马翻了几页，又发现了问题。

"为什么没有交款人的联系方式和证件登记情况？"老马又问。

"嗯，如果是交款人刻意回避或者拒绝登记，我们也没办法。"院长回答。

"那如果老人出现什么意外呢？"老马继续问。

"嗯……这个……"院长为难了。"哎，这么说吧，我们这个养老院啊，比较特殊。许多老人都是带着关系来的，有的是高级领导的亲属，有的是外地商人的父母。按照规定要求，每个来养老院的老人都必须有亲属登记，而且必须要留下保持畅通的联系方式。但这个老人……"院长欲言又止，"这个老人从来的时候，家属就要求，一定不能透露他的相关情况，而且也不愿留下联系方式。"

"那如果老人出了问题怎么办？比如重大的疾病或者……"老马没有往下说明。

"是这样。像这样的情况，如果病人家属不愿留下真实姓名和联系方式，老人一旦出现问题，我们会按照与家属事先签订好的协议安置老人后事，费用将从老人入院时的保证金中扣除。"院长说。

"保证金多少钱？"老马问。

"五十万元。"院长回答。

老马默然，继续翻登记表。"最后一次交款怎么没有记录？"老马抬头问。

"啊？最后一次交款？"院长也走过来看。"哦，是这样，今年的交款期是上个月开始到这个月底结束，如果这里没有登记，他该是刚刚交过款，或者还没有交款。"院长说。

这是个机会！老马突然意识到。

"那还要麻烦您，马上带去我前台查查他是否交款？"老马必须要抓住这个机会，他似乎看到了一丝稍纵即逝的曙光。他似乎找到了二十年前的某种感觉。

"您是……老人的家属吗？"院长看着老马的表情，疑问道。

"我是……"老马真想脱口而出说自己是个警察，但又觉得荒谬，自己此时此刻已经确实不再是一名警察了。"哦，我是她的家属，但只是远房亲戚，这么多年了，都找不到她身边的人了。"老马继续演戏。

十九　严重昏迷

马刚急疯了，他反反复复在肿瘤医院找了几趟，还是没有发现老马的身影，急得他坐立不安、原地打转。父亲为什么不辞而别，难道他？马刚不敢再往下去想。

林楠！只有找他了。马刚拨打起他的号码。

老马气得想拍桌子，太他妈寸了！按照前台的登记，老人明年的费用竟是在昨天交纳的。老马欲哭无泪，跳楼的心都有。等了二十年的线索啊，怎么就仅仅差了一天，不对！按照登记的时间来看，仅仅差了不到 20 个小时。

"来交款的人长什么样？"老马问前台的工作人员。

"是个女孩，听口音不像是本地人。"工作人员说。

"什么？女孩……"老马彻底蒙了。"体貌特征什么样？"老马问的有点专业。

"啊？体貌特征？"工作人员显然没有听过这样的提问。

"哦，就是身高、身材、口音、头发长短等基本情况，还有有什么特殊的特征？"老马解释。

"呵呵，我怎么听着像警察问犯人。"工作人员笑。

"呵呵，不是不是，我是着急的，想看看是家里的哪个人。"老马克制了一下自己的情绪。

"那个女孩高高瘦瘦的，二十多岁的样子，长头发，穿一件粉红色上衣，蓝色的裙子。"工作人员描述着。"她来了之后也没多说话，就说给老太太续存明年的十万元，之后我让她登记一下姓名，她就签了一个名字，也没留下电话。"工作人员指着前台登记本让老马看。"我给她开了收据。"

收据上签的名字是郝静。郝静是谁？老马再次陷入沉思。

按照养老院的工作人员回忆和相关记录的还原，每年给老人送钱的人大都不一样，而最近的两次登记，一个叫秦岭，一个叫郝静。他们之间到底有什么样的联系呢？老马仿佛回到了破案生活。

林楠也急了。他正好在附近办事，十分钟不到就开车赶到了。

"怎么回事？我师傅呢？"林楠问马刚。

"我也不知道啊，林哥，我爸他……他……"马刚一连几个他，说不出下文。马刚比林楠嫩多了。

"嗯，我也给他打电话了，就是不接。"林楠叹了口气。"这样吧，你在这儿守着，如果师傅回来了就马上告诉我，我再去想想办法。"林楠转身就走。"哎，刚子。"林楠停了下来。"那个……

师傅的检查结果出来了吗？"林楠犹豫了一下问。

"嗯，出来了。"马刚低头。"肝癌晚期，已经转移，做不了手术了。"马刚带着哭腔说。

"肏！"林楠咬牙。师傅啊，你不会这么扛不起事儿吧。林楠想。

他默默地走出了房门，在楼道的电梯口点燃了一支烟。犹豫了良久，他还是拨通了电话。

"啊，六哥，呵呵，我是楠子。有个事得求你。"林楠掂量了一下说，"是这样，有个私事，想请你帮我给一个手机定个位置，嗯嗯，放心放心，不会有任何问题。"林楠很少通过正当关系求人办私事，特别是这种给人家找雷的敏感事情。但为了师傅，破例犯戒也没办法。

老马最终还是没有瞒住身份。当他要求调取养老院监控录像时，院长终于发难了。

"我刚才就觉得你不像是老人的家属，说，你到底是什么人？到底有什么目的？"院长是个五十多岁的胖女士，烫着一头的卷发，声色俱厉，满眼质疑。

"哎，您别多想，我就是想调一下监控，看看昨天那个交款的人，是开着什么车来的。"老马还在做着抵抗。

"不对，你别以为可以骗得了我们。"院长否定了他的谎言。"你要是再不说我们就报警了，小王，把保卫部的保安叫过来。"院长发号施令。

"哎，您别这样啊。"老马不是怕她报警，而是怕她打草惊蛇，坏了自己的大事。

"我一看你就不像什么好人！"院长指着老马那身皱皱巴巴的汗衫，语言开始刻薄。"我告诉你，像你这样的人我也不是没见过，冒充老人的家属，为的却是谋财害命。今天你还别走了，我一定要看看你到底是什么目的。"女人发起狂来比男人要厉害得多。

老马还想解释，但门突然开了，四五个保安呼啦一下就把他团团围住。

"快！马上报警！就说咱们养老院来了一个诈骗犯，保安，看住他，别让他跑了。"院长振臂一挥，保安齐刷刷地扑了过来。

"哎！放手，你们放手！"老马也急了，他努力挣扎，想要脱身。保安都是二十岁左右的壮小伙，哪里会管他的辩解。老马被几个小伙子扭住胳膊，眼前一阵恍惚，他想要挣扎、想要摆脱，但力不从心。腹部的胀痛针刺一般，迅速延伸到胸腔和背部，汗水一下涌上了他的额头。

"放手！我是警察！"老马大喊。

"别听他的，一会儿警察就来！"院长不屑再去看他，转身离开了房间。

"放手！我告诉你们，我是警察！"屋里的喊叫还在持续。院长没走出多远又听见几个保安喊起来。"院长，他……他晕倒了……"院长一惊，转身返了回来。

110警车和120急救车都停在夕阳漫山养老院的门前。林楠和马刚开车过来的时候，老马已经被抬上了急救车。马刚跑过来满眼是泪。"爸，您这是怎么了？别想不开啊！"

老马的意识还很模糊，看马刚来了，竟然挤出了一丝笑容。

"爸，您别担心，这病没事，咱好好治，一定能行。"马刚竭力去安慰老马，殊不知是鸡同鸭讲，各说各话。

林楠也跑过来。"师傅，怎么回事？"林楠问。

"监控……录像……"老马有气无力地说。

"懂了，您别管了。"林楠听师傅说起过这个案子，也发现了那本案卷的丢失，警察的敏感让他马上意识到了老马来这里的原因。

"就是他，冒充警察的骗子。我们根本没把他怎么样，他就晕倒了。"一旁的院长极力向另外几个警察解释着。

"哎，您好，我们是派出所的。您是这个人的家属吗？请跟我们去一趟派出所。"一个穿制服的警察走过来说，语言客气但语气强硬。

"我是市局经侦总队的。"林楠表情严肃冷峻，从包里拿出工作证。

派出所的几个民警一愣，都站直了身体。

"我们现在在办一个重案，这个人是我的同事。您，现在跟我走一趟。"林楠用手指着民警身后的表情惊愕的院长，语言客气但语气强硬。

二十　被迫逃离

惨白，眼前的一切都是惨白，从闷不透气的狭小密闭空间到摇摇晃晃迅速变换的天花板，一切都梦境似的转换着。是在做梦吗？如果是，为什么会这么真实？不是在做梦吗？如果不是，为什么会这么虚幻？老马感到胸部极度的压抑和腹部的胀痛，同时又感到身体极度自由，仿佛悬浮在空中。他努力回忆着刚刚梦境中感受到的一切，黑暗中的呼唤、淡红色的天空、悬浮在眼前的白色日光灯，然后又是黑暗。接踵而来的画面让他目不暇接，让他头痛欲裂。他急促地呼吸，努力让自己闭上眼睛，之后是无尽地坠落。

醒来时，已是第二天清晨。

"醒了？醒啦……"对面的老姚第一个发现。"快，去叫医生。"老姚对大女儿说。

不一会儿，高医生、护士、林楠、马刚都先后来到了老马床旁。

"爸，你怎么样了？"马刚急切地问。

"师傅，感觉好点儿了没有？"林楠也问。

"哎，几位家属，请让开一点儿，别妨碍我们的治疗。"后面的医生说。

老马想努力支撑起身体，却力不从心。阳光洒在他脸上，让他感到了温暖，他不禁转过头望去。窗外的白杨树被风吹过，沙沙作响。

"我怎么了？"老马不知在问谁。

"你昏迷了十多个小时，不要马上下床，继续休息一会儿。"高医生做出权威的回答。

"哎……"老马不知是叹气还是呼吸。

"你现在的情况必须马上配合医院治疗，如果下次再出现这种私自出院的情况，我们可没法负责了。"高医生不带任何感情色彩地说。

"嗯，我知道。"老马低声回答。他想起了昨天发生的事，想起了被保安围困的情景，他感到耻辱，一种莫大的耻辱。

"爸，这都什么时候了，您还跟自己较什么劲啊。"马刚带着哭腔说。

"什么时候了？临死的时候了！"不知哪里来的愤怒，一下冲破老马的胸腔。"我得做点儿事啊！不能等着嗝儿屁啊！"老马歇斯底里。

"爸……您这是……"马刚吓了一跳，无所适从。

林楠拍了拍马刚的肩膀，走了过来。"师傅，您的心思我懂，有什么事我来查，没事。"林楠说。

"我，就不给你添麻烦了。"老马知道自己失态，又闭上了眼睛。

"那个院长我昨天谈完了，她随叫随到。"林楠接着说。

老马睁开了眼睛。"你……帮我调一个监控录像吧……"老马犹豫了一下说。"按照养老院登记本上一个叫郝静的登记时间，调一下与她有关的全部线索。"老马说。

"好，我明白，师傅。"林楠点头。

"麻烦了……"老马抿了抿嘴。

"呵呵，小事一桩。"林楠努力地笑。

张文昊的窗帘拉不开了，他还是严重地失眠，他把睡眠的到来寄托于黑暗，所以他时常用毛巾蒙住眼睛，但依然无济于事。失眠让他感到巨大的空旷，打乱了他严丝合缝的规律生活。不想浪费任何时间的他，却终要在这里浪费所有的时间，一想到这里，他就觉得恐惧。

从那天市领导来过之后，张文昊的行踪便被彻底暴露了，来探望的人接踵而至。房地产圈的、娱乐业的、公司高管、下属、员工、某个公司或组织的代表，各种与他打过交道、没打过交道、见过、没见过的人，各种与他存在着利益关系、存在着生意往来的人，甚至还有他泡过的夜总会小姐，他们一个个敲门、一个个进屋、一个个将鲜花、花篮、昂贵的营养品堆在门口，又一个个地说着客套的嘘寒问暖的话。张文昊觉得自己快要被逼疯了，试图提出谢绝见客。但无奈身不由己，随着来客身份的不同，一次又一次破例，一次又一次收拾好房间整理好装束。张文昊受不了别人拿自己当病人，所以要硬撑着身体，摆出一副看破的模样。他想骂人，想和几十年前那样蹲在街头肆无忌惮地骂那些脏话，但他不能，起码在死之前不能。

"谁他妈让她来的！"张文昊用力将一捧花摔在地上。"如果她再出现，你就给我滚蛋！"张文昊吼完将电话挂断。

他妈的，夜总会的妓女竟然和银行行长同时坐在自己的房间，这简直是个笑话。如果被媒体的人得知，或者被那些不怀好意的竞争者夸大渲染，那自己还有什么脸面面对张文昊这个名字。他妈的！张文昊越想越气。

事实上，那个女人也不是夜总会的妓女，而是这个城市最著名的夜总会的妈咪，算起来，也该算是个交际花之类的人物。而且人家来的时候也没有浓妆艳抹，也没有暴露身材，只穿着一件普通的衣裙，谈话间也并未带有什么目的。按她的话说，只是过来看看。但张文昊还是觉得脏，觉得这女人身上散发着一种腥臭。他有洁癖，讨厌别人用过的东西。在刚才的半个小时里，张文昊应付着那个银行行长和这个妈咪的双重问候，他不想深究他们此行的目的，但根本不相信他们是来关心自己的病情。在生意场上，能够维系关系的唯一纽带就是利益，更何况像自己这样的人。他们需要的，只是自己的钱而已。而相比那个银行行长只字不提业务的虚伪，那个妈咪反而更加直接。她来了就那么默默地坐着，只是不时说几句问候的话，想必银行行长也不会知道她的真实身份。而仅仅这半个小时的露面，便在几个小时后为她带来了不菲的封口费。

张文昊有时想，在钱的面前啊，大家其实都是嫖客，也都是妓女。这么想想，他竟然开始觉得那个妈咪比银行行长更可爱了。

电话，又是电话响起。张文昊冷冷地看着电话在那里鸣叫、振动，自己却毫无力气去接通。他觉得此刻的自己可笑至极，仿佛是一只入笼偷食的鸟儿，不料却被囚禁笼中，供人参观。"喂，什么事？"

张文昊还是接通了电话。

"什么？陈局长和董副局长还要来？什么时候？"张文昊一连几个疑问。自己竟然降到了接待处长的地位，他有点受不了了。

他拉开窗帘，正好可以看到楼门。张文昊透过窗户，正看到两辆奥迪 A6 停在门口，一胖一瘦的两个男人先后走下了车。

不行！不能再这样了。张文昊告诉自己。

他在屋里打转，不知道该以何种方法拒绝他们的探视。不行，他无法拒绝他们的探视。他无所适从，他竟然感到了无所适从。张文昊犹豫了几分钟，一种逐渐增强的巨大压抑把他逼到死角，让他不能呼吸。张文昊几乎能想象他们已经走到了电梯前，或者是已经按动了驶向这层的按键。不能再犹豫了，张文昊猛地推开门，走了出去。

二十一　别拿自己当上帝

老马缓了缓好多了，他和老姚断断续续地聊天。都在生死关走了一遭，两个人有了更多的共同之处。问到那夜的情况，老姚仍是只字不提实情，只说是自己病情恶化了，给儿女添乱，说着说着就有些伤感起来，但又总会被他自己克制住，再转到其他的话题上。而许多病友都知道，他那晚的病情就是来源于老姚外孙子带来的那碗卤煮。

两位聊几句，就歇一会儿。阳光洒在他们的身上，有种悠然的感觉。这时突然一个人跑了进来，也不打招呼说话，三步并作两步地走到靠窗那个无人的床位，脱鞋上床，拿被子蒙住了脸。

老马一愣，没看出来人是谁。

紧接着，病房外一阵忙乱。老马侧目望去，看见肿瘤医院的秦院长在前面引路，后面几个像模像样的人缓步走来。老马一看到这些像模像样的人就觉得费劲闹心。用他的语言来评价，就是一个字：装。

老马干了三十年警察，有点味儿就能带动起嗅觉，有点声儿就能辨得出方向。他转头看了看靠窗蒙在被子里的那个人，冲鼻子上插着氧气管一脸茫然的老姚撇了一下嘴。

"看见没有？这大房子住腻了，削尖了脑袋往咱这贫民窟里钻呢。"老马阴阳怪气。

张文昊还是有涵养的，听出来这话是针对自己，但还是忍着。在这里被人挖苦，总比在房间里和那些人扯淡强些。张文昊闷头不出，老马不屑一顾。"哎，这人呐，都是想不明白。名利名利，不是东西啊。"

不一会儿，病房外脚步声杂乱起来。有些人在寻找，有些人在等待。这时，张文昊的手机振动起来。张文昊无奈，把被子从头上拉下，把手机放到柔软的床上，振动的声音就弱了。

"哎，何必呢？"老马接着甩话。

"怎么了，朋友。我惹你了？"张文昊也不客气，反问道。

"没有啊，您这么一大名人、大企业家、大慈善家，哪有闲工夫惹我啊。"老马反唇相讥。

"呵呵，那就怪了，没惹到你，怎么我进来待会儿你这就连损带挖苦啊？"张文昊打小也是从南城长起来的，嘴上也一点儿不吃亏。

"哎，咱可不敢挖苦，咱这是说实话啊。您看您那屋子多气派，大沙发、大空调，多牛啊。自己待着多美啊，您往这儿跑什么啊？"

"嘿……"张文昊让老马噎了一没话。他可是多少年没受到过这待遇了，心里的斗性一下被激起来了。

"哎，花多少钱就办多少事，这世界上没有跟钱作对的。我愿意住哪儿就住哪儿，那个房间我要，这张床位我也住，怎么了？"张文昊说得孩子气。

"呵呵，这张床位你也要，行啊。有钱您就把整个医院的床位都占了，隔一天睡一个地方，或者这样，您就自己花钱弄一个肿瘤医院，多雇些大夫给您一个人治得了。也省得给我们添乱。"老马越说越不客气，他可没想和张文昊逗着玩。

"就你们这些人啊，一点意思也没有。"张文昊被说得有点儿生气。"有点儿不如意吧，就骂政府，受点儿委屈吧，就把气往别人身上撒。这整天把钱挂在嘴边，有意思吗？"张文昊说。

"没意思啊，当然没意思了。"老马嘴快。"那整天拿自己当上帝，总操着一副普度众生解救黎民百姓的德行，有意思吗？"老马再次反问。

"什么上帝不上帝的？谁拿自己当上帝？"张文昊没反应过来。

"我说谁啊？我说这城市的名人啊，著名慈善家，著名企业家啊。"老马撇着嘴说。"捐钱就捐钱吧，还什么不通过红十字会，要把钱直接给到老百姓手里。给就给吧，还要让老百姓举着钱跟你合影。恶心不恶心啊。"老马说着把脸往下拉，就快掉地上了。

张文昊的脸也拉下来了。这明摆着就是冲自己来的啊。是，他是所有的捐款都不通过任何组织，也确实干过捐了款让被捐赠者举着钱跟自己合影的事。但他都是有目的的啊，前者是他不相信捐助中介组织，而后者就确实是带有目的性了，那是他捐助一个希望小学时的突发奇想，他让被他捐赠的小孩们每人举着自己的千余元捐款，围在他身边一起合影。那张照片拍出来确实很有震撼力，你想啊，漫山遍野的百余个孩子每人举着十几张大票，一张张微笑的小脏脸，满怀憧憬地仰视着衣冠楚楚的张文昊。他说自己不想当上帝，但那不是上帝是什么？

张文昊不知怎么跟老马解释，也觉得毫无解释的必要。但这话赶话被堵在这里吧，也着实难受。

"哎，算了算了……都是同病相怜的，有什么好吵的……"老姚在一旁听不下去了，劝解道。"都少说两句，到了这儿啊，大家都是病友，都要相互支持着，别再跟自己过意不去了。"

张文昊听了准备作罢。是啊，跟一个陌生人斗什么嘴呢，自己也真是的。

而老马却还是那个德行。"是，您说的对啊，到了这儿都一样。有钱能治病啊？有钱也不一定能……"老马没往下说。

"有钱怎么了？有钱可以拯救别人的生活，可以改变自己的命运。"张文昊还是没绷住还了嘴。

"算了吧，能拯救谁啊？我就看不上你们这些整天拿自己当上帝的。"老马不为所动。"整天拿别人当傻子，你这什么慈善啊，我看就是旧社会的布施，给自己找感觉呢吧。"老马反问。

"嗯，是，找感觉呢。但被布施者不是也得了好处吗？"张文昊说。

"是，人家当着你面儿都说你好。背着你说什么你知道吗？"老马一点儿不怵眼前这个名人。

"那我不管，我只管我能做到的。"张文昊义正辞严。

"呵呵，当上帝有快感啊？"老马问。

"有啊，比干什么都有快感！"张文昊回答。"我说你啊，朋友，别总对别人干的事不屑一顾，有时间好好琢磨琢磨自己，别把时间荒废在鸡蛋里挑骨头上。"张文昊说得没趣，扔下一句话就往外走。他估计等他的人也该走的差不多了，同时也感觉到，与其在这里被他挖苦，还不如到房间里扯淡。

"哎，慢走啊……"老马拉了个长声。"您就回自己的单间吧，自己待着多舒服啊，跟这屋也是受罪。"老马明摆着气人。

张文昊刚走了两步，被他这么一说就停下了脚步。

"要你这么说啊，我还不走了。"张文昊意气用事了。"护士，护士！"张文昊叫。

护士一看是他，三步并作两步地跑过来。"什么事啊，张总。"

"给我调房，我就住那个床位。"张文昊指着靠窗的那个空床说。

二十二　笑着流泪

"姥姥的，大房子不住，跑这儿给我堵心来了，有病！"老马在病床上双手抱头，跷着二郎腿。

老姚无奈地摇头，咳嗽了两声，觉得老马真像个孩子。

"我还跟您说啊，还别说什么同病相怜的。"老马还是那个话茬儿。"这要搁旧社会啊，那小子是资本家，咱是老百姓，这是阶级仇。什么慈善啊、裸捐啊，在我看啊，都是往自己脸上贴金，找当大老爷的感觉。"

杨晋财这时进来了，他白天几乎不怎么在病房里待着。"喂，我是杨总……"杨晋财一进来就打电话，一看老马那一脸的官司，不禁把声音放低。

不一会儿，老姚的家人陆续到了。他的老伴、大闺女、大女婿、二儿子、二儿媳，一大家子带了好几个饭盒的晚饭，他那个床位永远是人满为患。老马主动送过去他床位的一把椅子，看着那情景就觉得羡慕。

这时，张文昊进来了。

"哎哟喂，您这还真搬进来了？"老马差点儿从床上掉下去。

"呵呵，是啊，真的搬进来了。我一个人也闷，找你聊聊天啊。"张文昊说的是真话。也许刚才他说"不走了"是气话，而就在他再次回到VIP病房的时候，他却真的有了这个打算。他无法再说服自己面对这个空旷的、丝毫看不出是病房的房间，同时他也不想一个人面对那个被无尽拉长的夜晚。

老马心里没好气，但嘴上也没法再说什么。虽说医院不是张文昊开的，但也不是他自己开的，他没有理由阻止人家的行为。

"怎么着？儿子快来了吧。"老姚问老马。

"嗯，您吃您的，别惦记我，他一会儿就来。"老马冲老姚点头。

"那您呢？"老姚问张文昊。

"一会儿有人送饭，谢谢您。"张文昊回答。

老姚是讲礼数的，问了一圈儿才准备吃饭。家人打开几个热腾腾的饭盒，张文昊探过头看看，都是一些再普通不过的家常菜，炒土豆丝、炒白菜、红烧豆腐，但闻起来却香气扑鼻。甚至远远超过一会儿将为他送来的海参和燕窝。

"哎呀，您这饭真香啊。闻起来可比我家的厨师弄的好多了。"张文昊说。

"哎，那什么，拿您的碗，我这还没动筷子呢。"老姚十分热情。

"啊，不了不了，您吃吧，您吃吧。"张文昊推辞。

"哎，没事，闺女，跟他拨点儿。"老姚冲大女儿说着。

大女儿实在，没容张文昊再推辞，上前几步，拿过张文昊放在桌上的餐盒就往里拨。

"哎，这多不好意思啊。"张文昊竟然腼腆起来。"好，那我就尝尝您家人的手艺。"张文昊痛快起来。

这一吃,还真不得了。饭菜的味道一下勾起了张文昊十几年前的记忆,那家常的油盐酱醋烹制出的味道,让他想起了曾经在工厂的大食堂,曾经在大杂院中的小厨房,想起了曾经紧紧巴巴却那么真实的生活。

张文昊几筷子下去,就把饭菜都干掉了。老姚笑着说:"这老话说得好啊,粗茶淡饭养人啊。"张文昊点了点头,觉得这里亲切无比。

"哎……朋友,你叫……马庆。"张文昊扭着头看了看老马的床头卡,开始琢磨他。

"啊,怎么了?认识我?"老马没好气地说。

"嗨,这不刚刚认识嘛,呵呵。"张文昊笑了,他挺喜欢老马的这种斗性,这让他觉得自己还活着,还有生气。

"干什么的?一听有钱人就鼻子不是鼻子、脸不是脸?"张文昊问。

"我?搞房地产的。"老马回答。

"搞房地产的?"张文昊审视着老马。"我看不像,看你倒是像倒房子的房虫子。"张文昊说。

"嘿,怎么说话呢你,谁是房虫子?"老马冲他瞪眼。

"哎哎哎,我说朋友,咱聊天说话,别脾气这么急。我就说吧,你不是搞房地产的,我一猜,你还生气。你说你这人。"张文昊控制住节奏,看着老马想笑。

老马被噎了一下,不想再搭理他。老马把头转向朝门的方向,挪开视线。

"呵呵……"张文昊满意地笑了。

"哎,不对啊。"老马一翻身转了回来。"你搬到这个床位,是不是故意气我来了?"老马琢磨出滋味。

"哎,正是。"张文昊更加得意了。

听这话,老姚和家人,都笑了。

这时,小吕从外面进来了,怀里还抱着一盆花。

"姥爷,给您带了盆花,您看看。"小吕这小伙子的脸上总是挂着笑容。

那是一盆君子兰,已经窜剑开花,墨绿的叶片间生出一朵橘色的蕊,直耸耸地对着天,充满了生气。

"手培兰蕙两三栽,日暖风微次第开。坐久不知香在室,推窗时有蝶飞来。"张文昊不禁念道。

"哎,好孙子,真是知道姥爷在想什么啊……"老姚笑了,眼泪却在眼里打转。

"嗨,姥爷,您怎么哭了,别哭别哭。"小吕笑着安慰老姚。

"哎,孙子啊,我这辈子啊,有你们就知足了。"老姚笑着流泪。"其实这病吧,也没什么可怕的,大不了就是一死。都这个岁数了,还害怕什么?我一看到你们啊,就觉得自己一点儿事都没有了,但是你们一不在吧,就又怕明天再也见不到你们了。我……是舍不得你们啊……"老姚老泪纵横。

"哎哎哎,姥爷姥爷,你怎么跟个小孩儿似的啊。"小吕抱着老姚安慰。"没事啊,放心吧,一定会好的,还记得您从小到大一直跟我说的吗？战斗，战斗，再战斗！记得吗？"小吕一边说一边握住老姚的手，笑容依旧。

"嗯！好孙子，说得对！战斗，战斗，再战斗！"老姚也努力笑着。

"哎，我有群好儿女啊……"老姚抬着头，不知是在对他们说，还是在对自己说。

"孙子，以后也别再攒钱给姥爷买好烟了，姥爷现在不能抽了。卤煮，咱也戒了吧……"老姚握住小吕的手，眼泪还是淌了下来。

"嗯，知道了，姥爷，来，擦擦眼泪。"小吕从母亲那里接过手帕。"您看您，让人家看了都笑话。"小吕仍在微笑。

张文昊动容地看着，觉得这个小伙子真是懂事。那盆君子兰在老姚床旁绽放着，预言着希望。

小吕哄好了姥爷，转身的一瞬间，泪流满面。热泪滚落在他胸前，却未发出一点声音。

老马看到这一幕，眼睛发涩。

二十三　将一切变现

杨晋财这几天一直在做梦，他梦见有人追他，在黑漆漆的没有方向的梦里追他。他看不见追他那个人的脸，但他确定那人离他越来越近，他几次想试图回头都没有勇气。他只能在梦里跑，有时跑着跑着就醒了，一身冷汗。醒了之后就感到疼痛，就彻夜无眠。而想了良久才想起，那个追他的人，没有影子。

杨晋财住进来快两周了，但还是没有人来看他。这让他心烦意乱。在被确诊为肝癌之后，他本就干瘦的身体似乎被抽干了。每一分钟的空白都让他无法忍受，他焦虑、他烦躁、他想歇斯底里却没有勇气，他不知道什么才是自己情感的发泄口。在这个陌生城市中的陌生地点，他每次醒来的时候，发现自己只占据这不到三米的地方，便感到极度的压抑。一方面他反复告诉自己，路还没有到头儿，一定还有某种出口。而另一方面他却无力去摆脱那种将他死死缠住的游离和恐惧，他不能想象自己怎么会落到今天这个田地。自己才刚刚四十一岁啊。

无奈，杨晋财的生活很忙。十几年的你争我抢，让他无法去相信任何一个人。他不相信合作公司的承诺，几次的拖欠款依然没有到账；他不相信公司的会计，虽然会计是他的二姨；他不相信他的父母、他的哥嫂，他们只想从自己这里拿到钱，只想瓜分他的财产。而他该相信谁呢？他根本不想找到答案。生活只能依靠物质来证明价值，这是他一直在做的。

这十年的生意，让他体会到了成功，也找到了自信。什么叫成功，就是让自己的荷包一下鼓起来，买自己想要的东西。什么叫自信，就是让那些歌舞厅的娘们儿看见自己就往身上贴。杨晋财不在乎那些眼神和评论，不在乎别人背后给他起的外号，甚至不在乎妻子离他而去。他只在乎真金白银，那些沉甸甸的东西才是对自己价值的

098

最好体现。有钱什么买不来，有钱还怕个毬！

而当那一纸检查结果放在他面前的时候，他害怕了。一种不知名的力量开始缩短他有限的时间，这让他魂不守舍。每天无数的电话，杨晋财不知道是在催别人，还是在催自己。他突然感到，竟然有那么多的尾款还没有结算，有那么多的焦炭还没有售出，他无法忍受自己手中的流动资金只占他全部财富的一小部分。他急切地需要将所有的一切变现，所有的一切。

所以他打电话，去催、去求、去喊、去吼，他要求合作者必须马上兑现、马上付款，别再他妈的拿什么现在资金周转不灵、要到年底支付之类的鬼话来骗他。杨晋财发了狠地威胁着，变着法儿地央求着。通过努力，这几天会计说公司账户的数字开始上升，他这才有了一丝安心。但这种欲望似乎是填不满的壕沟，让他欲罢不能，必须继续下去。他妈的什么是真的啊？亲情？爱情？友情？全是扯淡，到了现在还没有一个人来看他。刚进来时，对于癌症他还只是感性的恐惧，而没有上升到实际。但当他面前那个床的内蒙古人来了之后，他才实实在在地感到了这种黑暗的巨大与空旷、冷漠与无情。

内蒙古人住的就是张文昊现在的床。那个高大威猛的像山一样的男人，做了化疗之后还能吃两碗干饭。病友们都夸赞他身体好，觉得他该是绝症面前的英雄。而就在他被推出手术室的时候，所有人都震惊了，白布蒙过了他的头颅，一具冷冷的尸体。一瞬间，所有人都变成了行尸走肉。

杨晋财就这么呆呆地看着，看着他的家人抹着眼泪收拾他的行李物品，看着护士摘下他床头的床头卡，看着他们换上新床单，整理平整、宛如无事。他开始恐惧，仿佛一下掉进了冰窟窿里，这是一种无以言表的真实寒冷。在病理结果出来后，张文昊失魂落魄，七天的茫然等待没有给他换来一个奇迹，"癌症"两个字再也逃脱不开。所以他现在把所有希望寄托在手术上，他期待着奇迹的出现。看着表上的时针一点一点地过去，杨晋财无所适从。他再次拨打了电话。"艳红，到没到啊？"杨晋财不耐烦地问。

二十四　小蜜逼婚

　　张艳红是杨晋财的小蜜，那是个二十多岁的妖艳女人。走进屋的时候，老马被一阵浓重的香水味呛了一下，感觉像吃炸酱面咬到了大料。

　　"哎呀，亲爱的，不好意思啊，我今天刚从北戴河回来……"张艳红一说话嗲嗲的，但还是掩盖不住东北口音。"怎么样啊？感觉好些了吗？"张艳红俯身靠近。杨晋财一抬头便看到了她胸前露出的白花花的肉。

　　"好个屁！都他妈的要死了！"杨晋财气不打一处来。

　　"怎么了，怎么了嘛。"张艳红撒着娇，"人家不是看你来了吗？你不是也没早说吗？现在还怪人家。"

杨晋财没有说话，在这个特殊时期，身体中的荷尔蒙似乎也不再分泌了。面前这个以往让他疯狂、让他迷醉的女人，今天却提不起兴趣。杨晋财本来没想告诉她自己得病，因为自己得不得病，实在是和她没有关系。他与张艳红之间，只是金钱搭建的合作关系而已，一个提供金钱，一个提供肉体。杨晋财花钱买的只是张艳红的脸蛋、胸脯、大腿。而不知为什么，今天他却没有拒绝张艳红来看自己。在这个时候，也许他真是急需别人的安慰和照顾，他不想在这个病房显得这么特殊。这时的张艳红，让他感到温暖。

　　"晋财啊……有个事要你帮忙了……"张艳红用双手扶住杨晋财的胳膊，香水的味道扑面而来。

　　"什么事啊？"杨晋财问。

　　"我前几天认识一个朋友，他特别牛，炒股票从几万块炒到了几千万，我几个朋友都在跟他做呢。他跟我推荐啊，最近有一只股票特别好啊……"张艳红话还没说完，就被杨晋财打断。"得了得了，什么股票股票的，弄股票的没有赚钱的，最后都得亏进去。"杨晋财说得信誓旦旦。

　　"不会啊，真的不会。"张艳红辩解。"我就玩这一把，赚了钱就跑，到时请你吃大餐啊，老公……"张艳红说着就靠了过来。

　　"你玩股票我不管，但别再跟我要钱了，现在没钱。"杨晋财说得果断，他知道张艳红这么说是为了什么。

　　"哎，什么没钱啊，老公怎么能没钱呢。"张艳红继续撒娇。

　　"没钱就是没钱，有钱还留着看病呢。"杨晋财冷冷地回答。

　　张艳红一下就不高兴了。"哼，还说爱我呢，一点都不替我考虑。"

杨晋财一听就急了。"不替你考虑？我他妈都这样了，你为我考虑过吗？"杨晋财大嗓门儿说。张文昊正睡着，一下被吵醒了。

"你怎么这么说啊？我怎么不替你考虑了？你说，你说。"张艳红也急了。"你得病了还不是我来看你，别人来了吗？那个老女人来了吗？还是哪几个骚货来了？"张艳红哭了。"你要是爱我，你就跟我结婚，别说别的。"

张文昊撑着身体坐了起来，侧目看了看，老马也在看着。

"最近炒股亏了，钱都扔进去了，不就找你借点儿钱补补仓吗？"张艳红占了上风。"口口声声说爱我，你根本就没想娶我。"张艳红说着就站了起来，一甩头朝着门外走去。

老马一撇嘴，转头看到张文昊看着他，就不耐烦地移回了目光。

张文昊心里暗叹，用余光看着杨晋财。

张艳红本想走出几步让杨晋财拦住自己，但眼看到了大门口了，他还是没有叫住自己的意思，便停下了脚步顿了顿。

杨晋财还是没有发声，他觉得麻木，觉得没必要去阻拦劝解面前的这个女人。

张艳红犹豫了几秒钟，看他还是没有说话，狠狠跺了一下脚，几步走出了房门。

"那个姑娘要跟你结婚，你怎么这么对待人家啊？"老姚摇着头问。

"她还不是惦记我的钱。"杨晋财回答。

"翕……"老马不屑一顾地躺下了身。

二十五　初次较量

　　这时，林楠走了进来。

　　"师傅，你要的监控带来了。"林楠说着拿出一张光盘。

　　老马一听这个，一下就来精神了。

　　"行啊，楠子，这么快就弄来了？"老马问。

　　"是啊，这师傅交办的事情还敢偷懒？"林楠笑着说。

　　"哎，您怎么也在这儿住院？"林楠表情一变，冲着老马身后说。

　　"啊……你是……"老马身后传出张文昊的声音。"啊，你不是小林吗？"张文昊说。

　　老马转头看了张文昊一眼。"怎么的？认识？"老马问林楠。

　　"是啊，这不就是上周为咱们局捐赠警车的张总吗？"林楠说。"张总，这是我师傅。"林楠介绍。

　　"啊，我说的呢。"张文昊笑了一下。"还说自己是搞房地产的呢，原来是警察啊。"

　　"嘿，怎么了，就是警察，你看出来了吗？"老马反唇相讥。

　　"呵呵，看不出来。"张文昊说。

　　"哎，料你也看不出来。"老马刚想得意，又觉得他话里有话。

"嘿？怎么就看不出来了？"

"我哪儿看得出你是警察啊，你瞧人家，那才是警察。"张文昊指了指林楠。"您啊，哎，说难听了，还真像个搞房地产的。"张文昊嘴里一点儿不软。

"不就是捐了几辆破车吗？牛什么牛。"老马从牙缝里挤出话。

"哎，破车？你问问小林，咱捐的这是破车吗？十辆大吉普，专门给你们局特警巡逻用的。"张文昊说。

"是啊，师傅，您就少说两句，人家张总一直支持咱们公安工作。"林楠从中调和，也不知道师傅怎么对人家这个态度。

"看看，人家警官都说了吧，怎么样？这有钱人也不是为富不仁吧。"张文昊似乎占了上风。

"得得得，你是圣人，你是上帝，行了吧。我代表人民代表党，感谢你这个资本家。"老马撇着嘴说好话，比骂人都难听。

"哎，楠子，这东西怎么看啊？"老马一转话茬儿，和林楠说起了正事。

林楠还想和张总寒暄几句，看师傅问自己就冲张文昊歉意地笑了笑。"师傅，这光盘得用电脑看啊，这里有电脑吗？"林楠问。

"这里？这里哪有电脑啊？"老马脸耷拉下来了。"哎，弄个笔记本电脑去，徒弟。"老马说。

"啊，笔记本电脑我单位有一台，但是现在让小曹带着去专案组了，那边还得用……"林楠思索着。"这样吧，师傅，您先等几天，我去借借看。"林楠说。

"等几天……这搞案子哪儿有这么弄的啊，徒弟，我哪儿还有那么多时间？"老马叹了口气。

话题一沉重，师徒俩一时沉默起来。

"哎，老马。"张文昊也随着老姚改了称呼。"给你用我的，我这里有。"张文昊说着低头，从床头柜里拿出一个精致的笔记本。

老马犹豫了一下。

"怎么着？用不用啊？"张文昊逗老马。

"行，借你的用。"老马说着就伸手去接。而张文昊却又缩手拿了回来。

"哎哎哎，你什么意思啊？"老马眉头一皱。

"说声谢谢总可以吧？"张文昊说。

老马一下停顿在那里。

"一声谢谢这么难啊？"张文昊说。

愣了得有个一分钟。

"行！谢谢你！"老马突然说，然后一把抢过那个笔记本电脑，转身用后背对着张文昊。

张文昊乐了，他终于有了战胜的感觉，似乎也忘记了此时自己的处境。他刚想再逗老马两句。一旁的杨晋财又拿着电话大声说起来。

"哎，我告诉你啊，必须马上给我找到买主，要不我就开除你，对，季度奖什么的一概没有！"杨晋财放开嗓门儿，完全没有顾忌病房的其他人。

张文昊一皱眉，刚要说话。杨晋财又嚷："这都什么时候了，焦炭价格一直上涨，你们把货压在手里，有钱都赚不了，我告诉你啊，马上去给我找客户，马经理那里不行就联系邢经理，你这到底会不会做业务啊！把经销商的电话都给我，我自己问！"

张文昊一听这个，就感觉脑袋"嗡"了一声，心想这孙子是真拿病房当了办公室了。

"哎，别打了别打了，你有多少焦炭？"张文昊突然烦躁起来，问。

"啊……我有……"杨晋财一激灵，有点茫然。"我有……26吨啊。"杨晋财老实地回答。

"你是什么公司的，把你业务员的电话告诉我。"张文昊不耐烦地说。

杨晋财没弄明白情况，问："你……你问这个干啥？"

"我让你告诉我，你就告诉我，别废话。"张文昊声音不大但坚决强硬。

"哦，我的公司是……"杨晋财老老实实地回答。

张文昊一边听一边拨通了司机的手机。"哎，小郭，是我……嗯……你记一个公司和电话，嗯……一会儿给茂名公司的陈总打个电话，让他全给收了，对……"张文昊说着就挂断了电话。

杨晋财刚开始挺惊讶，后来就慢慢舒展了表情。"呵呵，看您也真会逗我，学得还挺像的。"杨晋财说。而正在这时，他的电话却响了起来。

"喂……"杨晋财接通电话。"嗯……嗯……啊？"杨晋财重新惊讶起来。"好，好，那就按照他说的价格给他，好。"

挂了电话，杨晋财再看张文昊的眼神就彻底改变了。

"哎，张总……谢……谢谢您……"杨晋财谄媚地说。

"不用谢！以后记住了，别在这屋里谈生意，要谈出去谈！"张文昊一点儿不客气。

杨晋财被噎在那里，也不敢去反驳。

张文昊出了一口怒气，一转头发现老马在看着他。

"怎么样？"张文昊撇着嘴问老马。

"行！活他妈像一个流氓！"老马也撇着嘴点头。

张文昊笑了。

二十六　划破食管

黑色是一种终极的颜色，再鲜艳的颜色融进黑色，也会被它埋葬。对于人们来说，黑色是神秘、是逃避、是恐惧，也是归宿。人们在黑色中找不到方向，辨不清真伪，寻不到同伴，也无法逃离。所以，人们把睡眠的时间安排在黑色之中，即使在白天，也要拉上窗帘。

老马望着头顶沉沉的黑色。刚刚被梦惊醒，他擦拭着额头上的细汗，觉得惊魂未定。在那里，似乎自己内心所有的恐惧都在扩张、延伸、发展，他梦见鸟儿死了、鱼缸破碎，家中的花草全都荒芜，他梦见自己在单位被人冷遇，却依然要坚持着自己不屑的表情，他梦见张鹰坠楼的那一幕，甚至在梦中惊醒。他低声咒骂了一句，觉得这个梦中梦真是奇怪极了，为什么整个梦中竟然没有一丝光亮。

病房里并不安静，一旁的张文昊睡得很死，鼾声如雷。老马想象不到白天那样一个举止文明的人，到了晚上竟是这个德行。全他妈是假的，他还是相信自己的判断。但就算一切都是假的，自己的病情却是真的。每当陷入到安静和孤独，老马就觉得异常恐慌。这种恐慌，掩藏在平静的深处。经过穿刺取样，老马还是不适合再做手术，医生的建议是采取介入疗法，带癌生存。据医生说，许多人可以带癌生存好几年，甚至有人的生存期超过了十几年。老马觉得可笑，觉得这无非是把定时炸弹调长了时间而已，随时可以爆炸，又随时都在幻想生存。警察一贯讲得都是干净利落脆，而自己现在却要慢慢地、慢慢地延迟生命，慢慢地、慢慢地走向死亡，一点一点地将生活的色彩融入那个既定的黑暗之中。老马一下就想到了那鸟儿的黄色、鱼的红色、花草的绿色，一睁眼又看到了沉沉的黑暗，一股寒冷就袭了上来。

马上就要做介入治疗了，不知道这对于自己来说，是不是一个机会。老马努力地让自己往好的地方想，却不由自主地记起书本上说的那些介入后的不良反应来。腹泻、呕吐、低烧、体质下降，他无法想象自己那时会是个什么样子，他不能接受自己的生命某天要靠医疗仪器来维持，他不敢再想。

张文昊的鼾声越来越大，老马烦躁地转过了身。"妈的，叫不叫人睡觉了。"老马暗叹。

这时，惊人的一幕出现在老马眼前。在屋外微弱夜灯的照射下，老马看到张文昊嘴角慢慢流淌的血迹，这血迹不断涌出，竟然染红了他的病服。

"啊……不好了……医生！"老马大喊了起来。他没有时间再去判断，挣扎着爬起来开灯。

这一下，老姚、杨晋财全醒了。

"怎么了。"老姚喘着粗气，他刚刚做完化疗，还十分虚弱。

"护士！护士！快来啊！"老马顾不得回答老姚，一个箭步冲了出去，那身影仿佛小伙子般矫捷。

杨晋财也站起来，走到张文昊床前。他被这一幕惊呆了，全身如筛糠一般地颤抖。那一床血淋淋的情景让他魂飞魄散。"这……这是怎么了……白天还好好的……"他呆在原地，再也不敢去看。他想到了蒙着白布的内蒙古人，想到了时隔不久便会从楼道里听到的哭声，他想到了扑面而来的如矿井中吞噬一切的黑暗。

护士、值班医生接踵而来，就如那日抢救老姚一样的专业和忙碌。在老马的帮助下，张文昊被抬上推车，送往急救。

"肿瘤压迫门静脉，导致静脉回流受阻，食管静脉曲张，划破食管。立即抢救，叫曾大夫……"值班医生向护士布置着。

"哎，大夫，他这是怎么了？怎么回事啊？"老马焦急地问。

"消化道出血较为常见，主要是由于门静脉高压导致食管胃底静脉曲张所致。他刚刚做完治疗，食管已经很薄了，但他晚上没有按医嘱吃流食。也许是米粒或者其他的尖锐食物划破了他的食管，幸亏您发现的及时，要不会很危险。"医生说着就急匆匆走出了房门。

"哎，怎么好好的就这样了……"老姚在一旁叹息，想到自己上次的经历还是惊魂未定。"都是嘴闹的啊……"他又补充了一句。

面对随时出现的死亡，再坚强的人也不可能无动于衷，更何况自己身处其中。整个病房突然安静下来，一切声音似乎都消失了，那是一种死寂。老马盘腿坐在病床上，默默地发呆，心想，谁知道下一个，是不是自己。

二十七　善意的谎言

当清晨的微光洒在人们身上的时候，时针刚刚指过五点。清晨的一切都是新的，鸟啼虫鸣，花草苏醒，老马深深地呼了一口气，感叹终于熬过了这个夜晚。病房里血腥的味道，让他难以忍受。于是他早早就来到了住院楼顶上的那个空中花园，在这里消磨时间。时间啊，就像是牛皮糖，可长可短，拉长了黏在身上甩也甩不掉，而有时一松手吧，一下就弹走了。幸好有张文昊的那个笔记本电脑，老马一猛子扎在监控录像里，从清晨五点一直看到日上三竿。

一共是三个探头的录像，一个是养老院的正门，一个是楼门口，一个是电梯口。看监控是种煎熬啊，就算是快进播放也要付出很长的时间，老马快进到四速看了几个小时，抬眼看什么都是花的。

只找到一些蛛丝马迹，但这些所谓的蛛丝马迹远远达不到线索的标准。因为光线和摄像角度的问题，根本看不出进门交款的那个女子的具体相貌，她的体貌特征也极为普通，仅凭这个录像根本不可能找到她。老马合上了电脑，长长地打了一个哈欠，心想光是这么查肯定是不行，还要从实物证据和资金流向查起。老马琢磨了一下，起身返回病房。他刚一起身，突然觉得天旋地转。老马努力撑住长椅的椅背，缓了半天。死亡在逼近，自己的身体不会欺骗自己，哪怕再动听的安慰也薄如蝉翼。老马觉得在奔向那个黑暗之前，要给自己一个交代，破这个案子，是最明确的选择。

空中花园的人陆陆续续地增多，这是肿瘤医院唯一可以不出门便享受阳光的地方。老马不知从哪儿拿出一支烟，点燃。几个护士都用异样的眼神看着他。老马无所顾忌，他不相信这根烟会夺去几秒生命。在每分每秒的恐惧之中，人早已没了恐惧，而当这种恐惧融入到生命的每分每秒之中，也许就算是医生所说的带癌生存了吧。老马缓缓地走着，走几步就做一次喷云吐雾。身边走过一个又一个的人，经过放疗、化疗需要别人搀扶才能行走的老人、中年、青年，年纪轻轻就没有头发的美丽姑娘，那个瘦弱的和母亲一起打羽毛球的少年，那些灰色的脸和无神的眼，老马早已没了初次见到的震撼。老马觉得这是个阳光普照下的坟墓，像极了监狱的放风地点，一点儿逃生的希望都没有。

这时，老姚正和孙子小吕走过来。

"哎，也不知道张总怎么样了。"老姚摇了摇头说。

老马一听也觉得心里很堵。"哎……"他叹了口气。"可不是嘛！白天还好好的呢，一个劲儿地跟我这儿斗咳嗽，谁知这一到晚上就这样了。"老马说，"也不知道现在怎么样了。"

“现在还在急救呢，都一宿了。”老姚叹息，也想到了自己。

“马爷爷，您怎么不回去休息呢？”小吕在一旁问。

“嗨，我受不了病房里那股血腥味，这不花园一开门就过来了。”老马回答。

“啊？您不是警察吗？怎么怕血？”小吕问得挺傻挺天真。

“呵呵，这……”老马笑着无言以对。小吕怎么知道，老马每次见到血，各种感官的记忆便都会回到二十年前的那片血迹之上。

“好了，你也快回去吧，晚上就别来了，也别让你妈来回跑了。我今天挺好的，没事。”老姚对小吕说。“快回去歇歇吧，工作这么累。哎……都是为了我……”老姚像个孩子般的自责。

“嗨，您看您说什么呢？”小吕说，“我们在家里也是待着，过来陪您聊聊天，不是挺好吗？”

“嗯，快回去吧，让你姥姥也别来了，她这一身的病。”老姚逐一叮嘱。但小吕明白，到了晚上，谁也不会不来。

“姥爷，您回房吧，我一会儿就走了。”小吕说着送老姚到电梯口。

“你别上来了，走吧……”老姚把小吕推出电梯，上了楼。

小吕停了一会儿，转身回到了花园。

老马那颗烟还没抽完，看小吕又回来了，有些诧异。

“你小子怎么还不走啊？”老马问。

小吕笑了笑说：“马爷爷，我现在回家要倒三趟车，要一个多小时的路程。晚上要是过来，还要再坐一个小时的车，今天我休息，就不走了。”小吕说着就坐在了旁边的一个长椅上，从书包里拿出几本书。

"你这孩子啊，要是知道你不走，你姥爷还不知怎么心疼呢。"老马不禁说。

"呵呵，是啊。"小吕肯定地回答。"所以我不能说啊，要是被我姥爷知道了，他也睡不好中午觉，所以这是个善意的谎言。马爷爷，我在警察面前撒了谎，您可不要揭穿啊。"小吕笑着说。

老马拍了拍这个小伙子的肩膀，心里挺暖和。善意的谎言，他不禁琢磨起这几个字。多年的警察生活告诉他，谎言就是谎言，没有善意和恶意之分，许多所谓善意的谎言，其实恰恰是包裹在恶意中的理由与推卸。但今天这小伙子的谎言确实是没有一点恶意。

"听说你在写小说？"老马冲小吕说。

小吕没有回答，回以一个笑容。

"写的什么内容？"老马又问。

"呵呵，写的是我家人的故事。"小吕不好意思地回答。

"啊，哪天给我拿一本看看啊。"老马说。

"呵呵，都还没出版呢，找过几家出版社，都不给出。"小吕低下了头。

"嗨，慢慢来呗，这许多大作家不都是从你这个时候过来的吗？"老马鼓励道。"别着急，好好写，一定能成的。"老马说。

"嗯。谢谢马爷爷。"小吕点头。

老马回到屋里，老姚正坐在床边吃饭。张文昊的病床已经做了清洁，被褥都是新的。那个浓妆艳抹的女人坐在杨晋财床边，床头

113

柜上摆满了营养品。

"晋财，无论你得的是什么病，我都要和你结婚。"张艳红说得很确定。

杨晋财没有直视她的眼。"过几天我就做手术了，这事先放放……"杨晋财推脱着。

"你到底爱不爱我啊？为什么害怕和我结婚……"张艳红有些失望。"老公……就跟我去一趟登记处吧，现在方便了，几分钟就好，好老公……"张艳红毫不退让。

杨晋财不知该怎么拒绝面前的这个女人。要说结婚，她和自己一起生活两年了，也是该让她名正言顺的时候了，而且按照他家乡的老理儿，在手术之前办红事，也许能冲冲喜。但他思前想后，还是不能答应张艳红的要求，他害怕的事情太多了，甚至超过生命。

"等我出院吧，先别提这个了。"杨晋财做出了决定。

"老公……你到底爱不爱我啊……"张艳红还是没有放弃。

老马转移了视线，觉得无聊透顶。张艳红身上的那股味道，让人难以接受，那程度几乎超越了张文昊昨夜的血腥。他随意吃了几口护工送来的饭，冬瓜、胡萝卜、稀烂的牛肉，难以下咽，之后拿着便服走进洗手间。

走出楼门的时候，老马被一群人挤在了旁边。他看着为首的几个像模像样的人，微笑地寒暄，却没看出有一点担忧和关切，估摸着又是来看张文昊的。老马摇了摇头，觉得张文昊比杨晋财还孤独可怜。

二十八　非法入室

转了几趟车后，老马又来到了那个小楼里。午后的阳光酷烈，气温达到了一天的最高点。老马用手抯了抯背心，觉得里面湿腻无比。这是张鹰母亲的住所，一栋老式的六层建筑，没有电梯。老马扶着膝盖费了半天劲儿，才爬到了位于三楼的房间门前。老马喘了一口气，面前是铁将军把门，防盗门上插着各种促销的广告、超市的宣传单，显然是好久没人居住了。

老马在门前点燃一颗烟，犹豫了良久。一个穿粉色睡裙的中年女人从楼梯间穿过，警惕地看着这个陌生人。

老马知道自己无权进入这个住所，自己现在已不是警察，没有任何办案的权力。而且就算自己还是警察，面对这样一个早已破获的案件，也再无重新开具搜查手续的可能。可以说，这是个死局。老马琢磨来琢磨去，看时间已经临近中午一点，就果断地出了手。他选择的不是依法办案，而是非法闯入。老马从兜里掏出了一串钥匙，那并不是普通的钥匙，而是一串专门开锁的工具。

开锁需要技巧、需要冷静、需要控制，更需要时间，再好的开锁高手也不可能一蹴而就。老马在楼道里等了半天，等的就是人们午休的这段空白时间。他怎能不知这是违法？但他没有办法，也无路可走，像他这样一个只有退休证的警察，是无论如何也找不到搜查的理由的。他只能这样做。

上次干这事该是在二十年前吧，那时为了学这个，他整天拿着自己微薄的工资请老家伙们指点。而这一晃，自己也成了老家伙。老马琢磨着、摸索着、试探着，双手笨拙地寻找着昔日灵活的回忆，汗水从额头滑下，直至满身大汗。还好，老人家的防盗门是那种小区统一安装的便宜货，而且也是超龄服役。这种防盗门抵御一般的冲撞还行，但随便遇上一个会开锁的，就是防不胜防。老马干了得有十多分钟，当汗水淹进眼睛里的时候，终于听到了一个"咔"的响动。老马慢慢地拧开防盗门，抹了一把汗，又拿两根细铁棍往防盗门后的木门锁眼里捅了几下，门就开了。老马左顾右盼了一会儿，轻轻地推开门，一股灰尘从门框上落下，呛得他差点儿打出喷嚏。一进门，一股发霉的味道扑面而来。

这是一间一居室，显然久未有人居住。老马轻轻地带上身后的门，但还是发出了一声金属的碰撞。

一进门是个不到五米的狭小门厅，摆放着一个破旧的沙发，沙发的旁边是一个挂衣杆，是八十年代的样式。老马走了几步，地板由于干燥多处都鼓了起来，发出吱吱扭扭的声音。老马随手摸了一把沙发上的土，厚厚的一层。凭这层土，就能分析出这间房子空置的时间。老马推开了卧室门，门角的蜘蛛网随之脱落，灰尘扑面而来。老马用手扇了扇尘土，再次忍住了打喷嚏的欲望。

一个疑团在他脑海中继续膨胀、扩大。面对老人简陋的家，那个养老院实在显得过于奢侈豪华了。他站在房间中试着想象老人居住时的样子，那满是油腻的灶台，那狭小的门厅和背光的卧室，一个老人或是佝偻着背步履维艰，或是坐在门厅的破旧沙发上，无望地看着面前的 21 寸旧电视。同时，他又回想起夕阳漫山养老院里的那间宽敞明亮的两居室，阳光、植物、专人的照顾。老马觉得这该是破获此案的最关键线索，抓住了这点儿，就离揭开大幕不远了。老马没有打开窗户，那样现场会留下更多的痕迹。老马从卧室开始，逐一翻箱倒柜，搜寻证据。他觉得自己像一个入室惯犯。

一个小时后，依然毫无所获。但一块手表却引起了老马的兴趣，那是一块高档的欧米茄手表，与这间屋子的装修毫不相称。老马把表从抽屉里拿出来，用手掂量审视着这块手表，觉得这该是个突破口。欧米茄手表在阳光下反射着瑰丽的金属光泽，精钢的表壳握在手里坚硬冰凉，指针周围环绕着 12 颗夺目闪烁的小钻，特别是手表的表面，更是崭新透彻。老马停留在想象里，思索着张鹰该是个怎样的人呢？

而就在这时，窗外的一阵急刹车声搅扰了老马的思绪。他顿时警觉起来，这种停车的方式太熟悉了。他走到窗户前，看到一个女人正急匆匆地跑到警车跟前，跟车里的警察说话。坏了！老马觉得不妙，直觉告诉他，这是奔着自己来的，行动即将败露。

老马没有犹豫，他知道自己此时该怎么办。再聪明的贼也逃不过警察的手掌，其中一个重要的原因就在于警察了解贼的作案手段，甚至有的时候要超过贼的作案手段。老马把手表放在自己口袋里，三步并作两步走到了厨房的窗前。他用力拽开了窗户，往外一看，窗外有一根排水管，一直通到楼的侧面。老马把鞋脱下来，用手拿着鞋弄出了几个脚印，又探出身顺着满是灰尘的排水管往下拍了几个手印，之后迅速地跑出屋门，轻声地将两扇门掩上，动作一气呵成。

老马没有往楼下跑，那样会直接碰到警察。他像个作案高手一样反其道行之，三步并作两步地跑到了六楼。老马短暂歇了一下，之后便开始回忆刚才的细节。他知道自己不能让警察抓到，因为他根本没有任何理由说自己是在办案，一旦被抓到根本无法解释。他想了想刚才走向警车的那个女人，应该就是自己动手前那个穿粉色睡裙的女人，她当时警惕地看了自己一眼后上了楼，然后五步、十步……老马琢磨着……嗯，关门的声音出现在十多秒后，该是住在这个楼的四层。老马一点点琢磨着，觉得该是关门的声音引起了她的注意。这时，楼下响起了杂乱的脚步声，老马低头看了看自己一身的尘土，便迅速脱下湿腻的上衣，之后用上衣擦净脸上和身上的灰尘污迹，打开楼道的窗户，将衣服团成一团，扔了下去。下落的地方，正好是楼门的反方向。

老马定了定神，冷静是这个时候最需要的素质。他缓缓迈动脚步，光着膀子走了下去，走到四楼时他停了下来，往下窥探。三个警察已经掏出了警棍，正围在房门前，那个女人有点儿害怕，躲在后面。为首的警察三十多岁，看着挺干练，他伸出三根手指，然后逐一减少，三、二、一，之后猛地拉开门，和一个警察一起冲了进去。后面粉衣服的女人也随着进去，该是好奇的心理战胜了恐惧。老马知道时机到了，便三步并作两步，迅速放轻脚步走了下来，迎面正碰上堵门的一个小警察。

两人的眼神迅速交汇。那是个刚毕业的小警察，有一张年轻的脸和少得可怜的警衔，老马从那双眼睛里看到了紧张、惊慌和激动，而那个小警察却从老马的眼神中看到了慵懒、坦然和疲倦。

"怎么了这是？"老马有一搭没一搭地问。

"快走！抓人呢！"小警察被老马的眼神骗了，用力挥手，示意他走。

"哎哟，那得快走。"老马就坡下驴，光着膀子就快步往楼下跑。耳听着身后又一阵混乱。老马知道他们该看到那个厨房敞开的窗户和窗外排水管的手印了。下了楼，老马几步便要跑到楼后取回背心。

呵呵，小警察终究玩不过老警察，老马暗自得意。

而就在这时，他却突然感到身后的一阵重压，右手随即被一股力量反剪过去。

"警察！不许动！"身后传来声音。

老马一惊，没想到楼下还有伏兵。但他也不是吃素的，遇到突然的袭击本能地爆发出应激的力量。老马顺势向后靠去，将身体反压在来人身上，之后猛地发力，用左肘向后猛击。

"哎哟……"后面一声惨叫，与老马左肘碰撞的酥麻相应。这下撞得不轻。

老马努力抽身，摆脱了身后的束缚，却还是一下没站稳，腿一软跪在了地上。他向后望去，一个年轻民警正痛苦地捂住脸。

跑，这是此时唯一的主题。老马扶着膝盖从地上站起，用尽全力迈开双腿，但眼前却突然一阵眩晕，视线恍惚，眼前就像是盗版电影的画面。他想飞速地跑，尽快地逃离，但腿软得却像是踩了棉花，做梦似的跑了几步，怎么也跑不快。沉重的呼吸声占据了他耳边的一切空间，老马感到眼前一黑，栽倒在地上。

二十九　抓获归案

这一路上天旋地转，老马听到无数杂乱的脚步声、叫喊声。同时又感到自己被人拖拽、拉扯，无数人问自己听不清的问题，各种声音交织在一片茫然之中。混乱、焦虑、无助、烦躁，接踵而来。该是个梦吧，老马想，自己要被带到哪里？他不得而知。连绵不绝的黑暗，肩膀、腰部传来的阵阵疼痛，又让老马似梦似醒。他感到自己没有一丝力气，无法逃离，无法挽救自己。

当他清醒的时候，发现自己仰躺在一个长凳上，而自己的右手竟铐着一副手铐。

"这是哪里？"老马刚要坐起，手腕就感到一阵疼痛，手铐的另一端被牢牢固定在长凳旁的暖气管上。

"这里是派出所，你说是哪里？"身旁一个年轻警察坐在凳子上，没好气地说。老马看到他的左脸上，有一大片乌青。

"派出所……"老马努力回忆了一下，他慢慢想到了一切。"哎，小伙子，你们这是哪个派出所啊？"老马努力寻找着失去的记忆。"啊……"一阵剧烈的腹痛突然击中了老马。他挣扎了一下，憋住呼吸。

"爱民路派出所，怎么了？"年轻警察态度不好，用对待犯罪嫌疑人的口吻回答。

"哎，没怎么，你们领导呢……叫你们领导来，我有话要说。"老马忍住疼痛，知道自己的处境不妙，想尽快解决。

"我们领导忙着呢，现在不用你说太多，一会儿讯问你的时候你再如实交代。"年轻警察冷漠地看着他，那左脸上的乌眼青显得滑稽。对于这样一个人赃俱获且袭警的犯罪嫌疑人，是不值得同情的。

"嗯，是这样，你们误会了，我……我不是小偷。"老马呼吸加重，额头冒汗。"我是市局的，来办案子。"

"来办案子？"小民警不屑地看着他。"来办案子拿人家手表干吗啊？"

"哎……这是……"老马一时无言以对，这时他算是想到那句话了：跳进黄河也洗不清。

"小伙子，叫一下你们领导，我真是警察。"老马近乎于恳求地说。"还有……还有……帮我找点水来，我得吃药……"

"吃个屁！别跟我这儿耍花样！"小警察突然就爆发了。"我告诉你，这是派出所，不是你们家，你是不是以为今天你还可以蒙混过关啊？我告诉你，不可能！就单凭你刚才袭警，抗拒执法，我们也要告你个妨碍公务罪！"小警察下意识地用手捂了一下眼睛，说得咄咄逼人。

五分钟后，所长坐到了老马面前。

"老同志，你这事做得不对啊。"所长四十出头的胖子，再剔个圆寸，浑身的造型都是圆的。他调查了老马的情况，语气就温和多了。"你说你这一没有搜查手续，二不是依法办案，三您这……哎，还拿了人家一块手表。"所长停顿了一下。"这是人赃俱获啊，还有群众举报。而且您这身份，也已经退休了，就是咱们硬往办案上靠，也没办法啊。哎……我现在没权力放您啊，要把您放了，我也成了违法办案了。"所长说的挺实在。

老马刚刚吃了一片止疼片，暂时压制住疼痛。他虚弱至极，头发都被汗水浸湿了。他自然明白这道理。是啊，面对这已经破了二十年的案子，就算是在职警察，想依法办案，也没有理由再开具搜查等法律手续，再别说自己这个已经退休的人了。而且事到如此，自己被人家派出所出警抓了个现行不说，还被搜出偷拿了人家的一块手表，于情于理，派出所都没法大事化小，把自己无罪释放。

老马琢磨了半天，喃喃地问："那这个事您说怎么办？把我给刑拘了？"老马看着胖所长。

胖所长叹了口气，从口袋里取出两颗烟，先给老马点上，随后自己点燃。"老同志啊，您是革命老前辈了，虽然退休了，但对案件这种执着的精神还是值得我们学习的。但是吧，这事啊……"胖所长话语一转。"我们还得依法办理，按规定在抓获犯罪嫌疑人之后，应该立即报分局刑警进行审讯，然后再送到预审支队刑事拘留……"胖所长说着法律流程。

"哎，伙计，这个你不用说。"老马打断了他的话，他办过几十年案子了，这点基础知识不用再学习。"你就说这次该怎么办吧，但还是那句话，这手表真不是偷，是取证。"老马强调了一下。

"嗯……这样吧。刚才您找我之前，我们不了解您的身份，这案子已经报上去了，分局的刑警也到了。人家群众报了案，我们也没办法化于无形，也不能违法不按程序办案。鉴于您的特殊身份，我们现在立即向分局领导请示，看看下一步怎么处理，您看行吗？"胖所长说的虽然是问句，但答案已经不言而喻。

"行，那麻烦你们了。"老马默认了，这事就是换作他处理，大概也是这么个流程。警察行里会干的人都是这样，早请示、晚汇报，有事必须让领导知道，不然面对每天这么多纷繁复杂的案件，哪一件处理不好，都够自己喝上一壶的。

老马感到疲惫，几个小时水米未打牙了。他挺直了腰，但一下感到后背撕裂的剧痛，他咬紧牙关没有发出声音，想必是刚才那一下摔的。他只能缓缓将挺直的腰又弯了下去，看了看表，已经到了医院熄灯的时候了。

"哎，章鹏，给他打开铐子。"胖所长转头冲那个看老马的小民警说。

"啊？打开铐子？"那个小民警显然不愿意，"要是跑了怎么办……再说……"

"别废话，让你打开就打开，这不是敌我矛盾，是咱们内部出的问题，用不着这个。"胖所长话说得挺有面儿。"再倒杯水来，问问肖师傅，还能不能做碗面条。"胖所长挺细心。

"对不住啊，小兄弟……下手重了……"老马歉意地说。

小警察走过来不情愿地开铐，表情较着劲。"哼……不是偷，

123

跑什么……"他轻声嘟囔。

老马暗叹。这事儿，谁会相信自己不是偷，而是取证？

三十　取保候审

过了十分钟，胖所长从办公室回来了，身后还跟着两个精壮的小伙子。

"这是咱市局经侦总队退休的老马，这两位是分局刑警队的小赵和小刘。"胖所长给他们相互介绍着。

"是这样啊，老马。我们刚刚联系了市局经侦总队，你们江总队长给你做了证明，说是有这么一个案件。你已经退休，没有了办案权，这件事与你们单位无关，但他会派人来给你作保。同时我们也请示了分局的主管分局长，领导也指示，要我们配合经侦总队做好工作，同时也要依法办理。我觉得，基本上这件事就算过去了。但您还得配合我们走一下法律手续，咱现在办事都得严格依法，没办法。还得给您办个取保候审手续。"胖所长无奈地说。

老马知道自己逃不了这一劫。他一直在琢磨着，今天就是自己能走出这门，估计也得弄个取保候审。果不其然，自己的法律还算没白学。但当他听说惊动了经侦总队，心里还是一震，最不愿意出现的事情还是出现了。

没别的说的。两个刑警要给老马做一份笔录。笔录是取保候审的依据，按照法律规定，犯罪嫌疑人罪行较轻的，没有必要逮捕的，或应该逮捕但患有严重疾病、不宜羁押的，以及正在怀孕或者哺育自己婴儿的，证据不足等六种情形可以适用取保候审。要按照第一条，老马就该被定为罪人，那块欧米茄手表，价值怎么也在一万元以上，罪行较轻也靠不上。而要按照最后几条呢？老马这病似乎可以靠上患有严重疾病，但以这条取保候审，老马就等于承认了他的犯罪事实，认定了他是个因病无法刑事拘留的犯罪嫌疑人。所以两权相害取其轻，他决定要往证据不足那条靠。

笔录中老马的职业写成了退休，并未去深究他从哪里退休，两个刑警还是很有经验的，这件事还是不要和警察扯上关系的好，以免让报案人知道节外生枝。但写到作案动机时两个刑警就为难了。

"老马，说拿这块表是为了取证肯定不行。"一个刑警说。

"那怎么写？说我拿这块表是为了私自占有？那不是行窃吗？"老马有点激动。

"哎……我们不是这个意思，但……"另一个刑警说，"我想知道，您拿这块表的真正意图，我们不往纸上记，您就跟我们说说。"

"真正意图？我不是说了吗？这块表与他家的环境极不相配，所以我想通过这块表找到那个案件的线索，这是取证！不明白吗？还是你们没听懂？"老马有点烦了。

"不是不信，是按照您这么说，我们没法往笔录上记。"刑警也有点不耐烦了。"怎么跟您说不明白啊，您现在不是警察了，所以您的行为不能说成取证。"刑警强调说。

老马一下被噎住了，哑口无言。

"好了，总之要想符合取保候审的条件，想把这件事翻篇，您就听我们的。"另一个刑警也不再问老马了，唰唰地往纸上记。写完了把笔录递给老马。"您看看这样写行不行。"刑警说。

老马接过笔录一看。上面写着：

"问：你入室的目的是什么？

答：没有什么目的，只是看那间房子好久没人居住了，想进去看看。

问：你拿走了屋中的财物吗？

答：是，我拿走了房间中的一块手表（后面是手表的描述）。

问：拿走手表的目的是什么？

答：只是好奇，想拿回去看看，看完了再还回来。

问：你说的是事实吗？

答：是事实……"

老马看着笔录，心里一阵压抑。他了解警察的办案方式，也知道这件事确实不好"抹"，自己私自打开防盗门，入室拿走一块价值数万元的手表，要不是自己的特殊身份和经侦总队的保全，这时早该蹲在看守所里了。而且这个刑警写的笔录也没毛病，该问的话也是一定要问到的，不然过些日子要是谁再翻起这本案卷来，发现许多问题敞着口子，就算是局长发话了，也得重新再来，吃不了兜着走。但老马在心里还是过不了那个坎，那个办案和犯罪的天大的坎。

"老马，这笔录只能这么做。"刑警推心置腹。"你也要为我们考虑考虑，要是不把每个问题堵上，我们也没法去和上面交代。"刑警说。他不想把这份笔录做成笑话。

老马叹了口气。"那这两个字，能不能去掉。"刑警望去，第一篇笔录上写着"盗窃"。

不一会儿，林楠赶来了。他知道这个消息后，既感到震惊，却也在意料之中。他了解老马的脾气，想好的事一百头牛都拉不回来。他过来和两个刑警打招呼，递烟被客气地拒绝。

"师傅，您这事办得不对。要是想搜查，就先和单位说啊。"林楠给老马打着圆场。

两个刑警知道来人是经侦总队的队长，级别比自己高，对林楠挺客气。

"林哥，您也理解，我们都是小民警，这事也得按照上面指示的办。"一个刑警说。

"哎，是，是，都是同行，理解理解。"林楠笑着说，心里却是五味杂陈。

笔录做完了，老马犹豫了一下，便在犯罪嫌疑人那里签下了自己的名字。而林楠作为保人，也在保证书上签了字。临走时，林楠拿出五百块钱，交了赔偿人家防盗门的钱。那块表也留在了刑警那里，完事后要物归原主。

老马重重地叹息，在走出派出所时，将那份取保候审通知书扯得稀烂。

他妈的，干了一辈子警察，成了犯罪嫌疑人！这次仍是一无所获，连拿在手里的线索也要重新归还，老马彻底对自己失望了。精神上一放松，身体上又恢复了敏感。老马强忍着不断加剧的腹痛，蹲在了地上。

"师傅，怎么了？"林楠见状忙跑过来。

"没事……"老马咬着牙说。"给你添麻烦了……"他疼得眼泪差点儿流下来。

三十一　介入疗法

介入手术做完了，据高医生说，效果还好。介入手术是微创手术，从大腿血管插入导管，为了让血管愈合，在术后八个小时都要卧床，不能翻身。老马毕竟曾是个警察，硬挺着熬了过来，他不想在床上拉撒，就一直忍着水米不进。但随后的化疗反应却接踵而来，老马连续腹泻，几次都拉在了裤子上，要不是马刚洗晾得及时，险些就没的穿了。饭也不想吃，强往下压每顿也只能吃下半个馒头，呕吐是家常便饭，营养入不敷出。于是就只能打点滴，消炎的、保肝的、补充营养的，从早到晚，卧床不起。点滴打多了，手也肿了起来，老马感到自己的身体越发虚弱，像一只断线的风筝在急速下降。小吕细心，告诉马刚用土豆片敷手可以缓解点滴的肿痛，马刚就去买了土豆，切成薄片贴在老马手背上。

三天过后，肿瘤医院里依然是人来人往。下过一场雨之后，空气清爽起来，炽烈的阳光迅速将潮湿消除，穿梭在窗外郁郁葱葱的树荫中，竟是一阵凉爽的风。

张文昊在护工的搀扶下，颤颤巍巍地走进病房。老马一看是他，撑着起身把搭在他床头的衣服取走。

"哎……谢谢老马啊，救了我一条命。"张文昊真诚地说。

"没事，就算是我还你借笔记本电脑的情了。"老马今天症状有所好转，随意地回答。

"哎哟……"张文昊坐到了病床上。"这怎么能相提并论呢？我这一条命就值那么一个笔记本啊？"张文昊。"听医生说，要不是你发现得及时，我那晚可能就危险了。"

"你啊，也是嘴闹的……"半躺在床上的老姚说。"下次还是要听大夫的，人家让干啥就干啥，这里不比在家。"老姚推心置腹。

"是啊，长教训了……"张文昊自嘲地笑了一下。"老马啊，我也没什么感谢的，从今天起，你的医疗费用都由我承担了。"张文昊说。

"甭介！你还别跟我这儿称上帝啊，我告诉你，我不用你接济。"老马断然拒绝。"我告诉你啊，咱是公务员，这看病报销、玩完了国家管后事，你别以为自己有俩钱儿就怎么着了……"老马满脸的不屑，似乎是张文昊侮辱了自己。

张文昊也觉得有些唐突。"啊，老马，我不是这个意思。"张文昊说。

"那你什么意思啊？啊？我告诉你，还别跟我这儿充大个的，你们这些人怎么发的家我还不知道。"老马鼻子不是鼻子脸不是脸，这几天混身难受的怨气一下倾泻出来。"对了，这个笔记本也还给你！"老马说着从床头柜里拿出笔记本，扔到张文昊床上。

张文昊一阵的无奈，本想感谢老马，没想到一下得罪了这大爷。他摇了摇头，却越发觉得老马这人有意思。

"哎，对了，你这怎么又回来了？大房子不住，跑这里挤着。是不是害怕再出点儿什么事啊，让我们老哥几个整天看着你啊？"老马一嘴的不饶人。

"呵呵，哎，就是这意思。"张文昊笑了，他就喜欢看老马这个德行。"你说错了，我不用你们老哥几个看着，我还就要你看着我，你不是警察吗？有警察守着多安全啊。"张文昊说。

"呸！警察守着。"老马表情挺夸张。"我看你啊，是用不着我这老警察守着的，要有一天真有警察守着，也是监狱警察。"老马一点儿没给他好脸。

"呵呵……"张文昊给老马面子，没有回嘴。一是毕竟老马救了自己，不能一见面就斗嘴；二是此时虚弱，要斗嘴也要缓缓再说。张文昊在秦院长等人的反复劝说阻拦下，还是坚持回到了这个四人间，他喜欢这里的嘈杂、喧嚣以及真实的人们，他再也无法忍受那种虚伪的空旷了。

在这个医院里的病人，每个人都敏感异常。医生、护士、病人、家属，每个人都在为了不同的目的编织着各种善意的谎言，而谁也无法将对方彻底欺骗。老姚的病情明显加重了，那也许是一种化疗之后急转直下的衰弱，也许就是走向黑暗的过程。由于肝腹水，老姚的肚子肿得挺大，整天觉得憋闷。腿也肿了起来，原来的袜子都穿不上了，换上了最大号的棉袜，下床要有人搀扶才行。张文昊断断续续地和他聊了一会儿天儿，老姚便气喘吁吁。

三十二　人血白蛋白

小吕来的时候，张文昊正拿着电话听司机小郭的汇报。在他病后，公司的一切事务基本由李总负责。李总精干老到，办事能力很强，同张文昊一起打拼了多年，张文昊对他十分信任。文昊集团在他的代管下，工作顺利稳健，一切正常。张文昊很满意，也很庆幸。住院以后，张文昊从最初的不适应慢慢到开始习惯环境。人就是这样的动物，适应力很强，这才是他们能在物竞天择的世界中得以立足生存的根本原因。

小吕显得忧心忡忡，走到病房门前，又转身走回楼道的长椅，根本没看到一旁的张文昊。

"喂，妈，我到医院了。"小吕拿着电话说。"我刚才问医生了，像姥爷现在这种情况，腹水无法消除，应该打人血白蛋白了，对……"小吕愁眉不展。"如果腹水继续增多，尿也排得少，就随时会出现危险。人血白蛋白是从人血液中提取的，注射到病人体内后，可以治疗腹水。"

张文昊默默看着面前这个年轻人，和他脸上阴郁的惆怅。

小吕慢慢坐到长椅上，压低声音继续说："妈……但医生说人血白蛋白是完全的自费药，每打一支就要七八百元……姥爷的住院费本来就是借的，这……怎么办啊……"小吕边说边摇头。

一阵沉默后，小吕又说："实在不行，就再去借吧，妈，您和舅舅他们说说，咱们都去想办法，再怎么也不能让姥爷受罪。"小吕语气肯定。

张文昊等小吕进去了一会儿，才走了进去。

小吕坐在床边，正在给老姚揉肩。看张文昊进来了，腼腆地一笑。

老姚说整天躺着后背疼，小吕就慢慢扶着老姚坐起，自己靠在他身后给他按摩。

老姚重重地呼吸着，笑容却一直挂在脸上。"大孙子啊，你……那小说……写了多少了？"老姚问。

"写了十多万字了。"小吕痛快地回答。"姥爷，等我写完了就念给您听。"小吕控制着手劲，感到姥爷的肚子肿大，后背却瘦骨嶙峋。眼泪差一点流了下来。

老姚笑了，说："好啊，等我身体好些了啊，就让大孙子带我再去一趟小肠陈，呵呵……"老姚咳嗽了几声，但还是努力地笑着。

"好啊，好啊。"小吕捏着姥爷的肩膀。"等您好点儿了，咱请示请示医生，医生要说可以啊。咱就直奔小肠陈，多加香菜，不要肺头，再多加一个碗底儿。"

"哈哈……"老姚刚笑了几声，又剧烈地咳嗽起来。小吕慢慢地给姥爷捶背，撕下一块手纸。老姚吐了一口浓痰。

"您看您啊，这一说到吃就忍不住了，呵呵……"小吕在姥爷背后，笑着流泪。而老姚则幸福地注视着前方窗外的阳光，寻找着希望。

"孙子啊，还记得小的时候吗？"老姚缓缓地说，"那时啊，你也就这么高，胖乎乎的戴个小眼镜……"老姚比画着。"一带你上西单啊，你就闹着要吃电烤羊肉串，那时便宜啊，两块钱那么一大串……你啊，吃得满嘴流油……"老姚幸福地回忆着。

小吕用身体顶在姥爷的身后，当他的靠背，眼泪不争气地奔涌下来，如开闸的大坝。他轻轻地将头靠在姥爷的后背上，仿佛又回到了儿时的那些时光。那些依靠在姥爷身上的片段记忆，仿佛又让他体会到了姥爷的力量，姥爷那曾经宽厚的肩膀，姥爷那曾经爽朗的笑声，他想起了姥爷带他到西单吃的两元一串的电烤羊肉串，想起了姥爷带着他和妹妹去看天安门傍晚的降旗，想起了姥爷教他如何去粘蜻蜓，想起了姥爷带他去郊区钓鱼，他想起了太多太多……小吕在挣扎，他在痛苦万分地挣扎，他在挣扎着笑，挣扎着不让自己哭出声音，他从金灿灿的幻想跌落到黑漆漆的现实，随着姥爷颤抖的身体，他竟然成了姥爷的依靠。那个曾经宽厚、充满力量的肩膀，现在竟然如此瘦弱、无助。小吕轻轻地呼吸，控制自己的情绪。

"我啊……这一辈子知足了……"小吕背后的老姚也热泪盈眶。他笑着继续说："我这儿孙啊，都这么孝顺，我还有什么可担心的呢？"老姚和小吕背靠背地流泪，对方都不知道。

"姥爷啊，您那鸟儿啊，我舅舅养得好着呢。"小吕笑着说，"等哪天我给您带来看看，叫得特别好听。"

老姚默默地点头。小吕轻轻地抹泪，扶姥爷躺好后，走进了洗手间。

"走吧，看看……就得了。没什么事……晚上别来了。"老姚也抹了一把泪，在小吕背后说。

小吕在洗手间里无声地抽泣着，眼泪大把大把地流淌，姥爷让他回家，让他休息，不希望让他受累，不希望因为自己而耽误他的事情。小吕痛苦地自责着，自责为什么不能朝夕陪伴姥爷，自责为什么自己没有经济能力让姥爷用上最好的药，自责为什么会忍不住流泪。他不知道未来的日子，对于姥爷来说，是折磨，还是幸运……

在给君子兰浇完水之后，小吕抚摩了一下姥爷的额头，微笑着走出了病房。老姚欣慰的笑，让整个病房都变温暖了。

张文昊挣扎着起身，随着小吕走了出来。

"小伙子，你等等。"张文昊走路还是颤颤巍巍。

"啊？您……什么事？"小吕抹了一把眼泪，控制着情绪。

"嗯，小伙子，你记一下这个电话。"张文昊拿出手机。

"什么？"小吕没有弄懂他的来意。

"先别问为什么，先记一下。"张文昊的声音也很微弱。

"嗯，好的。"小吕按照张文昊的要求，记下号码。

"这是一个基金会的电话号码，你一会儿打电话找他们的李总，就说是我的朋友，要求基金会提供医疗资金。"张文昊说。

"医疗资金？"小吕费解。

"嗨，小伙子，就是给你姥爷治病的资金啊。我马上和他们打个招呼，以后除了可以报销的资金，其他的特效药和进口药，大部分可以替你们负担。但是需要填写一些表格，跑一些手续，这就要你自己办了。"张文昊拍了一下小吕的肩膀。

"啊……"小吕惊讶，一时惊喜又不知所措。"谢谢……谢谢张爷爷了……"小吕一下哭了出来，全身颤抖起来，说不出是激动还是情绪的释放。他对着张文昊深深地鞠躬。

"没事没事，孩子……"张文昊也流出眼泪。"快走吧，别让你姥爷听见。"张文昊说。

"谢谢您了！"小吕又鞠了一躬。

"走吧，傻孩子。"张文昊说，"好好安排一下，别为钱考虑，对了，千万不要告诉你姥爷。"张文昊叮嘱着。"人血白蛋白不是随便就可以打的，我会去找秦院长，让他安排好治疗方案。"

张文昊此时在小吕眼中，就是上帝。

这时，杨晋财从楼道那头走过来，一边打着电话："喂，对，尽快给我找一个律师，帮我拟一个遗嘱，哎，你别问那么多了……"杨晋财竟在琢磨着遗产分配的事情。他看张文昊和小吕在这里，便停住脚步压低声音说："你再帮我问问，能不能找到一个好律师，对，找个当律师的朋友最好，最好不要花钱……"

三十三　彻底搜查

　　张艳红翻遍了与杨晋财同居的整个三居室，也没找到一张存折。另外一个男人也将所到之处翻了个底儿朝天，却榨不出一点儿财富。

　　"艳红啊，实在不行就给丫绑了。"说话的那个男人挺年轻也挺英俊。

　　"你开什么玩笑，不行不行，都这么久了……"张艳红摇头。"要是想这么干，早就这么干了，还用我忍了这么久……"张艳红欲言又止，不想说得太透。

　　"那怎么办？等着他耗死？万一他要是治好了呢？那咱们不就前功尽弃了？"年轻男人说。

　　"不会！我问过医生了，他这病好不了！"张艳红转过头确定地说，但心里却不确定。

　　"哎……那还是先和他结婚吧……"年轻男人用手搂住张艳红的脖子。"就算弄他一半财产也行啊，嗯？"他一脸邪气。

　　"嗯……也只能这样了……"张艳红茫然地回答。这时，她突然感到年轻男人的手顺着自己的脖颈往下延伸，不一会儿便伸进了自己的胸衣。

"干吗啊……讨厌……"张艳红反抗着。"你……这个流氓……"她语气转为暧昧。

"你说干吗啊……"年轻男人一点没有停止的意思，一下从背后抱住张艳红，用嘴轻轻地咬着她的耳垂。

张艳红有些反应了，但还是做着反抗。"讨厌，这是什么地方啊，回去再说，啊……乖……"张艳红气喘吁吁地说。

"不行，就在这儿……"男人没有停止，反而熟练地拨开了张艳红肩膀上的吊带，然后一口亲了下去，吊带裙顿时脱落下去，张艳红一时间只剩下胸衣。他有力的双手在张艳红胸前揉搓，男人特有的味道点燃了她的欲望，张艳红转过头不顾一切地与他接吻。两个人迅速在杨晋财的床前除去了所有身上的负担，之后重重地摔在床上。

"啊……啊……带套儿……带套儿……"张艳红挣扎着最后一丝理性。

"不用！有了也是他的！"年轻男人掰开了她的双手，在杨晋财的床上，重重压了下去。

三十四　没钱都是扯淡

张艳红来到肿瘤医院的时候，正看见老姚的家人们在住院楼前说话。

"咱爸这病已经借了十多万了，咱们再凑凑，下周还要继续做化疗。"老姚的大女儿一脸朴实，透着无奈。

"大姐，听医生说，咱爸做化疗的同时，还要吃营养品啊，不然身体根本就坚持不住。"年龄稍小的二女儿说，"但他推荐的灵芝宝吧，买一个疗程就要好几千，咱们也得想办法啊。"

几个人叹着气。老姚的大女儿是个保洁工，二女儿的工厂倒闭，早早的就退休在家，两家攒的钱凑在一块，都花在了老姚的病上。

"我再去想想办法，实在不行就跟妈商量商量，把那两个笼子卖了，不能眼看着国产药反应这么大，还让爸继续使。"大女儿说。

"不行不行，那两个鸟笼子是咱爸的命根啊，要是让爸知道了，不知会出什么事。"二女儿表情难看，摆着手说。

"哎，听小吕说啊，爸现在腹水严重，还要注射什么人血白蛋白，一支就七八百块，哎，真不知该如何是好。"大女儿重重地叹气。

张艳红不屑一顾地走了过去，心想这年头儿什么都是假的，唯有钱是真的，没有钱什么都扯淡。她拿出化妆镜补了补妆，准备继续向杨晋财逼婚。

她刚走，小吕就从楼里跑出来了。

"妈！告诉你一个好消息！"小吕十分激动。

"什么啊？"母亲转头看着儿子，生活的压力已让那张脸过早地衰老。

"钱……钱……钱有了！"小吕笑得眼泪都流了出来。

"什么？"母亲惊讶道，"什么钱有了？怎么回事？"

"遇上好人了，妈……"小吕说出了原委。一家人围在一起，激动得泪流满面。

张艳红走进屋，杨晋财正在接电话。一看张艳红来了，杨晋财马上就给挂了。

"是谁啊？是不是又是那个小骚货给你打的？"张艳红脸色一沉。

杨晋财一看她这态度，也强硬起来："是，就是那个相好的给我打的，怎么了？"杨晋财正在和一个律师说遗嘱的事，不能让张艳红知道。

"浑蛋！是哪个骚货！哪个骚货！"张艳红一下激动起来，跑过去拿包打杨晋财。

老马和张文昊正在斗嘴，一看见他们这样顿时没了兴致。

"什么骚货！再骚能有你骚吗？你干吗？干吗！"杨晋财一改往日的软弱彷徨，一把推开张艳红。

张艳红火了。"你个王八蛋！我告诉你，你占了我的身子，耗了我的青春，你要是不给姑奶奶一个交代，你就别想好好待着！"张艳红凶相毕露。

"滚！你给我滚！"杨晋财就是想要这个结果。他告诉自己一定不能心软，绝不能和她结婚，他要和张艳红撕破脸。

张艳红的眼泪流了下来，转身几步，甩门就走。

杨晋财愣在原地半天，不停地喘着气，耳边回响起门关上的声音。愤怒渐渐转变成一种恐惧和极度的孤独感，他愣愣地站在原地，不知道自己该如何是好。

这时林楠进了门。

"师傅，那辆车找到了。"林楠说。

"啊？找到了！"老马一阵欣喜。"什么号码？车主是谁？"

林楠坐到老马床前，压低声音说："经过我调查，是一辆灰色的宝马轿车，那天这辆车停在了养老院的门口，并未进院，所以监控查不到。"林楠说。

"那你是怎么查到的？"老马问。

"从那个养老院出来下坡后，有一个治安探头，我查了当天那个时段往来的车辆，发现了这辆车，之后又询问了养老院附近的目击者，基本可以确定。但是……"林楠停顿了一下说，"经过调查，这辆车的牌照是假的，是一辆套牌车。"

"套牌车……"老马抬起了头。事实看来和想象得一样复杂，这一切都是有预谋的。

"我已经给这辆套牌车上了布控，没准这几天就会有结果，师傅，您放心吧，这事我办了。"林楠显得十分干练。

"嗯……"老马若有所思。虽然林楠这么说，但他知道，通过布控找到这辆车的概率是微乎其微的，更何况他们面对的是一场有准备的预谋。

"师傅，还有句话……"林楠表情严肃。

"什么？"老马抬头看着林楠。

"师傅，现在这个案子不光是您的……也是我的！再有什么事就说一声，别自己一个人去，您别忘了啊，咱警察办案，讲的是双人工作制。"林楠的眼睛里闪着泪光。

"嗯……谢谢徒弟……"老马点头。"哎……光凭着自己是真的不行了……"老马抬头望着天花板，沉默了一会儿。"还有，那块手表还是要调查一下。"老马说。

"手表？张鹰母亲家的手表？"林楠问。

"是啊，那么简陋的一个家，竟然藏着这么一块几万块的名表，警察的直觉告诉我，这很有问题。"老马说。

"嗯，这当然是个问题。"林楠点头。"但我觉得……师傅，就仅凭这一块手表，能查出线索的概率微乎其微。"林楠比较悲观。

"还记得那句话吗？"老马看着林楠说，"没什么事是确定的，一切要看最终的结果。就算查不实，也要查否，搞侦查就要把所有的线索查清，堵住所有开这口子的可能性，你忘了？"老马笑着说。

"嗯，我懂了师傅。"林楠看老马眼睛里闪着光，一下就找到了师傅曾经的样子。

老马拍了拍林楠的肩膀，觉得一聊起案子自己就又年轻了起来。他收起了笑容，默默思索着什么。林楠怎能知道，老马此时正在自己的尊严和原则中挣扎，他决定去做一件一直厌恶和不屑的事情。

三十五　悲情饭局（一）

傍晚六点，老马吃过晚餐，便提前让马刚回去了。他换上便服，走出了病房门。

一个护士看到老马说："15床啊，又出去乱跑，一会医生知道了又该批评你了。"老马回以一笑，不去作答。

张文昊晚上也和医生请了假，据说是去参加一个什么慈善晚宴。老姚早早地就睡去了，他对化疗药物的反应挺大，现在除了点滴就是昏睡。而杨晋财则如坐针毡，明天就是他手术的日子。他用了几天的时间，做完了血常规、尿常规、肝功、肾功、血脂、血糖、肝脏核磁、心电图等一系列复杂的检查，又花了一天时间停止进食，以清除肠道内粪便，减轻术后腹胀，防止肝性脑病等并发症发生。杨晋财孤独地坚持着，不断袭来的饥饿转化为巨大的空虚，他感到浑身寒冷，仿佛置身漆黑的废墟。

已经是夏末了，窗外那排杨树被风吹得哗哗作响。杨晋财不知道该如何利用一分一秒流去的生命，也不知道自己还能不能走下手术台，虽然医生多次强调，手术成功的概率是百分之九十九，但仍没有一个声音可以缓解他的惊慌失措。他不知道该如何面对死亡，根本没有做好任何准备，虽然积压的焦炭全部出手，虽然被拖欠的尾款也大都收回，虽然律师帮他拟好了遗嘱，虽然那份遗嘱的受益者仍是自己。但他还是安不下心，也许此时他最需要的不是去拟定什么遗嘱或安排什么后事，而只是某个人轻声的安慰而已。但他却找不到那个人。张艳红得知他拟定遗嘱的内容之后，就再也没来看过他。那份遗嘱的内容是：他死后，他公司和名下的所有资产立即变卖，所获资金除去少部分留给他父母之外，余下的全部为他修建坟墓，而坟墓的地址就在他的老家。

老马迎着夜风走，打了个冷战。经过两次的介入治疗，老马的身体每况愈下。这种滑坡的感觉他自己清清楚楚，根本不是依靠几句安慰能蒙蔽的。

他在医院门口等了好久，才打上一辆出租车。

而张文昊此时正坐在奔驰车里，跟司机说着话。

"那辆宝马不要再开了，过段时间找修理厂重新喷喷漆，弄到外地吧。"张总看着车外的景色说。

"嗯，您放心吧，张总，那辆车已经不在本市了。"司机小郭说。

张文昊没有再说话，他看着车窗外熙攘的街头，烟熏火燎的烧烤、拥挤的人群，突然感到一阵悲伤。

"几点了？"张文昊问。

"不到六点，离慈善晚宴开始还有一个小时。"司机小郭说。

"不着急，慢慢开。"张文昊说着仰头闭上了双眼。作为那场慈善晚宴最重要的客人，他没有到晚宴是不会开始的。

小郭开车很稳，超车并线都让乘坐者毫无感觉。奔驰车的性能也很好，几次穿梭便超过了老马乘坐的出租车，之后一脚油门儿，消失在灯火阑珊的夜色中。

老马坐在车里，下意识地摸了摸口袋中鼓鼓的钱包。

他拿起手中的侦查计划，慢慢地捋着思路，想着一会儿该如何开口。这个案件仿佛是对自己的救赎，让他渐渐缓解了对病情的恐惧，时间也不再空旷，变得饱满起来。案件的每一丝进展都在给予他希望和力量，虽然身体每况愈下，但老马的精神却很好。这是个谬论吗？老马不知道，但他至今仍时常会妄想，某日高医生会突然走到自己面前说，对不起，这个病是误诊。呵呵，他摇头笑了一下，用一个难听的词骂着自己。

出租车停停走走，车窗外的人们有着那么多的表情。高兴的，悲伤的，失落的，惶恐的，寂寞的，彷徨的，暧昧的，善意的。这一切在老马眼前，却都只是风景，就隔着这么一道玻璃，就仿佛是两个世界。

他又想起了老姚原来说过的话："这病吧，跟心态有很大关系，总是犯愁吧，这病就会加重，要是能放松心情，抵抗力也就强了。听说许多得癌症的就是心态好才活下来的，专家说这叫心理干预。"当时老马还不屑一顾呢，回嘴说："现在啊，信什么都别信专家。"而此时他却觉得这话也不无道理。好吧，那就让自己给自己做个心理干预，自己救赎自己。

三十六　悲情饭局（二）

经历了半个小时的堵车之后，老马走进了饭店预定好的包间，一进门，发现有几个人早就到了。

"哎，老马啊，好久不见了。"老谢走了过来。"哎呀，你小子可真是老了不少啊。"老谢是技术侦查处的副处长，满面红光头发却已稀疏。

"呵呵，听说你小子提前退休了？行啊，这干什么都走在我们前头了。"老陈叼着一颗烟说。他是巡警总队的大队长，比老谢要低那么一级。

"来来来，先坐先坐，一晃都多少年了，咱们都这岁数了。"老闫还是那副憨厚的样子，一说话就像推心置腹。但老马知道，这小子比谁都精，要不也不会三十多岁就爬上正科级。老闫现在是市局刑警的一个大队长。

几个人都围着老马调侃，但谁也没把老马放在眼里。要不是这个场合，在他们任何一个人检查工作时，老马都要和其他民警一起列队欢迎。要不是老马提前退休，论起职位来老马也是望尘莫及。几个人一唱一和，都夸老马退休是明智之举，然后又相互恭维，说了半个小时全是官话。

这时，王志宇进来了。

"王局。"几个人一起站了起来。老马犹豫了一下，也站了起来。

"哎哎哎，几位老同学全到了啊。"王志宇是城北分局的局长，在他们这些人中地位最高。"你到外面去等，把酒拿进来。"王局回首对他的司机说。

"马庆啊，老伙计。"王志宇走过去一把握住老马的手。"听说你提前退休了，恭喜啊，人说炒股票的最佳状态是高位出局，开飞机的最佳状态是安全降落。你看你，年纪轻轻就回家享福，要我说啊，咱们这帮老家伙里，就属你最懂得生活，最会享福了。大家说，是不是啊，哈哈哈哈……"王局调侃老马，语气里还是领导的架势。

几个人一起捧腹大笑，接着话茬儿。

"哎，王局说的是啊，老马是聪明人啊，急流勇退，安享晚年，不像咱们几个啊，忙忙碌碌一辈子了啊，还想不明白。"老谢说。

"上次那事啊，哎，你这个老家伙，太冲动。"王局小声说，用手捅了老马一下，点到为止。

"嗯，上次那事麻烦你了。"老马一想到自己被取保候审的事，心里就一阵压抑。

"嗨，这些小事还说什么。"王局无所谓地笑了一下。"来来来，大家都坐，都坐。"看昔日的同学都毕恭毕敬地站着，王局赶忙招呼，仿佛今天这顿饭不是老马请的，而是他在请客。

老马今天请的是他这届警校同学中，实力最强的几个人。实力最强指的不是别的，正是职务和级别。老谢、老陈和老闫，五十出头儿都混到了处级，王志宇现在则是城北分局的一把手，响当当的副局级。而自己这个正科级提前退休的老民警自然不值一提。老马花了几天的时间，软磨硬泡地请他们吃饭。无奈几个领导都挺忙，不是开会就是应酬，硬是凑不到一个时间，于是老马就先从级别最高的王志宇入手，请神先请大神，等王志宇约好了，就拿着王志宇的名义再去约别人，这下老谢几个人便答应前来赴约了。毕竟大家时间都有限，吃饭应酬早就成了负担，没有目的的饭局就是在浪费生命。

今天这场合几个人都明白，除了王志宇局长，没有一个人是奔着老马来的。

酒不错，十五年的茅台，一口下去醇香绵软，让人回味无穷。但菜就显得一般了，没有鱼翅鲍鱼象拔刺身，唯一的硬菜就是那个剁椒鱼头。就这些菜，老马还是咬紧后槽牙点的。在这个酒店，没有几千元根本撑不起一桌子菜，就是这个点法也足以耗尽老马的钱包。不一会儿，服务员又开了一瓶王局带来的茅台。老马心一跳，在这里吃饭，自带酒水的开瓶费就是三百。

"来来来，我们再喝一杯，这么多年都聚不到一起了，机会难得。"王局站起来举杯。

老谢等人纷纷起来欠身敬酒。三钱小杯无一例外地碰在王局的杯底，显得恭敬顺从。

老马犹豫了一下，用右手抵住腹部，也站起来举杯。一阵针刺疼痛蹿过，让他哆嗦了一下。

"王局，大家聚在一起确实不易，别看咱们这些老同学都在一个城市，但要说聚齐了那真是奢望。要我说啊，咱以后就得多聚，我们几个也要多向王局请教学习，老陈，是不是这理儿？"老谢说着看了一眼老陈。

"呵呵，是啊是啊，这一晃都成了老头子了，回头想想啊，还是咱们这些同学的感情深，关系纯。去年要不是王局出手帮忙，我哪能走得这么顺。"老陈满脸堆笑。"来，王局，我先干了这杯。"老陈说着就一饮而尽。

而一旁的老闫也跃跃欲试，但老谢却根本不给他插话的机会。"我说王局，您看这样行不行，咱们几个以后就要常聚，我在山上有个点儿，人少清净待着也自在，过几天等你空闲了，咱们一起过去。"老谢笑容可掬。他和老陈虽然没有老闫提拔的早，但没几年后来居上，都跳到了老闫的头上。而现在还是现职副处的老闫，曾在几年前的一个案子上抢过老谢的风头儿，这个梁子不大不小，却拧了一个疙瘩一直悬在他们中间。

老闫想利用今天这个机会解解疙瘩，琢磨着如何开口。

大家酒都喝了，唯一没说话的就是老马。听着几个人的来言去语，老马的胸口像压了一块大石头，索性放下杯子一口不喝。

"哎哎哎，你这老小子怎么耍赖啊？"老谢第一个发难，不依不饶地说，"喝了，必须喝掉，这王局敬的酒还能留着，快点，喝！"他一指老马，似乎发号施令似的。

"对啊，老马，这可不行啊，老谢不说我也得说话。"几杯酒下肚，老陈的脖子都红了，也大声吵着说。

"喝了吧，哎，老马，没有你这样的。"被冷落在一旁的老闫也说。

老马气不打一处来，却又不想破坏今天的气氛，毕竟这顿饭是他请客。他看了王局一眼，一把拿起了酒杯，抬手仰头干了下去。

　　"好！好样的！"王局也一饮而尽。酒桌的气氛更加热烈了。

　　你来我往，推杯换盏，见缝插针，左右逢源。

　　酒桌上的气氛时而被某个笑话推到高潮，时而又被某个学校时的记忆拉到伤感。老谢等人上蹿下跳，变着法地和王志宇套近乎。老马看在眼里，一阵一阵地在心里较劲儿。他没有想到，这些昔日的同学聚在一起，竟然是这个结果。原本想象的推心置腹变成了官话连篇的阿谀奉承，这些看似感动的回忆实则都是删繁就简、改头换面的溜须拍马。老马有点儿恍然，也有点儿坐不住了。谁也没有想到，就在老谢欠身给王局敬酒的时候，老马会突然摔了酒杯。

　　几个人都愣了，老谢拿着伸出的酒杯不知所措，王局也站在桌旁满脸茫然。

　　"你们还像是警校的同学吗？"老马气喘吁吁地说，"啊？还像吗？你们说的哪一句话是真的？啊？哪一句？"

　　老马指着老谢："啊，就说说你吧，忘了在学校时是怎么说王志宇了？啊？王志宇大流氓，脱了裤子就是色狼。还有你！"老马又指着老陈："有次考试是不是你打的小报告，啊？告诉老师说王志宇作弊？这才罚他在操场上十圈鸭子步的。"

　　老闫没弄明白老马想干吗，就抹稀泥地说："哎，老马啊，是不是醉了，来来来，先坐会儿，坐会儿再说。"

　　没想到老马马上就将话茬儿转向了他："你也跟我这儿装着玩，那次打群架要不是你拉偏架，老谢能让人打成满脸是血，满头挂彩？"老马挨个儿地数落。

王志宇几十年前在警校的时候，曾经是最受欺负的一个学生。老谢、老陈一起结党营私、欺行霸市，没事就在王志宇身上寻开心找乐子，而老闫虽然不是他们一伙的，也没拿正眼瞧过王志宇，而且还因为几个小矛盾，没少在暗地里黑老谢。一晃三十多年过去了，风水轮流转，王志宇却当上了局长，一脚踏在了几个人头上。

"老马，你这是怎么了？"王局被弄糊涂了。

"没什么，我一点儿事都没有！"老马抢过老陈手中的茅台，拿过一个空杯给自己倒满。"我想说的是，咱们为什么要活得这么累！啊？为什么就非得局长局长地叫着、处长处长地叫着，没一个人拿对方当朋友、当同学。"老马说着喝了一口。"我今天请客，不是为了别的，不是要听什么局长的训话，或者是什么处长的夸奖，我就是想一帮同学一块儿吃顿饭，一帮同学！"老马说着泪流满面，一屁股坐了下去。几个人面面相觑。

王局听着，被老马打动了，情绪也激荡起来。"是，老马说得对，咱们今天来的，都是同学和朋友，没有什么局长处长的，来，老马，志宇敬你一杯。"王局说着走了过去。"老马，跟我说说，你到底怎么了？"王局扶着老马的肩问。

泪水模糊了老马的视线，他不知道自己怎么这么不争气，竟然在众人面前出丑。但他却无法控制自己决堤的泪水，似乎只有这样才能将他压抑在肝部的积水抽干。他声泪俱下，痛哭流涕。"我……没有多少时间了，我……是癌症晚期……"他咬紧牙关，说出这几个字。

众人都傻了，他们刚被老马的一席话带到了学校那个充满幻想的时代，却又一下被这短短的几个字拽回到生与死的冰冷现实。

　　"老马，你说什么？怎么是癌症？"王局扶着老马的后背问。

　　"查出来有段时间了，剩下没几个月了……"老马停顿了一下，抹了把眼泪。"哎……我他妈哭什么？窝囊废！"老马说着就站起身来。"你们喝吧，对不住了，我先走。"老马说着就要往门外走。

　　"哎，老马，你这是什么意思。"王局转身走到了老马面前。"咱们都是同学，都是哥们儿，有什么事就直说，别憋在心里！"王局说。

　　"是！老马，别拿哥儿几个当外人，有话就说。"老谢这时也褪去了刚才满脸的世故，眼睛里闪着真诚。

　　"兄弟……"老陈走到老马身后，用力地搂着他，眼泪在眼眶里打转。

　　"需要我们帮忙的，有什么就说，都这个岁数了，还有什么可怕的，有事大家一起扛！"老闫动情地说。

　　几个人围在老马身边，似乎一下又回到了学校的时候。他们一下褪去了浮华，褪去了世故，褪去了各自扮演的职位上的角色，又回到了那段青涩、固执、天真而又充满希望的青春岁月，大家的眼睛都发涩了，心里都涌动着一种不可名状的感动。这种感动在心里左突右撞，让他们五味杂陈，百感交集。

　　"哎……"老马一声长叹。他慢慢地抬起头，一字一句，说出了那个二十年前的案件。

　　"嗯……这就是你那天打电话查人的原因？"王局用复杂的眼神看着老马。

"对！这也是我今天请你们来的原因。"老马诚恳地回答。
"这……是我这辈子……最后的愿望……"老马说。

"我明白了。"王局走回桌旁。"来，大家都举起杯！"王局说着先举起杯。

老谢拍了拍老马的肩，把他拉回桌前。老闫走过来，倒上了三杯酒，然后拿起茶壶给老马倒满三钱杯。

"在不违反原则的情况下，咱们都伸一把手，有人的出人，有力的出力，老马的这个案子就是咱们大家的案子。老马，你记住，无论到什么时候，咱们都是同学，咱们都是哥们儿，这关系谁也打不破、谁也改变不了！"王局说着一饮而尽，众人也都豪爽地抬头饮尽。

"老马，明天我就和你们总队长蒋明说，案件就算破获了，只要存疑也可以继续工作。专案组的负责人你来定，我们几个人全力支持你！"王局的话掷地有声，正如他办事的风格。

"好！我谢谢你们！"老马转手拿过了酒瓶要给自己倒满。

"别喝了！老马。"王局摆着手说。

"哎，别喝了，你这病不能喝酒！"身边的老谢一把抢过酒瓶。"真有情谊不在酒上，听我们的吧。"

老马的眼泪再次决堤。"好……谢谢你们哥儿几个！"

疼痛还在继续，浑身也早已冰冷。而那种久违的炽烈的感动却在老马心中燃烧，让他感到一种温暖的释然。老马从众人的眼睛里，看到了那么多真诚与恳切，也看到了一种希望和力量。他默默地闭上眼，任眼泪流淌，努力习惯着身体的疼痛。

夜晚的城市喧嚣依旧，而如果把视线抬高，却能看到月亮的沉静。一阵风吹过，发出瑟瑟的声音，只有伤心的人才能知道，那是风在疼痛。

三十七　器官捐献

窗外的天色阴郁，云彩和鸟儿都没有。

杨晋财做完了手术，静静地躺在那里。他缠满纱布的身体，掩盖在白色的被子下面，他能感到，自己的每一次呼吸里都充满寂寞。自从他住到这里以后，除了张艳红，就再也没有别人来过，而如今，张艳红也不会再来。手术成功的好消息他连告诉别人的机会也没有。

杨晋财觉得冷，就让护工在被子上再盖上毯子。这段日子他深刻体会了一个成语，度日如年。

老姚这几天状态不太好，无力、发汗，日渐衰弱，外加连日腹泻，大小便失禁。无奈，护士只得为老姚插上了尿管。小吕每天都在这里陪着姥爷，老姚老伴也几乎天天都来，每次来都带些老姚喜欢吃的东西，糖火烧啊，自来红、自来白，这些年轻人现在动都不动的点心，老姚吃得很少，看起来却津津有味。但只有老姚自己知道，点心下肚其实食之无味，几次化疗之后，他的味觉已经降到了最低，即便是山珍海味也再无感觉。但老姚还是会吃，而且会做出满意的笑容，他在为他的家人吃，他太爱他们了。

"姥爷，看我给你带什么来了？"小吕推门进来了，拿着裹着方便饭盒的一个大塑料袋。

老姚无力地躺在床上，冲着孙子笑。

"哎，别动，姥爷，等一会儿吃午饭的时候，我再扶您起来。"小吕放下塑料袋，抚摩着老姚的额头。

老姚越来越像个孩子，害怕、恐惧、喜怒无常，对家人极其依赖。他不再经常与老马、张文昊聊天，整天就这么呆呆地躺着，而且日渐消瘦。身边的那盆君子兰郁郁葱葱的，被养护得很好。老姚时常会看着它发呆，一看就是好久。

已过立秋了，窗外那一排白杨树时而会掉下几片树叶，树叶再无初夏的嫩绿，而变成一种悲伤的墨绿。

看时间差不多了，小吕便慢慢地摇起病床的靠背，然后扶老姚坐起来，用两个枕头垫在老姚的身后，再支起病床上的折叠餐桌，将塑料袋里的菜逐一放在桌子上。菜买得不少，熘肝尖、麻婆豆腐、狮子头、米粉肉，还有一个疙瘩汤。因为地方有限，小吕就把方便饭盒一个压着一个摆，正好满满一大桌。

"呵呵……"老姚笑了，发自心底的笑，一点儿没觉得费力。"大孙子啊，你……给我买了这么多荤的……我哪儿吃得了啊？"老姚慢慢地说。

"没事姥爷，您要是吃不了，我陪着您吃。"小吕说，"四菜一汤，您不是说过吗？这都是咱们国家的国宴标准了。"小吕和姥爷说话时，永远带着笑容。

"呵呵……"老姚又笑了，那布满褶皱的脸上舒展开来。"哎，你姥爷这一辈子啊，就喜欢吃这四样，我大孙子都记得，哎，知足了啊……"

"那是，姥爷爱吃的，我也爱吃，记住自己爱吃的东西，还有什么难的呢？"小吕笑着说。

这时，小吕的母亲也进来了，一看儿子已经到了，也是一笑。"爸，给您买糖火烧了……"大女儿说。

老马忙了好几天，一边治疗一边给林楠安排工作，已经疲惫不堪。介入疗法的效果很好，据医生说，肿瘤已经停止了增长的势头。而在林楠担任专案组长之后，老马更是放下了一颗悬着的心。这几天林楠都没有过来，老马知道，查二十年前的银行账户，是要到银行大库里去翻的。儿子马刚这几天也忙，据说为了厂里的正式工名额在努力表现着，但还会坚持着给他送饭，医院的饭越吃越没味道了，老马也弄不清楚，到底是自己吃腻了，还是介入疗法之后的食欲减退。张文昊出去了几次，但身体也是每况愈下，有一次竟是司机扶着回的医院。每个人的状态都不好，所以病房里就少了许多聊天的机会。

虽然张文昊和医院说了，再也不想见来探视他的客人，但一些重要的人物却还是能畅行无阻地找到他，做强势的问候。张文昊也越发没了好脸，几次做了直接拒绝。在这个医院住久了的病人都有种强烈的感觉，就是生命有限，时间再也不能浪费给别人。几拨人探望他之后，便留下了一大堆的高级营养品和贵重补品、水果什么的，堆满了他的床头。张文昊就把这些东西让护工分成许多份，逐一分给他认识不认识的病人，逢有人拒绝就说"再不吃就过期了，帮帮忙吧"。其实谁都明白，那燕窝和虫草是没有过期一说的。而今天，张文昊又拖着病塌塌的身体，不知跑去哪儿了。老马在自己的病床上辗转反侧，看着张鹰案件的几本卷宗。

这时门外传来了女人的哭声，断断续续，由抓狂到抽泣。老马问了一个病友得知，是那个家喻户晓的癌症父亲去世了。今年初，他女儿参加了选秀节目，但在父亲查出肺癌后要放弃参赛，结果父亲得知后亲自从医院来到了节目录制现场，当着满场的观众对女儿说："好好比赛，我等着你。"一下感动了无数观众。但生命无常，他最终还是走了。

老马只能报以一声叹息，除了这个，他真的不知道自己还能给予些什么。

这时，张文昊回来了。

"哎，几位，来来来，填一下这个表格。"张文昊手里拿着一大摞表，逐一分给老马等人，剩下的厚厚一摞转身递给了身后的司机小郭。小郭没走，可能张文昊还有别的事。

小吕第一个拿过表格，刚看了几个字就皱紧了眉头。杨晋财在角落里光线有些暗，就慢慢地起身，眯着眼看。

老马一看就火了。"张文昊，你他妈什么意思啊！"老马手里拿着的是一张《自愿捐助器官登记表》，里面详细列着姓名、性别、血型等项目，中间是捐赠器官的部位：角膜、心脏、肾脏、肝脏、遗体，或是全选，表格最下方是登记者姓名和郑重承诺。"你这是装什么孙子啊？"老马怒目横视。

"哎，你这人，怎么说翻脸就翻脸啊。"张文昊说，"我跟你说啊，咱们国家每年有 150 万人因为车祸、患病需要器官移植，但现在仅仅不到 1 万人能够得到移植的器官，得不到移植的器官就保不住生命，这个道理你不会不懂吧。现在我搞了一个'自愿捐助器官'万人签名的活动，我想咱们都应该尽尽责任。"张文昊讲得有理有据。

"去你的吧，要捐你捐，我可不捐。"老马说着就把表往地下一扔。"你是不是盼着我早点儿嘎儿屁着凉啊，提前给我判死刑了？"老马说。

"这身体啊，是父母给的，可不能随便就给别人啊。"老姚也识字，看了一眼表格就放在了桌上，一下弄得胃口也没有了。

"哎，老姚，你说的这都是老思想了。"张文昊说，"你想想啊，如果我们一天真是不行了，但通过捐献器官，让自己的生命还能在别人的身上延续，那该是多好的事啊。"张文昊推心置腹。

"哎……"老姚摇了摇头，不知如何作答。

小吕因为姥爷的治疗费是张文昊资助的，也不好直接反对。就支应着说："张爷爷，这事我们要和家里人商量商量。"

"行，好好商量，这是好事啊，孩子。"张文昊说。"你呢，小杨。"张文昊转头问。

杨晋财支支吾吾的。"哎，这事吧，张总，我……"杨晋财没说几句就沉默了，半天说不出下文。

"你别他妈以为自己是上帝，人家要捐就自己捐，用不着你在这儿充大尾巴狼。"老马又骂了一句。"别假仁假义，干点儿好事！"

张文昊一听也绷不住了。"你说谁假仁假义！你有点社会责任感没有啊？"

　　"你有社会责任感，你是慈善家，你是老百姓的上帝！"老马撑了几下坐起来，冲着张文昊大声说，"你是不是想让所有人都仰慕你、佩服你啊？你是不是觉得自己特了不起啊？我告诉你，我就说句话摆在这儿，做生意的就没有没干过亏心事的，都别吹牛，每个有钱人发家的时候屁股都不干净！"老马没想到自己一席话说出来还挺有水平，都有点佩服自己。

　　"你说的不对，这个社会谁干净？你干净吗？他干净吗？"张文昊下意识地指了指杨晋财又把手收回来。"什么叫干净？什么叫脏？你是总想着别人能给你带来什么，却不曾想自己给予了别人什么，这才是自私，这才是最大的耻辱！"张文昊声音不大却挺有力量。

　　"不是，你这么说还错了。"老马那一脸的坏劲上来了。"我们有儿有女的，留着自己的东西留个念想，你是老绝户了，有没有无所谓。"老马这剑走偏锋，嘴上犯狠绝不饶人。张文昊被他这一说，一下就断片儿了。

　　"哎，行了，老马，没你这么说话的。"老姚在一旁劝。被他们这么一吵，他心里也堵得难受。

　　"放屁！我也有个女儿！"张文昊突然说。老马一愣，没想到他还有这出。

　　"小郭，过来！"张文昊回手把剩下的表格都扔给他。"把这些表格都发了！不够的再多领一些，每个病房都要发！每个人都要给到！"张文昊沉着脸色说，似乎被老马说到了痛处。

沉默了一会儿。张文昊突然站了起来。"走，你也没事，跟我出去一趟。"张文昊说着就拉老马。

"哎，你干吗啊，放手放手。"老马自知说得过分，感到理亏，被张文昊这么一拉，一个劲儿地往后退。

"哼……"张文昊也转怒为笑。"你瞧你吓的，怎么了？不敢去是吧？"张文昊说。

"有什么不敢的！"老马最禁不起激将法。"但你得告诉我去哪儿啊，这么糊里糊涂的。"老马嘟囔着。

这两个年过半百的人都像个孩子，弄得小吕在一旁也暗自偷笑。

"走吧，老小子，你不是说我假仁假义吗？我就让你看看我有多为富不仁。"张文昊说着拿起搭在老马床头的便服。"走吧，不害你，今天也没治疗了，带你散散心。"

老马犹豫了一下，不想让自己没面儿，便站起了身。

三十八　遗憾与牛气

黑色的奔驰车飞驰在阳光下，沿途的景色倒影在车窗上稍纵即逝，午后的城市喧嚣却慵懒，说不出是沉闷还是寂静。因为是午休时间，人流车辆都不算多。张文昊和老马坐在车的后座，透过贴着深膜的车窗可以看到，这林林总总的建筑和欲望一去不返。

"你这是带我去哪儿啊？"老马转过头问。

"呵呵，别害怕，不会把你卖了。"张文昊笑着说。"去一个希望小学。下午有个捐赠仪式，我一个人去没意思，找你凑个伴儿。"张文昊说。

"哼……还不定谁把谁卖了呢。"老马从鼻孔里出了个声音。"怎么着？想让我佩服你是吧？"老马说。

"呵呵，怎么会。"张文昊否定了老马的想法。"带你看看那些纯朴的孩子，看看那些天真的眼睛。哎……有时我一看到他们啊，就觉得自己活着还有意义……"张文昊若有所思。

老马侧目看去，张文昊的表情交织着遗憾和温暖。

"老马，这辈子你有过什么遗憾吗？"张文昊问。

"呵呵，我的遗憾啊，太多太多了。"老马说，"我这一辈子啊，没干过什么正事，这临了想退休回家了吧，还得了这个病……"老马没有往下说。

"具体说呢？工作？生活？感情？"张文昊问。

"呵呵，还分得挺细是吧。"老马接过话。"工作啊，一辈子就是个老民警，没职没权的，提前退休，回到单位都扫眉耷眼的，呵呵，算遗憾吧。生活呢？也没什么好说的，老光棍儿一个，没给儿子剩下什么……"老马没有回答完。

"你老伴呢？"张文昊继续问。

"哎……"老马叹了口气。"没了，在儿子出生的时候就难产没了。"老马声音发颤。

"啊，对不起……"张文昊带着歉意说。

"没事，二十年多前的事了，那是个好女人。"老马笑了一下表情又苦涩起来。

"嗯，你起码还有一个儿子在身边吧。这该知足了。"张文昊说。

"哎，就这一个儿子还不争气。"老马又叹了口气。"我真不知道他这是随谁啊，窝里窝囊地一点儿不像个爷儿们，一点儿没随我这德行啊。"老马说。

"呵呵，随你的德行好吗？老牛皮糖？滚刀肉？"张文昊调侃他。

"呵呵，还是你懂我。"老马不屑地笑。"这干警察啊，有时就得这样，你不能按着别人的思路和喜好走，别人烦你了吧，你还不能烦自己，别人看你碍事吧，你还得待舒服了。哎……但是做过了也是不好……我啊，就不招人家待见。"老马反思似的自言自语。

"哎，那该说说你了，你刚才不是说有个闺女吗？怎么回事？"老马问。

"嗯……有一个女儿……"张文昊欲言又止。

"姑娘现在……"老马不想随意猜测。

"呵呵，现在在国外。"张文昊回答。

"哦……"老马点了点头。看张文昊不想说，老马就换了话题。"那你呢？有没有什么遗憾呢？"

"我？"张文昊仿佛是在问自己。"有啊，许多啊，我想我的遗憾该比你更多。其实这么多年啊，工作、生活、感情，我什么都没得到。"张文昊自嘲地说。

"什么都没剩下，光剩下钱了？"老马说了一句俗套的话。

161

"呵呵，这句话是假的。有钱不一定不幸福，但没钱一定不幸福。"张文昊说，"但……这段日子我想，其实也不尽然。"他想到了老姚和他的家人。

"哎，那我再问问你，你这辈子说过多少瞎话呢？"老马问。

"呵呵，瞎话……"张文昊抬头望着车顶。"说谎该是我们谁也逃脱不了的陷阱吧……说谎是最令人讨厌的勾当，但同时呢，又是这个社会生存的潜规则，为了生存，我们每天都在向别人说谎，同时也因为自己的谎言而不再相信别人。这是个不断加剧的噩梦啊……我承认，我说过许多谎。"张文昊说。

"你说过的最大一个谎言是什么？"老马问。

"我是一个好人。"张文昊回答。

"哈哈，这句说的好。"老马笑。

"你呢？"张文昊问。

"我？"老马说："我也没少说谎，但我确定一点儿，我说的许多谎话都是为了正义啊。我原来搞预审，每天就是跟犯人斗心眼儿，不说谎不行啊。"

"谎言没有所谓的正义和邪恶之分。你说的本身就是个谎言。"张文昊打断了老马的话。"我们都会为谎言付出代价的，不是吗？"张文昊说。老马听着，有些走神儿。

"你睡过几个女人？"老马又问。

"呵呵……"张文昊笑了一下。"其实……其实我也算不出来了。"张文昊说。"如果算上有婚姻的，一共是四个，如果加上没有婚姻的，该是不到十个吧。"张文昊说。

"肏，你典型的一个流氓啊，哎！"老马听着就气的哼。"这有钱人啊，就是无耻。"他总结道。

"但……说来也奇怪，你现在要再让我去想她们长的什么样？穿的什么衣服？甚至叫什么名字，我居然不能马上记起了。"张文昊痴痴地说，"但只有第一任的妻子，我可以记起她的名字、长相、声音、穿着，甚至爱吃的饭菜。"

"她长得很漂亮吧。"老马问。

"嗯，很美。"张文昊答，"我曾经很爱她。"

"现在呢？"老马问。

"去世了。"张文昊咬了咬嘴唇。

干涸沙漠一样的沉默。

"哎，别说这个了。"老马转变话题。"你这辈子有没有什么牛气的事呢？嗨，这个问你也白问，你这财主……"

"呵呵，有啊。我知道你该认为我自豪的事情该是财富，但你错了。"张文昊说。"我觉得最牛气的事情，就是看到自己能救助那些需要帮助的人，看着他们快乐，看着他们能从挣扎的生活中站起，这就是慈善。"张文昊说得很真诚。

"得了得了，你就别在这儿装上帝了行不行？"老马说。

"真的，我一点没说假话。其实做企业的成功者，哪个不是白手起家，哪个不是经过跌宕起伏风吹雨打才获得成功？这点不值一提。"张文昊说。

"呵呵，我可是搞经侦的，知道许多商人是什么鸟儿变的。不管他们之后如何光鲜靓丽，如何风光，都逃不过第一桶金的罪恶。

哎……案子搞多了啊，也就不再相信什么童话了，在我的眼睛里，许多人都不是表面上看到的那个样子。"老马笑着说。但张文昊听了却心里一紧。

张文昊笑了笑，没有说话。他不想承认也不想说谎，就这么矛盾。

"无商不奸啊……我干了这么多年警察，也没觉得商人哪里好。"老马总结了一下。"我当了三十年警察啊，搞了二十多年的经侦。经侦就是经济犯罪侦查。同一个公司的哥俩儿为了争夺公司权力，相互揭发相互举报的；为了骗银行贷款，拉着朋友去担保垫背的；为了抢老子遗产，弄假合同搞合同诈骗的……哎，都是钱闹的！商人朋友不能交啊，他们跟你称兄道弟都是为了你这张皮，今天还推心置腹呢，明天就拉着你下水了，原告变被告的时候，警察死得更惨。"老马似乎一边说一边回忆着。

张文昊看着老马，不知该怎么回答。"其实啊，商人并不像你想的那么坏，老马，咱们算是朋友了吧。"张文昊问。

"咱们？"老马看了一眼他。"算是吧。"老马说，"都走到这条路了，还有什么不能是朋友的。"老马说得消极。

"呵呵，但愿咱们不会变成敌人。"张文昊笑了笑说。

"只要你别犯罪。"老马也笑着说。

"你都退休了，还装什么警察。"张文昊说。

"退休了也是警察。"老马正色。

"呵呵，那为什么提前退休？"张文昊问。

老马一时语塞，不知如何作答。

"你这辈子最牛气的事呢？"张文昊换了话题。

"我……呵呵，对不起，没有。如果养鸟、养鱼可以算的话。"老马说。

"算啊，我养狗，知道那种感觉。"张文昊一说就想到了家里的藏獒。

"呵呵，我给我那鸟起的名字是'三儿'，遛鸟时人家还以为我叫谁呢。"老马痴痴地笑。

三十九　高级会所

聊着天时间便快了。大约一个小时的车程，便开到了城郊的一处希望小学。这是山里的一块平地，四周走不过十里便是大山。所谓的希望小学实际就是十多间泥瓦房子，再用砖墙围成一个院子，往中间的黄土操场上立一根旗杆，就成了学校。

张文昊和老马下了车，村干部和许多工作人员大步迎了过来。后面几个西装革履的，该是张文昊公司的人员。

"张总，恭迎大驾。"村干部四十多岁，搓着手满脸堆笑。"这一路您舟车劳顿，先休息休息吧。"他也不知道从哪里学的这些文明词儿。

张文昊一下恢复了冷漠和傲慢。"不用休息，我是来捐款的，不是来度假的。人到齐了吗？"张文昊问。

"张总，人到齐了，到齐了。都等着呢。"村干部忙说。

张文昊走在最前头，走路不快但派头十足。村干部则在前面引路，像个打工仔。老马看着他心里琢磨。"这人呢，到了什么时候也有高低贵贱之分。不是别人弄的，是自己作的。"

按照张文昊的要求，希望小学的所有学生和家长都到齐了。孩子们跑着笑着，追逐打闹着，天真的小脸上脏脏的，眼睛里纯纯的，虽然贫穷却没有一点儿烦恼。而家长们却都面色土灰，一看就是饱经生活的沧桑磨砺。张文昊走过去捏了一个小胖姑娘的脸蛋，小姑娘害羞地往后躲，一双大眼睛却眨眨地看着他，张文昊觉得心里一股暖流。这就是乡村孩子与城里孩子的不同，害羞却不惧人。老马走在张文昊后面，没人注意也没人搭话。

按照张文昊的要求，捐款现场没有请一个媒体。张文昊不想再惹上什么麻烦，他对于媒体来说，早已变成了话题和商品。他的一举一动都是新闻点，经过媒体添油加醋的粉饰或诋毁，都明码标价售给人们作为谈资。张文昊反感自己被别人利用，他既不想沽名钓誉，也不想被他们打扰，他要的只是实实在在地做些事，帮助这些孩子。

村干部安排了一个所谓的剪彩仪式，一整条大红绸子被几个女村民拽了起来，村里的干部都在左右站好，中间给他留着主位。

"这是咱们规定的议程吗？"张文昊回头问他公司的薛主任。

薛主任四十出头儿的样子，头发梳得锃亮，一米七五的身高笔挺精干。"不是，是村里自行安排的。"薛主任回答。

"那就撤销，不搞这些没用的。"张文昊几句话就给拒绝了。

村干部有些不知所措，都站在那里发愣。

"撤了吧，胡主任……"薛主任走过去小声说。

"把孩子和家长都叫来吧。"张文昊背着手说。

"好的，张总。"薛主任提高声音回答。

不一会儿，黑压压的一片人就到了。老马在后面默默地数了数，得有百十来个家庭。

人们站在一起拥挤着，站姿各异。家长们有的表情茫然，伸着脖子看张文昊等人，有的交头接耳，不知在说着什么。孩子们却完全不顾什么场合，有的开心地追逐打闹，有的抹着鼻涕站在父母身边。张文昊看着这些纯朴的眼神和脏脏的脸，心里感到柔软。

"薛主任，发钱吧。"张文昊说。

薛主任往前走了几步，清了清嗓子说："嗯，大家好。我今天代表文昊集团公司的张文昊董事长以及全体员工，为山湖村捐助今年的学习费用，孩子是祖国的希望，是社会的未来，要想强国，必先强教育。我们文昊公司除了捐助学费，还将在开学前为孩子们捐助学习教材和学习用具，稍后，请大家按照秩序来领取学费。"薛主任说起官话有板有眼，很在行。

薛主任说着，底下便响起了热烈的掌声。

"好的，现在请文昊集团公司的董事长张文昊讲话。"薛主任说着向左后方退了一步，把位置留给张文昊。

张文昊摆了摆手，向薛主任示意不说了。这时底下几个村民呼喊起来。有的说，大善人，说几句吧。有的说，您是我们的恩人，说两句吧。同时响起了经久不息的掌声。

张文昊笑着摇了摇头，村民盛情难却，他也不想扫兴。他走到了话筒前说："各位乡亲父老，大家高抬我了，我不是什么你们说的大善人或者恩人，我就是一个做生意的。这做生意的人啊，总是容易落上一个奸商的名头，大家也都觉得无商不奸。但我想说的是，这是个误解，做生意的人也是普普通通的人，也是凭着自己的努力起早贪黑一点一点干出来的。我原来家境也不富裕，小时候也受过苦，但有一点我要感谢我的父母，那就是他们坚持给了我良好的教育，让我学会了生存的本领。所以到了今天，我在衣食无忧的时候，做一些回报社会的事情，就再应当不过了。"张文昊停顿了一下。"多了不再说，我只希望大家做到一点，就是将我捐给孩子的学费专款专用，绝不要因为其他利益而耽误了孩子的教育。你们一定要记住，孩子是你们的未来，知识是帮助孩子走向未来的工具。十几年后，如果这些孩子长大成人了，首先要做的，就是要回报这片山村，繁荣这方土地。"

张文昊话音未落，人群中再次响起热烈的掌声。老马在台上往下看去，那黑压压的一片满是充满希望憧憬的目光，和真诚的笑脸。

张文昊讲完话，薛主任及几个工作人员便拿着表格，逐一给希望小学的家长发放慈善捐款。因为组织得力，现场秩序井然，大家有条不紊地领款、签字、合影，忙而不乱。老马看在眼里，心里也暗自佩服起张文昊来。这是积德行善的好事。而村干部们却被晒在了一边，无所事事。

发完款。薛主任又说："正如刚才张文昊董事长所说的，大家一定要将收到的款用于孩子的教育上，如果哪个家庭改变了款项用途，造成孩子辍学。我们将以民事诉讼的形式将此款追回，同时将撤销日后的所有捐助。"薛主任说着拿起了一叠孩子家长刚才签署的合同。"大家要遵守自己的承诺。"

"呵呵，做得够细的。"老马在张文昊身后说。

"那是……做不好工作就便宜村干部了。"张文昊笑着回头。"这捐款啊，一定不能有太多中间环节，中间环节多了，层层剥皮的可能性就大了。"张文昊有点儿傲慢，压根儿没把村干部放在眼里。"钱要搁在老百姓手里，我才放心。"他又补充了一句。

"呵呵，你这不还是要当上帝吗？还是沽名钓誉啊。"老马又笑着说。

"我都到这个时候了，还有必要吗？"张文昊反问道。

老马一阵沉默。

"哎……这个校园也该整修了，等孩子们放假了，咱们再出些钱，重新整修一下校园。"张文昊对薛主任说。他望着远方黑黝黝的大山，默默地想，自己到底还能来这里几次。

一晃就是几个小时，眼看着天就黑了。回城的路上，张文昊说请老马吃点儿好的。老马说不用，随便吃点儿就行。张文昊就带着老马到了城北的一个私人会所。

那是一栋深灰色的建筑，从外表看并无过多的奢华。在服务员的引导下，他们走过一道小门，先是曲径通幽，后就豁然开朗。会所的入口处璀璨的灯光映射在叠水喷泉之中，颜色变换。这是一个本市顶级的私人会所，几百平方米的空间全部为大理石打造，七米高的屋顶垂下巨大的水晶灯，显得奢华却不失雅致。

老马走在大理石地面上，下意识地打量了一下自己脚上的布鞋，不由得要以不屑作为抵御的工具。他想，这人啊，在钱的面前，总有自惭形秽的时候。

老马目不斜视地用余光观察着四周，他不想让自己像个初次进场的老帽儿一样显得没见过世面。但让他费解的是，这里的服务员不少，但客人却只有他们两个。

张文昊看出了他眼神中的疑问。"这里是会员制，为了保证私密性，每次不同时接待两拨客人。"张文昊说。

"啊？就是说这么大地方每次只为两个人服务？"老马惊诧地问。

"是啊，私人会所嘛，要的就是无人打扰的私密空间。"张文昊说着带老马走进了一处叫"幽香阁"的房间。

一走进去，竟是将近一百平方米的空间。老马咂摸了一下嘴，心里不是滋味。他妈的这人比人啊，真是得气死人，他暗想。不吃白不吃，就算杀富济贫了，老马又想。

张文昊没让老马动菜谱，就随口点了几个菜。服务员很专业，点完菜就退到屋外等候了，尽量缩短留在现场的时间。但是每逢需要时又能立即出现，一看就是经过很专业的培训。

菜上来了，六个小碟、六个大碟。老马基本都没见过。

"来吧，吃完咱们走。"张文昊说。

老马有点拘谨，但又极力掩饰。看着张文昊迟迟不动筷子。

"哎呀，吃吧，你也不是警察了，我也没什么向你行贿的。"

张文昊说着就夹了一块豆腐放在他盘中。"来，开斋吧。"

老马没再犹豫，他也吃过鲍鱼鱼翅，虽然是别人请的，自己也算见过世面。今天这场合，他不想跌份儿。老马夹起了豆腐放在嘴里，一嚼就觉得香气扑鼻。心里琢磨这肯定不是豆腐，但具体是什么，他也说不出来。

一下午的劳碌让肠胃开始蠕动，介入治疗之后就没像今天这么饿了。老马有了食欲，一不做二不休，拿起筷子、勺子纷飞起来。豆腐、粉丝、甜粥，口口留香。这地方菜做得真是不错，什么材料都能弄出不同味道来。

风卷残云，两个老家伙干掉了一桌子菜。这该是他们化疗之后最饕餮的一次。

"哎哟，撑死我了，要是让医生知道了，又该骂咱们嘴馋了。"张文昊呼了口气。

"得了得了，人生得意须尽欢。吃了就吃了，该死卵朝上。"老马情绪很好，打了个响嗝儿。

"签单。"张文昊叫服务员。服务员拿过账单，轻声说："张总，一共是一万二，请您签字。"张文昊拿起笔随意画了两下，这里是会员制，不需要刷卡或付现。

老马一听就愣了。奶奶的，一万二！这是什么菜啊。

等服务员走远了，老马的火就上来了。"张文昊，你这是什么意思啊？带穷人改善生活见世面来了是不是？还是想他妈的让我高看你一眼，显摆显摆啊？"老马吃了人家的，嘴却一点不短。

"什么？"张文昊眉头一皱，"怎么这么说啊，就这一顿饭，我显摆什么啊？"

"你们他妈的商人就是这样。没事摆什么谱啊？有这个钱再多发一些给几个孩子好不好啊？"老马气不打一处来。"你看看刚才那些孩子的小脏脸，看看那些粗糙的小手，你吃的这些东西，能抵得上他们的多少顿饭了，你想过吗？你也真吃的下去！口口声声说慈善，最后还不是给自己慈善了！"

张文昊听他这么说，笑了一下。"我告诉你啊，老马，这是两码事。我捐给孩子的钱一分也少不了，但我的生活质量也不能降低。我就是不吃这顿饭，那些孩子的钱也是给那个数，我要一年一年地给，让孩子一年一年地上学，让家长一年一年地实现承诺，捐赠不是打水漂儿，是要帮助孩子们实现他们上学的梦想！就算我没了，这些慈善基金捐赠的方案和计划也不会停止。但这并不能影响我自己的生活，倾家荡产不是慈善，孩子们好，我也要好，大家要一起好。我要做的慈善，不是要让孩子们吃几顿好饭那么简单，而是要给他们知识，给他们生存的技巧，同时也要让他们明白这一切来之不易。我永远不会怜悯可怜的寄生虫，而是要培养日后拯救贫困的有责任的人。你懂吗？"张文昊越说越严肃了。

老马一愣，在昏黄的灯光下，无言以对，心里发誓，这辈子再也不吃这老孙子的饭了！

四十　最大的奢求

又是一天的点滴，从早到晚。大段的时间都要在坚持和忍耐中度过，只有真正住过院的人才能体会这种难忍的煎熬。此时你生命的全部，就在那头上一米处液体的滴滴沥沥，仿佛在穿越一条毫无风景的漫长荒道。

张文昊在两次点滴之间要去厕所，仿佛是一个课堂上请假的学生。护士帮他提高点滴瓶，要陪着去。

"不用你去，先给我拔掉吧。"张文昊说。

"张总，要是拔掉，一会儿还要重新扎，要多受痛苦。"护士解释道。

"拔掉。"张文昊话不说二遍。

他缓缓走出病房，心事重重。在护士好奇的注视下，张文昊没有走向厕所，而是走进了他的 VIP 病房。VIP 房间的窗帘紧闭，在黑暗里，张文昊静静地坐了良久，深呼了一口气。他拿起了电话，拨通了女儿的号码，那是一个越洋的长途。

电话响了多声也无人接听，张文昊呆呆地坐在黑暗里，感到一种无助和无望，几次犹豫着是否挂断，但又不甘心放弃，仿佛置身于一片寒冷广袤的旷野。他又拨了两次，等了十多分钟，也没有回音。张文昊深深叹了口气，回到了病房。而就在护士为他扎上点滴的时侯，电话打了回来。他女儿有一个好听的名字，夏尔。她原来的名字叫张婕，后来随着一系列的变化，才改成了这个名字，随了妈妈的姓。

张文昊顾不了许多，用扎着点滴的手接通。"喂，小婕。"张文昊还用着原来的称呼。

"回血了，张总。"护士忙说。

张文昊摆手，示意让护士再次撤下点滴。

"哦……是你。什么事？"夏尔在电话那头的声音，从惊讶到冷漠。她也许刚刚躺在床上，电话的背景很安静。中国的上午，该是大洋彼岸那个国家的夜晚了。

"嗯……也没什么事。就想问问你最近怎么样，嗯……孩子怎么样。"张文昊吞吞吐吐地说，接电话的右手一片殷红。"什么时间……回国，好久没见到你了……"他的声音很柔软。

"对不起，我这里很忙，近期没有时间回国。"夏尔说得肯定。"琳达，你不要跳，不要跳……"夏尔的声音游离开。

"琳达？小婕，琳达是谁？"张文昊挺敏感。

"嗯……琳达是我女儿。"夏尔说。

"什么？你何时又……有了一个女儿？"张文昊感到惊喜，在电话这头儿笑着说。"那迈克呢？迈克跟她合得来吗？"张文昊问。

"嗯，挺好的……"夏尔应付着。

一阵沉默，两个人都不知道该如何继续话题。

张文昊没了昔日的傲慢和冷漠，一副苍老的面孔。"没什么事了……我只是想……听听你的声音……"

"那好，我挂了……"夏尔挂断电话，没有说再见。

张文昊呆呆地躺在那里，任电话的忙音乱响。没有眼泪涌出眼角，划过脸庞，却有种冰冷的刺痛，从他右腹部一直到左前胸。而右手扎点滴时因为回血，已经肿了起来。

老马用余光看着这一切，猜得八九不离十。

人啊，就是这样，拥有了这个，就没了那个，谁也别对生活求全责备，正负相加之后，大家都差不多。老马心想。

张文昊一言不发，躺了半天，才慢慢地坐起来。尽管护士坚持让他继续打点滴，他却没有理会，走出了门外。

"嘛去啊？老张。"老马看着他说。

"去花园里散散心，屋里很闷。"张文昊说。

老马想，他明明该是心里很闷。看张文昊走了，老马拿过他的手机，犹豫了一下，拨通了那个号码。那是一个一长串的号码，该是个长途电话。接电话的是一个女人，声音刻板而冷漠，还带着那么一丝说不出的犹豫。

"喂，你好。你是老张的闺女？"老马问。

电话那头沉默了一会儿，才说："是……您是……"

"我是你爸的病友。"老马说，"你要还认这个爸，就赶快回来看看他，他得了绝症，肝癌，活不了多久了。你可以埋怨记恨你爸所做的一切，但我想告诉你，你要是在你爸最后的一段时间都看不到他的话，你会后悔的。"老马根本没容那头儿说话。"谁都有个错，家里的矛盾不算矛盾，再大的结也能解开，姑娘，你就听我的，尽快过来看看你爸爸，这是最后的机会了。"老马干脆利落。

"什么？您是说他……得了……癌症……"女人断断续续地问。

"是……癌症，不治之症。"老马强调着。

"我知道了，谢谢您的提醒。"女人的声音温和起来。

"他需要你。"老马说。他想，这个世界上，还有什么误会能湮灭亲情呢？人到了这个时候，求自己儿女过来看看自己，算是他妈的奢求吗？

查账、找人、调取监控录像，一切都重新开始了。随着林楠一次次地来说案情，老马一次次地完成了介入疗法。胃口已经不像以前那么好了，几次挠头时竟掉下了大把的头发，走路也颤颤巍巍，几次和林楠说事的时候都在恍惚着，前后说了半天也没明白意思。老马觉得时间过去的太快了，怎么一下就到了秋末，还没好好看看窗外的绿色，白杨树便开始落叶，那一片片的树叶干涸枯萎，随风飘散，最后消失在视线里，看着让人伤感，也不知道还能不能再看到这种嫩绿。病房的空调关了，病人们也换上了厚些的病号服，他几次想去空中花园坐会儿，都因为体力不支而半路折回。林楠和马刚都说，这只是介入疗法的反应，等癌细胞控制住了、身体恢复好了，就没事了。老马愿意信他们说的话，也逼着自己去相信，但是无奈，他是个警察，很难欺骗自己。他看过这方面的资料，无论是放疗、化疗，还是介入疗法、射频消融等，都是杀敌一万，自损八千，较量来较量去，结果都只是暂时的拖延。老马感到恐惧，感到黑暗慢

176

慢在袭扰着他的双眼，他害怕某个夜晚闭上眼就不再睁开，害怕脱了鞋再不能穿上，害怕……害怕很多从未害怕的东西。

原来总听人说，人拥有的再多，走的时候也带不走。今天总算是明白这种感受了。人在渴望拥有的时候欲壑难平，而一旦拥有却又不知道珍惜，等到将要失去的时候才最痛苦。这也许就是命运的抛物线，谁也逃脱不了。

但老马不甘心，张鹰那个案件还没有破获，自己还没给自己一个交待。这压抑的、寂寞的、自欺欺人的、浑浑噩噩的一生，怎么这么快就到了尽头。自己的身体和案情一样，都在驶向未知的迷途。大量无用、重复的工作，毫无进展，正如大量昂贵的治疗一样，毫无作用。林楠和医生同样说得信誓旦旦，好的结果、积极的过程、充满乐观。哎，扯淡啊，其实只有自己知道，那每一次深入骨髓的疼痛和气喘吁吁的萎靡，让他越发深信，黑夜正在逼近。

张文昊又是几次腹痛难忍，肩膀、胳膊整天让护工揉也无济于事。医护只能开出杜冷丁和吗啡为他缓解疼痛，这是国家管制的红处方药，不是每个病人都能使用。张文昊这时还咬着牙和老马开玩笑，说他一辈子洁身自好，老了老了却用起了毒品。

秦院长几乎天天都来，向张文昊嘘寒问暖，解释这是介入疗法的副作用，整体看来还是起到积极作用的。但张文昊没有再去细问，人到了这个时候，是不需要解释的，也不需要自欺欺人。秦院长是好心，反复劝张文昊去 VIP 病房专门治疗，接受特护。但张文昊还是婉言谢绝了，他舍不得老马和老姚这些病友，他想在热闹的地方醒来，而不想在空旷的寂寞中睡去。

老姚急速衰弱，化疗已经不能再做了，每一次治疗在消磨癌细胞的同时，也摧毁着他早已疲惫不堪的肌体。他厌食、消瘦、剧痛、腹泻、腹水积液，并开始出现了恶化的黄疸。黄疸的症状说明他体内的胆管已经被癌症肿瘤堵塞住了，造成胆汁无法排到消化道，而流进其他内脏和血液，使病人全身皮肤和眼球都变成黄色。病人如果到了黄疸这步，就预示着真正危险的到来，也可以说是到了最后一个阶段。老姚有时会努力地笑着，从牙缝里挤出几句话，但大多时间仍在昏睡和痛苦两个极端中徘徊。老姚的亲人整日都围在他身边，用勺子喂他喝水、给他擦汗、对他微笑、给他鼓励，时刻注意着他尿袋的刻度，仿佛是共同与病魔战斗的战团。老伴时常还会拿来自己做的四菜一汤，只不过每次都会剩下被大家打扫吃完。在这期间，他老伴被查出了严重的糖尿病，住了几天院又坚持着出来陪他。他的大女儿和小吕有时间就陪在床前，用微薄的收入给老姚带来营养品，两人脸色菜青却总是说自己刚刚吃过饭。老姚也很坚强，在醒着的时候，每次亲属来，他就会没事似的努力微笑，从没在他们面前表露出疼痛，只是在被子下面偷偷地用右拳狠狠地抵着肝部的位置。

老马看在眼里，想起了一个词——涅槃。

君子兰不好浇水，老姚让女儿拿回家了，但总在打听花的情况。而儿子总和老姚聊些鸟儿的事，说着说着老姚发黄的眼睛就放出了光彩。

四十一　欧米茄手表

　　记得一个老预审员和老马聊过，他每次审讯之前，都会做好充足的准备。要事先调查被审讯人的成长环境、生活履历，摸清他的家庭关系、交友圈子，要还原他的性格特点、脾气禀性，要了解他的兴趣爱好、生活习惯。只有在尽可能多地掌握了这些资料和素材以后，打牢基础了，胸有成竹了，老预审员才会开展审讯。

　　按他的话说，纵轴就是这个人的成长环境、生活履历，包括在哪儿上的学，受过什么教育，生活中有过什么重大事件，是否会影响到他成人之后的性格特点和脾气禀性，用公安的粗话说，就是要查"他是什么鸟儿变的"；而横轴呢，就是他的家庭关系、交友圈子，平时有什么兴趣爱好、生活习惯，说白了就是他现在的生活状态。这一条纵轴和一条横轴的交叉点，就是这个人的立体形象，每个人都生活在纵轴和横轴的交叉点上。所以只要摸清了每个人的纵轴和横轴，找到了他存在的交叉点，也就事半功倍、有的放矢了。这也许就是老预审员几十年如一日，审讯很少失手的成功之处。

　　老马在病床上苦苦思索着，由于右手扎着点滴，就只能用左手拿着案卷。他在反思，张鹰到底是个什么样的人，他的纵轴和横轴

179

到底摸没摸清楚。老马看着案卷，从头到尾捋着思路。张鹰从化名周博、组建东易茂盛公司，到设计圈套、诈骗受害人投资款、携款外逃，可谓是机关算尽。但他不相信张鹰能做到天衣无缝，这世界上还没有什么天衣无缝的东西。织毛衣，再认真也会有线头；做事情，再精细也会有漏洞。只不过要看有没有慧眼。警察抓贼玩的就是这样的游戏，魔高一尺，道高一丈，较量中见真章。做贼的犯案想的是毁灭证据、破坏现场，警察在破案中就要努力找到贼作案时的纰漏和线索，这种博弈其实集中了黑白两方的最高智力和体力，当然，有时还需要那么一点点运气。警察工作的乐趣和挑战，也就在此。

老马用笔在一张纸上画着。

纵轴：1.张鹰的简历，男，中专毕业……2.张鹰的从业经历，中专毕业后做过财会工作，后辞职……3.张鹰12岁丧父，曾因病休学一年……

横轴：1.张鹰的家庭情况，母亲孟淑珍……2.张鹰的居住环境，军区大院出租房屋……3.张鹰交友情况，不详……

老马在纸上画出横竖两条直线，之后将所获取的情况一一标注在横竖的位置上，试图确定张鹰所在的交叉点，同时又画了另外两条交叉直线。

纵轴：1.张鹰伪造身份证件；2.张鹰注册东易茂盛公司；3.张鹰伪造虚假资信证明、虚假的报税材料；4.张鹰使用虚假材料租赁军队仓库……

老马在纵轴后面画了个大大的问号。

横轴：1.东易茂盛公司主动找到客户；2.张鹰雇用不明身份男

子冒充仓库管理员，谎称货物系他所有；3.张鹰冒用周博名义与被害人签订合作协议；4.张鹰骗取保证金提现外逃……

同时，老马还在纸上列出案件疑点：1.张鹰注册公司的资金何处取得？（尚未找到代办公司的情况）2.张鹰从未在军队任职，为何要以废旧炮弹壳为经营诱饵？3.张鹰骗取的资金提取现金后流向何处？（会不会转移给母亲孟淑珍）4.张鹰的背后是不是还有人？

老马用笔在最后一个问题上重重地画了几个圈。他知道，自己的这些疑问其实都是这个案件敞着口儿的漏儿，不把这些漏儿堵上，真相就不会水落石出。直觉告诉老马，这个案件除张鹰以外，至少还有其他同谋，如果再严重些也许真的有幕后黑手。如果事实真的是这样，那张鹰就真的成了一个替别人顶罪的冤死鬼了。但他为什么又会在最后一刻拒捕自杀呢？是惊慌失措？是畏罪自杀？还是另有隐情呢？老马想得脑袋都累了，下意识地到处摸烟，但随即又想到这是在病房，只得报以几声叹息。

这时，他又突然想起了在张鹰母亲家发现的那款欧米茄手表。老马摸索着拿起电话，拨给了林楠。

"楠子，手表的事查的怎么样了？对，就是张鹰母亲家的那块欧米茄。"老马问。

"那块手表我已经从派出所调取了，暂时没有放回张鹰母亲家。经过调查，手表的情况有了一些进展。"林楠回答。

"有进展了？"老马眼前一亮，"说说，快点说说。"

"是这样，师傅。"林楠停顿了一下说，"我让技术队对这块手表做了检查，看看能不能发现什么线索。技术队的小伙子做的工作很仔细，在检查中发现该手表的金属表带及后壳有一定磨损，表壳上边有磕碰痕迹，以此推断这块表应该被使用过一段时间，大约在一年左右。同时发现了一个重要细节，这款欧米茄手表的表蒙子是后更换的。我想应该会有维修记录。"林楠说。

"维修记录？好啊！有维修记录，就能查到维修登记，就能查到维修人。沿着这条线索，一直查下去啊！"老马挺高兴。

"呵呵，师傅，别急，这个我也查了。"林楠说，"这种高档手表如果要维修，只能到专业的维修店。我查询了本市欧米茄的专修店，一共有三家，经过调查，我们从其中一家调取到了这款表的维修记录。维修的时间就是在案发后不久。"

"不愧是我徒弟，干得好！"老马肯定道，"维修记录能反映出什么？"老马有些迫不及待。

"其他没有登记，就留了一个公司的名字和电话号码。公司的名称叫新天公司，电话号码是1390112378×。我到电话局调查了一下这个手机号码的登记，也是新天公司。"林楠说。

"新天公司……"老马迟疑了一下。"在这个案件里没有出现过这个公司啊。"老马说。

"是，新天公司没有出现在张鹰的案件中，而且这个公司早就已经注销了。我想到工商局调取这个公司的原始档案，但由于时间太久了，当时工商局还没有电脑录入、联网，所以需要到资料库里翻，需要一定时间。我还在等工商局的调查结果。"林楠说。

"嗯，有戏。"老马拿着电话点头。"新天公司的出现该是这个案件另辟的一条蹊径，张鹰家一直保存着这个公司登记购买的手表，这就说明张鹰该与这个公司存在某种联系。虽然他们之间到底有什么联系我们现在还无法还原，但我相信只要沿着这条路一直走下去，一定可以发现更新的线索的。线索多了，案件的真实情况就容易还原，张鹰案件也就更加立体了。"老马说。

"是啊，师傅。虽然许多线索在整体案件中看似并不重要，或者说与案件的主线没有直接关系，但是只要我们在侦查中做得细、摸得准、分析得到位，也一定会有所收获。我对新天公司这个线索有种预感，我觉得这很有可能是张鹰的背景和幕后。"林楠分析道。

"嗯，为什么会有这种预感？"老马问道。

"您想啊，如果您使用一年的手表坏了，你要拿去维修点去修。就算是别人送给您的，您会将表退还给赠送人去修理吗？"林楠问。

"嗯，这种可能性很小。"老马回答。

"是啊，所以以此推测有两种可能：第一种可能是这块欧米茄手表的维修手续或原始凭证不在张鹰手上，要想维修就必须让原始购买人去；第二种可能是因为维修手表需要一定费用，我问了，大约需要几千元，也许张鹰不想承担这笔费用。"林楠分析说。

"还有第三种可能，就是这款表是别人使用过的，维修后才给的张鹰。"老马补充道。

"嗯，这种可能也存在，但概率应该比其他两种小。您送给别人的表，会是自己维修过的旧表吗？"林楠问。

"是，但一切该想到的都要想到。"老马点头。"这么分析无论是哪种可能，都可以证明，张鹰身边还有一个人存在。楠子，好好查下去，也许这个线索可以成就一个关键证据。还有，再查查新天公司注销前的纳税情况，看看这个公司是不是曾正常经营，再查查公司的银行账户，看看有没有赃款流入。"老马事无巨细，一一道来。"我觉得，咱们离真相越来越近了。"老马说。他在心里，进一步明确了一直以来的一个猜测，张鹰只不过是这个案件的一个替罪羊或提线木偶，真正的始作俑者也许至今还在逍遥法外。

四十二　走一段旅途

　　杨晋财做完了手术，停留了几天就出了院。即将出发的时候，他的几个朋友过来接他，但他自己一个人就拎走了全部的行李。在他临出门的时候，张艳红终于赶了过来，但他们没多说话，之间似乎隔了一堵看不见的墙。

　　临走的时候杨晋财哭了，也说不出来为什么，就那么抹了一把鼻涕到床前和大家一一握手，因为张文昊不在，他就将自己的名片放在了他的床头。走出病房的时候，老马说了一句不吉利的话："希望咱们能够再见。"杨晋财笑笑，显得很孤独。他走的时候十分消瘦，走路没有声音，手机也再未响起。后来听小吕说，他之后又来过这里住院，但再也没碰上老马、张总等熟人。

　　那张名片被护工扫走。上面是一长串不同公司的名称，而杨晋财的名字，印得很小。

杨晋财的床位空了一个下午，第二天就又来了一个年轻人。他不到三十岁的年纪，瘦高，留着偏长的头发，眼镜后面有一双忧郁的眼睛。他叫姜鸿，看人的时候却总是在善意地笑。

姜鸿随身的行李不少，但只有一个小包是随身的衣物，其余都是书和各种资料，还有一把吉他。他来这里更像是旅游，而不是住院治疗。他进门笑着打了几句招呼，简单地整理了床位，便从行李中取出笔记本电脑，然后噼里啪啦地在上面敲打。小吕从报纸上看过他的名字和简介，他是一个诗人、一个歌手、一个作家。什么样的人都会得病，这是个不争的事实。

姜鸿每天一早就会起床，然后接收护士的试表，开始一天的检查。而与此同时，他便会拿起笔记本开始一天的写作。写作对姜鸿而言似乎如同吃饭、喝水、呼吸一样重要，一直持续在他的治疗期间。他不常和别人交流，但每次谈话都很真诚，小吕和他聊了几次就熟悉了。姜鸿给小吕推荐了不少经典书籍。几个学生模样的孩子过来看他，一个漂亮的女孩说着说着就流下了眼泪。反而是姜鸿笑着去安慰他们，说自己现在是在修行呢。听孩子们对他的称呼，是姜鸿老师。

与此同时，旁边那个病房又加了一张床，一个八岁的小男孩住了进来。小男孩的家在外地，母亲为了陪他治病，请了长假天天在这里陪护。小男孩非常喜欢听姜鸿弹吉他，在手术之前的许多时间，都待在他们的病房里。老马和张文昊都觉得很好，病房里新来的年轻人和孩子带来了清新空气，仿佛一抹绿色进了病房。两个人看着都那么健康，一点儿不像病人。那偶尔流淌的音乐声和孩子的欢笑，也暂时让人忘了这里铺天盖地的苍白和窒息。人是需要憧憬和希望的，无论在什么时候，只要有希望，就会有未来。他们的到来，让窗外那漫天飘飞的落叶和瑟瑟的秋风，都显得不真实起来。

"小姜，给我唱一首《莫斯科郊外的晚上》吧。"张文昊有时会这么说。

"别别别，先给我弹一个《军港之夜》吧。"老马也会这么抢着插队。

老姚则会默默地躺在床上，似睡非睡地听着人们的谈论和年轻人的歌唱。小吕会握着姥爷的手，轻轻地抚摩他沧桑的额头。

姜鸿唱歌的时候，整个病区都安静下来，护士也少有阻拦。所有人都在病床上默默地接受着美好旋律的洗礼，仿佛在往干涸的沙漠中灌注绿色的希望。姜鸿有些害羞，但很高兴，他演奏完几曲后，又自弹自唱了一首歌。他唱道：

我们都在静静的旅途

盼望着窗外下一处风景

就算是遗憾多过快乐无人相助

就用这一切为明天祝福

我们都在静静的旅途

把快乐伤悲一一悉数

就算你离开我的座位义无反顾

我知道这旅程不会因你结束

就闻闻一路上的野花香味，绽放的幸福
春天相聚秋天别离也不要哭

就让我走一段旅途，将快乐刻骨
开头结尾可疏忽，过程满足
就让我走一段旅途，将伤痛记录
一路走过的风景将是一生财富

歌声不大，却传满了整个楼道，匆忙的医生、护士，茫然无助的病人、焦虑的家属，以及一切的痛苦和焦虑，都仿佛在一瞬间放缓。人们或侧耳倾听，或痴痴凝望。我们的旅途中，到底什么才是我们的财富？而过程的满足，是否能够抵挡结尾的疏忽？一个平时刻板的护士，竟然流下了眼泪。

窗外下起雨来，从滴滴答答一直到大雨倾盆。一时间落叶飞舞，暴雨的声音似乎想压住这轻声的吟唱，而歌声却更加清晰透明。如果仰视，可以看到漫天雨水的坠落，如繁华吹散，如流星划过。天空很暗，正如命运不知去处一般。地上水花飞溅，让匆忙躲雨的人们找不到方向。这是个散场的盛宴，正如篮球比赛散场后空寂的篮筐和饮水瓶，正如会议结束时座椅和地板的摩擦声，正如别离时的呜咽、火车站冷漠的站台、飞机过安检时挥手那一瞬间的眼泪。一转身就是永远，永远……

而姜鸿却仍在自弹自唱着那首歌，那首安静的娓娓道来的歌。在窗外轰鸣的雷声中，那更像是一种隐喻。他在与世界作对，用那么温柔的、轻缓的和弦，去对抗残酷无情的自然法则和暴力。

他在歌唱着自己的生命，他在记录着自己。他唱的歌和写的小说一样，都是在荒芜沙漠中茂盛生长的绿萝。

暴雨继续，整个城市被透彻地清洗，那排白杨树在雨中耸立着，巍然不动，仿佛是整个故事的见证者。老马缓缓地打开了窗，一股混杂着雨水、泥土味道的空气鱼贯而入，顿时将病房内凝聚的消毒水味吹散。张文昊看着窗外这个傍晚的灰黑阴霾，心想也许在不久的雨后，晚霞会很美丽。

四十三　最后一次托人

傍晚时分，雨停了，老马的儿子马刚过来送饭。张文昊已经早早吃完，他吃的不再是医院外的饭店送餐，而是简单的医院饮食。

老马打开饭盒，是炸酱面和配菜。他本就不能吃太硬的食物，面煮得很软，加上马刚躲雨，时间拖得太长，面已经坨了。

"爸，要不我再给你打份饭吧。"马刚说。

"不用了，凑合吃吧。"老马随口说。

"别凑合，重新打一份吧。"马刚说着就拿过了饭盒。

"哎，别拿走，放下，就吃这个。"老马是善意的，不想再麻烦儿子。

但马刚虽然看似懦弱，却也遗传了老马的固执。"您别吃这个了，我再去打一份。"马刚说着就要把饭倒掉。

"哎，你给我站住，站住！"老马这人，说话就没超过三句的耐心。

马刚没理会，打开饭盒就给倒了。

老马一下火了。"嘿！你怎么回事啊？我说话是不管用了吧？"老马气不打一处来。

"爸……您别这么固执，我说过了，再打一份。"马刚今天不知怎么了，与平时大不相同。

老马刚要发作，又努力忍了忍，想儿子也是好意，就没再阻拦。

马刚转身离开了病房，不一会儿，又打来了一份饭。马刚今天的心情很低落，就像那份面条一样，从滚烫劲道一直到冰冷软烂，让人食之无味。老马自然不知道，他儿子今年的生日竟是在职场的沉重打击中度过的，二十多岁了，他还是个生活的失败者，一事无成、一无所有。这点除了老马，别人都能看懂。

打来的饭是鸡蛋西红柿和肉末茄条，老马平时就喜欢吃这两个菜。但今天老马拿着筷子却没有胃口，他经不住别人的顶撞，特别是一向逆来顺受的儿子。

"爸，有个事……"马刚欲言又止。

老马就看不惯他这个扭捏的德行，没好气地问："怎么了？"

"爸……"马刚似乎在做着心理斗争。"您是不是……认识城北分局的王局长啊……"马刚吞吞吐吐地说。

　　"王局长？"老马一愣，不知儿子这是师出何名。他几个小时前，刚刚和王志宇通过电话，还是为了那个案子。"是啊，我认识他，怎么了？"老马说。

　　"爸，那我就直说了。"马刚咽了口吐沫。"你也知道我那工作，干了三年了，一直转不了正。这正式员工的收入是我们这些非正式的好几倍，福利待遇也差得很远。这段时间本来有几个转正指标，怎么说也该轮到我了，但要是不托人，转正还是没有希望。现在这个社会就这样，不是看你干得好不好，而是看你关系硬不硬……"马刚叹了口气。"所以想让您帮我找找王局长，跟公司的领导打声招呼，我想多少也能有些帮助。"马刚说完就看着老马。

　　"这事……管不了。"老马避开马刚的眼神自顾自地摇头。

　　"爸，您不是认识王局长吗？还是警校同学。不就打个招呼嘛，就算是不行，我也努过力了，也死心了。"马刚有些焦急，仿佛是在求助陌生人。

　　"不行不行，人家一个公安局长，怎么能打这样的招呼。你这不是给人家添麻烦吗？你找了人家了，让人家怎么开口。这违反原则的事，不行。"老马还是摇头。

　　"爸，求求您了，我这都工作了好几年了，也没个正经的岗位。人家随便呼来唤去，谁也不拿我当回事儿。挣那点儿破钱，连自己都养活不了。您老说我独，找不到媳妇，我倒是不想独呢，但哪个女孩愿意嫁给我这样的人啊？"马刚有点激动了。"这次的机会再错过了我就真的没有机会了，这次转正的指标几年不遇，这真的是最后一次机会了！"马刚提高了声音。

"什么意思！怎么就是最后一个机会了？"老马敏感异常，突然被触动了悲观的神经。"你是怕老子死了，再托不着人了？还是什么意思？啊！"老马有点儿不讲理。

马刚一听也急了。"爸，你怎么这么说啊？怎么说着这个事就要转到别的话题呢？我说的只是个工作的机会，我怎么能说您要……"马刚没有说出那个字。"爸，我是您的儿子吧，我的事你是不是该管管了？"马刚还是很激动。

"甭说了，我这辈子，就没低三下四地求过人！"老马手一摆，想止住话题。

马刚有点失去理智了。"您没求过人？真的没求过人吗？那前段时间您自己花钱请局长、处长吃饭是为了什么？那算不算求人？您能为了办个案子花上自己的几千块钱求人办事，就不能为了儿子说一句话吗？"马刚大声说。"爸，从小到大，您管过我吗？你为我办过什么事吗？开家长会您不去，我被留级您无所谓，吃晚饭我在邻居家，上不了大学我打工还是自己找的，爸！我是不是您亲儿子啊！"马刚说着眼泪就流出来了。

"浑蛋！有这么跟你父亲说话的吗？"张文昊听不下去了，断然喝道。

马刚擦了一把眼泪，也顾不得丢脸，转身就离开了房间。

老马举起饭盒，刚要往地上摔，抬手又觉得懊悔，慢慢地放回了桌上。他觉得浑身都在震颤，说不上是因为生气还是自责，说不上是因为激动还是惭愧。马刚从小到大，他确实没有尽到过父亲的职责，而反思自己这漫长的一生，又做过几件像样的事呢？

"哎……"老马长叹了一口气，坐在病床上发呆。张文昊问了几个"怎么回事"，他都没有回答。

四十四　感冒的小男孩

这时，那个小男孩走进了房间。他穿着一件宽大的病号服，裤子因为过长被层层卷起。大大的脑袋上没有头发，说不上是剃的发还是化疗的反应。虽然八岁了，但身高才将将长到一米。癌症吸取了他本该用于成长的营养。他骨瘦如柴，但皮肤白白的，显然是许久没去户外玩耍。一双小脏手嫩嫩的、脏脏的，瘦瘦的脸上有两只圆溜溜的大眼睛，里面闪烁着清澈的光。他有个女孩的名字：王梦欣。听他自己说，起这个名字是因为他爸爸姓王，他妈妈叫欣。大家图方便就昵称他为小欣。

护士们总聊起小欣，都说他是个很懂事的孩子。他年纪小小却是个老病号了，常来医院治疗，每次化疗再难受也不哼一声，就只是那么用大眼睛望着父母，仿佛怕他们担心。

他妈妈是个典型的小城市知识分子，穿着朴素的衣服，留着过了气的发型，待人接物却很讲礼数。小欣刚来时，她就到临近的每个病房给大家送了水果，然后恳求大家一件事，让大家帮她圆一个善意的谎言。她让大家都告诉小欣他得的不是什么大病，而只是感冒发烧，小欣听得懂这个词，所以不会害怕。

小欣知道，原来在学校的时候，每逢哪个同学得了感冒发烧，就能早早地被家长接回家休息。所以在最初被检查出癌症时，当他从奶奶口中得知自己得的也是感冒发烧，就高兴得不得了，想着终于可以回家玩了。但时至今日，他却再也没能回去上学，他几次含着眼泪轻声问妈妈："我的感冒什么时候好啊，我想同学们了。"他妈妈就热泪盈眶，无法回答。

为了履行对小欣妈妈的承诺，大家都在心照不宣地圆着这个善意的谎言。有的给他讲，这感冒发烧啊，有短时间的还有长时间的，咱们得的是长时间的感冒，再过一段时间就好了。有的说，你看啊，这么多叔叔阿姨、爷爷奶奶，都得了感冒，不也都出院了吗？不怕，不怕。大家都开始习惯说这些善意的谎言，习惯在微笑中欺骗小欣，也不知不觉地欺骗了自己。

小欣成了大家的大宝贝、大玩具。水果、零食，小欣随便到哪个病房都会得到不少战利品。病人们常常拉着小欣对他妈妈说："借我玩会啊。"小欣妈妈就笑着点头。小欣也懂事，刚刚学会削苹果，就拿着削皮器摆弄出一个个奇形怪状的苹果，然后又用那双脏脏的小手，递给一个个病人。谁也不会嫌弃，大家都是一口咬下去一大块。老马觉得，小欣带来的，是一种生命的气息和一段最美好的时光。

小欣走进来，背着小手默默地看着老马坐在床上发呆。刚开始没敢走近，后来就壮了壮胆子，慢慢地走到他身边。

"爷爷，您怎么了？"小欣用小手摸了摸老马的手。"你怎么流眼泪了？妈妈说过，哭鼻子不是勇敢的孩子。"孩子的眼睛里闪烁着清澈。

老马回过神来，努力地笑了笑。"哎，小欣啊，爷爷是累了，乖孩子。"老马的心情一下就温暖了。

"爷爷，妈妈说过，男孩子要坚强，再疼也不能哭鼻子的。总哭鼻子，脸上是要长雀子的。"小欣认真地说。

"啊，是啊是啊，小欣说得对，男孩子要坚强，哭鼻子不是男子汉。"老马这次笑了，"真是个乖孩子。"

"爷爷，我……还想听上次你给我讲的抓贼的故事。"小欣腼腆地笑了，显然是有目的而来。

"呵呵……你这个孩子啊……"老马笑着摇头，缩紧的心也舒展开了。他摸着小欣的小光头，若有所思。"好，那爷爷就给你讲。上次讲到哪儿了？"老马问。

"嗯，上次您讲到警察追那个小偷，一直追到了大山里。"小欣说得很认真。

老马想了一下，那哪儿是什么故事，纯粹就是他临时瞎编的。但看小欣这么认真，他还得继续编下去。"嗯……是的，警察叔叔就追那个小偷啊，一直追到了大山里，突然，小偷不见了……"老马开始胡编乱造。

病房的气氛因为小欣的出现，重归安静平和。

老姚叹了口气，张文昊也踏实了一些。姜鸿则还在笔记本上打字,他已经写到了八万字,距离小说结束还有一大半,他在争分夺秒,和自己的生命赛跑。

窗外的风还在吹,昏黄的街灯透过杨树摇曳的枝叶悠悠荡荡。

四十五 强烈抗议

巨大的钢化玻璃墙壁,隔离着喧嚣与死寂的两个世界。

张文昊跌跌撞撞地被扶进休息室,筋疲力尽地瘫坐下来。他气喘吁吁,惊魂未定,额头布满了汗水。司机小郭帮他擦拭着衣服上的鸡蛋残液,他摆了摆手,示意不用。他参加完一个发布活动,在活动即将结束的时候,突然有一个小伙子从人群中冲过来,一边大声强烈抗议着什么,一边拿几个鸡蛋砸向正在演说的张文昊。鸡蛋不偏不斜,仿佛经过训练般地击中了张文昊,弄得他满脸满身都是,一片狼藉。张文昊一阵忙乱,几乎被混乱的人群挤倒。活动也被迫结束,现场混乱不堪。事后从别人那里得知,小伙子在抗议张文昊逼迫肿瘤医院的病人捐献器官。

可笑,张文昊觉得可笑。捐献器官如果不经病人和家属双方同意,不经过烦琐严谨的程序,是根本不可能捐助成功的,谈何逼迫?再者说他只是到各个病房发放了表格,没有让任何一个人签署过,真是无理取闹。张文昊对这种没经过调查就发言、就激动、就抗议的行为感到气愤，虽然在他做慈善的这些年来早已屡见不鲜，但他仍会因为人们的敌视和不解而无奈、而困惑。他不知道为什么人们不能承认他是一个善良的人，为什么要带着各种有色眼镜去鸡蛋里挑骨头、无中生有，试图发掘他所谓的真正目的。这个世界怎么了？张文昊问自己。

张文昊让司机小郭找到警察，主要要求不去追究那个小伙子的抗议行为。警察知道他是好意，也尊重了他的要求。但警察提醒张文昊，那个小伙子实际不是病人家属，而是某个小报的记者，他今天来闹事的真实目的并不是什么所谓的抗议，而只是来制造新闻事件。张文昊叹气摇头，不知道怎么就笑了起来，他可以想象，在小伙子举起鸡蛋的同时，埋伏在人群中如长枪大炮般的照相摄像工具正在聚精会神地瞄准着自己，媒体要的就是那个瞬间，那个小伙子义愤填膺充满正气，而自己失魂落魄、抱头鼠窜的瞬间。与此同时，那些看不见摸不着的利益关系，已经各取所需地完成了他们的使命。张文昊那被鸡蛋砸中的"光辉"形象，毕竟飞速地被曝光于各个网站的头版头条。他一身冷汗，觉得自己竟像个小丑般地被人愚弄。

司机小郭给他披了一件衣服，说："张总，走吧。"

"走……往哪里走？现在走得掉？"张文昊没有抬头，仅凭着经验说。

小郭走到窗前一看，楼下被人群围得水泄不通，都在等着张文昊露面。

洪水猛兽。他想到了这个词语。

老马拿起报纸，首先翻开体育那版，小牛获胜了，国奥失利了，李娜捧杯了。体坛是世界的缩影，你方唱罢我登场，没有人是永远的霸主。他看了看表，距晚饭时间还有不到一个小时，是儿子马刚该来的时候了。他心中突然有一丝恐惧，在怕什么呢？是怕儿子不再过来看他？还是怕自己无法面对儿子的眼神？他想不清楚。此时的等待是一种焦虑，让他无法安心看报，也让他无法安心思考。他脑海里总是回荡着儿子的那句话。

"从小到大，你管过我吗？你为我办过什么事吗？"

老马真的无言以对。

这时，马刚推门进来了。老马心里一紧，竟然有些慌乱。这种感觉在这几十年中很少有过。

"爸……我错了。"没想到马刚一进来就扑到了床旁。

老马有些不知所措，倒觉得是错在自己。"哎，儿子，是我不好，起来起来。"老马用手把儿子扶起来，少有地温情起来。

"爸，昨天是我不好，我不该那么说，我……我是一时激动，我不是有意的……我……浑蛋！"马刚眼眶转泪，说着就要扇自己耳光。

"别，这是干吗啊。"老马抓住马刚的手。"不是你的错，是我不好，你说得对……哎……"老马停顿了一下，心中五味杂陈。"是我一直没有尽到当父亲的责任，混了一辈子，什么也没干好。"老马说着说着也难受起来。

"爸，您别说了，我知道您一辈子要强，不愿意去求别人。"马刚说。

"哎……不是要强啊……你不懂……"老马摇着头说。"我是张不开那个嘴，没那个勇气啊，是我太要面子。我们都是一届的警校同学，人家都什么样了，我现在什么样？哎，天上地下，我没这个脸啊……"老马叹了口气，没有再往下说。

"但您为了我……还是……"马刚抬头欲言又止。"爸，我的工作解决了！"马刚激动地说。

"什么？"老马怕自己听错了，再次询问。"解决了？怎么回事？"

"爸，您别装了。我今天一上班，我们厂的领导就找到了我，说这次的转正指标有一个给我了，我转正了！爸，我转正了！"马刚找到了归属感，兴奋地说。

"转正了？转正了好啊！"老马也为儿子高兴，但他却费解这个结果，自己压根儿就没找过王志宇啊。

"爸，您给王局长打电话了？真要谢谢人家王局长，要不哪天我去看看人家？"马刚继续说。

老马沉默了一下。"没有啊，我没给王志宇打过电话。"

"爸，您就别装了，没有王局长的帮忙，我们厂领导能一百八十度大转弯？我可不信。"马刚说着打开饭盒。"爸，先吃饭吧。"马刚说。

饭盒里是香气扑鼻的土豆烧牛肉，菜弄得很烂，和饭拌起来吃味道想必不错。但老马却愣在那里，拿着勺子和此时的心情一样悬而未决。

"爸，快吃饭吧，别凉了。"马刚的心情很好，催促道。

老马也不想破坏气氛，回了回神，一勺子下去感到满嘴醇香。

还是家里的饭好吃啊，无论如何，这一天心里的阴霾都一扫而光了。老马大口地吃饭，吧唧着嘴。马刚满脸笑容。

"我想啊，肯定是你小子干得还不错，领导才给你转正的。"老马冷不丁又冒出了一句。"这许多事啊，也不一定都得托人，领导也都不是瞎子，你工作卖力他能看不见？"老马自言自语，似乎是在给自己找理由。"这好人啊就是有好报，不是别人报，是自己给自己积德。"老马边吃边说。但没吃几口，胸前又是发胀的感觉，硬压了几口便不舒服起来。

"哎，不吃了，吃多了又得拉肚子。"老马转喜为忧，他骗不了自己的身体。

马刚耐心地为父亲收拾饭盒，又用毛巾给他擦脸，却并不想再问那件事。他不想点破，他知道父亲要强的性格，有时你越让他做，他反而不做，你激他一下吧，他反而会舍开面子去找人。只要公安局长肯帮忙，他转正的事应该不成问题。但他又怎会知道，老马确实没有找过王志宇。

老马也不想再琢磨这件事了，他没有那个精力、更没有那个时间，他累了，很累。他觉得现在这样维持着父子的关系很好，他不想破坏这种宁静，他知道这是在欺骗自己，但他没有别的选择。马刚去刷餐具，老马就坐在床上看报纸。当看到头版的时候，一篇文章让他一惊。

《慈善家张文昊身患重病，文昊集团面临重组》。老马一皱眉头，拿手沾着吐沫往下翻看。《是天使还是魔鬼，张文昊强迫患者捐献器官》，第二页的标题更是触目惊心。

公司面临重组……老马似乎看到了张文昊的那两个截然不同的表情，一个高傲冷漠，一个温暖善良。而同时，他下意识地看了看正走进门的马刚，又看了看张文昊的空床。

四十六　雨中祭奠

张文昊在员工的保护下，坐上了那辆奔驰车，警察又动用了所有警力，帮他离开了大厦。傍晚的残云被晚霞染成了火红色，在天空中大片大片地弥漫、延展，像水墨画一样的写意。张文昊看着今晚的报纸，怎么也逃脱不了那个题目的困扰。是天使还是魔鬼？他也问自己，自己到底是什么？

"小郭，你觉得我是个什么样的人？好人？坏人？"张文昊突然问司机。

司机小郭一愣，没想到他会提出这样的问题。"张总，您当然是一个好人。"他回答得简单直接。

"好人？"张文昊皱了皱眉头。"你和我一起经历了这么多事，你还认为我是个好人吗？"张文昊又问。

"是的。"小郭回答。

"哎……好人……"张文昊靠在后座上怅然若失。"什么才能算是一个好人呢？"他自言自语。"小郭，其实我一直没拿你当我的司机，我一直拿你当亲人看待。"张文昊说。

"我知道，张总。"小郭从后视镜看了看他。"没有您就没有我的生活，没有我的一切，我从小无父无母，一直拿您当我的长辈和亲人。"小郭说得真诚恳切。

张文昊又叹了一口气，他觉得这种回答让他揪心。他一直认为自己可以冷漠地处理某种关系和情绪，但慢慢地知道自己也是个凡人，甚至比凡人还要脆弱。

"小郭，记住我一句话。永远不要相信眼前看到的一切。也许总有一天你会知道，我是个彻彻底底的坏人，一个不折不扣的坏人，但我希望你不会因为我的罪孽而痛恨我。"张文昊望着窗外默默地说。

小郭用力地摇头："不会的，张总，不会的！"在他的心里，张文昊就是神，是上帝。

"去那个地方吧，我们去看看他。"张文昊说。

夜幕中的天堂河公墓，空气中凝聚着阴冷和潮湿。默立的墓碑林林总总，除了偶尔的几声鸟叫再无其他声音。小郭给张文昊披上了一件长衣，便肃立在他身后。张文昊默默地点燃了三支中华烟，放在一个全黑大理石的墓碑前。

"兄弟啊，二十年了。也许……是该我们相见的时候了……"张文昊轻声地说，表情舒展了一下。"我知道你在怪我，怪我无情，怪我无义。哎……这么多年了，你知道我一直在做什么吗？你不知道，你想象不到。我没有过上咱们说的痛快日子，吃肉、喝酒、玩女人，没有……我一直在赎罪啊，赎罪，你懂吗？不，你不懂，你肯定觉得我这是在说便宜话，对吧。"张文昊表情骤冷。"其实啊，这人，到了什么时候都逃避不了命运，你认为逃脱了吧，认为别人抓不到你了，但总也逃不出自己的噩梦。这作了一次孽啊，是无法再去弥补的，无论你用什么方式……"张文昊想起了自己的癌症，想起了自己的未来。"哎……得了这个病啊，也好，也算是有了一个惩罚吧。兄弟啊，我现在真的想知道，这人活了一辈子啊，到底什么才是最重要的？生活吗？事业吗？女人吗？还是名和利？如果这些都得到了，那又能怎么样？而我们年轻时为之奋斗、为之努力的事情，真的那么有价值吗？"张文昊自言自语地默念着。

小郭刻意不去听，这是他的基本职业道德。

不一会儿，天空飘起了小雨。雨点打在脸上，冷飕飕的，一场秋雨一场寒。果然如此。

张文昊伫立了许久，小郭就一动不动在他身后撑伞。细雨击打着伞面，发出"滴滴咚咚"的响声。张文昊似乎回到了从前，回到了在那个大院里奔跑嬉戏的时光，想起了他和伙伴们占领制高点的兴奋，和齐心打败院外孩子们的得意。公墓里只剩下了他们两个人，伫立在雨里，伫立在对过去的怀念中。

二十多年前，忘了是在哪一年的秋天，张文昊和张鹰一起坐在家门口。天色将晚，夕阳将世界染成橘黄。两个人用各自手中的啤酒瓶碰了一下，仰头痛饮。

"昊哥，你说二十年后，我们该是什么样子？"张鹰茫然地说。

他三十岁上下的年纪，脸上却还有些许的稚气。

"二十年后……我不知道……"张文昊摇了摇头，又喝了一口啤酒。"现在要想的，不是什么二十年以后，而是现在该怎么办。"张文昊四十岁左右，眼神深邃。

"哎……"张鹰深深叹了口气。"昊哥，都怪我，要不是我的轻信，咱们也不会损失这么惨重。"张鹰说着就用双手抱住头，深深埋在膝上。

那时的他们还年轻，一同生活在军队大院里。张文昊的家境殷实，父母都是军人，他自己开了一家小公司，也算小有起色。而张鹰自幼丧父，与母亲相依为命，和张文昊的军人家庭不同，他家境贫寒，只不过是寄居在军队大院的外乡人。但两个人却从小玩到大，一点没觉得相互之间有什么差距。张文昊比张鹰大八岁，小时候有人欺负张鹰了，张文昊就带着张鹰找过去，说自己是张鹰的哥哥。张鹰也确实拿他当哥哥看待。后来长大了，张文昊开着自己的公司风生水起，张鹰却一直在外打零工，郁郁不得志。张文昊就让张鹰到他自己的公司帮忙，每月除了给张鹰工资外，还总是巧立名目地多发些补助和奖金，实际就是从经济上帮助张鹰母子。公司的名字叫新天公司，两个人都想让自己的未来腾飞翱翔，开创一片新的天地。但随即而来的一个沉重打击，却几乎让两人的事业搁浅。

当时正值改革开放初期，社会上钢铁物资紧俏，供不应求，有供货渠道的公司大都日进斗金。张文昊看上了这条财路，凭借父亲在军队里的一些关系，也小打小闹地赚了几笔，公司也算是稳步上升。这时张鹰找到了一个渠道，是他通过朋友认识的一个关系。那是一个南方老板，声称能提供价值一百余万元的钢材，而且可以先扎货销售，再最终结算。张文昊刚开始也对这个天上掉馅儿饼的生意将信将疑，但后来在和张鹰一起接触南方老板之后，慢慢就深信不疑了。张文昊认为南方老板有实力的原因现在想起来很荒谬，就是因为那个南方老板戴的是块欧米茄手表。有时人就是这样，会因为一个细节而改变对一个人或一件事的看法。而有时人命运的改变，也是从某个错误的细节开始。

　　张文昊和张鹰自认为抓到了翻身的机会，那段日子他们兴奋、他们躁动，每天都在盼望着成功喜悦的降临。按照合同约定，张文昊的新天公司要首付 50% 的定金，也就是五十多万元人民币。张文昊当时的公司开得不大，一时筹措不到这么多款项，对成功的狂热冲昏了他的头脑，一向冷静的张文昊决定以房屋作抵押向银行贷款，这一贷就是三十万元。之后的事情却是他们始料未及的，在履行合同时，他们和南方老板在汕头的一个仓库内一手交钱一手交货。张文昊和张鹰详细检查了放在仓库中的钢材，还自认为缜密地亲自询问了仓库保管员。确定无误后，张文昊支付了南方老板五十余万元的货款。谁知，当他们第二天兴致勃勃地联系好运输公司准备运货的时候，却发生了惊天的变故。仓库管理人员告诉他们，这批货根本就不是什么南方老板的，而是一个国企在这里存放的。张文昊和张鹰疯了似的向仓库管理人员质询，又不厌其烦地拿出和南方老板的签约合同证明货物的所有权。但经过查询，昨天那个仓库保管员根本就不是仓库的人员，而是和南方老板串谋的同伙。张文昊和张鹰几乎崩溃了，他们怎么也想不到，南方老板竟然是诈骗犯。张鹰提出要马上报案，但张文昊却不同意，张鹰不解，在反复的询问中才得知，张文昊的那笔银行贷款有问题。

"兄弟，我也是想赚钱急红了眼，拿假的房产证明作为担保，咱们如果报了案，就等于向公安局自首了。"张文昊默默地喝了一口啤酒。"这件事你就不要管了，银行贷款是我办的，这笔合同也是我签的，如果真出了事，一切由我来承担。"张文昊说得很缓慢、很冷静。

"昊哥，那笔银行贷款还有多长时间到期？"张鹰抬起头，看着张文昊。

张文昊的脸被夕阳染红，但僵硬的表情却一点没有改变。"大约……还有不到半年吧……"张文昊望着远方痴痴地回答。

"哎……"张鹰又是一声长叹。"昊哥，如果贷款还不上，你……"张鹰欲言又止。

"呵呵……"张文昊自嘲地笑。"无所谓了，大不了进去坐几年牢。这人生啊，什么都得尝试，我记得有个人说过，这人啊，一辈子不进牢房也不算圆满……"张文昊摇了摇头。

"不会的，咱们一定能想到办法的。"张鹰给张文昊打气，也像是给自己打气。

"兄弟……"张文昊缓缓地转过头，看着张鹰，却欲言又止。

"啊？大哥，怎么了？有话就说，咱们之间还有什么顾忌？"张鹰急切地问。

"哎……不说也罢，算了算了……"张文昊收起了话题。

"昊哥，有话你就说，这件事因我而起，有什么需要我张鹰做的，你就直来直去。"张鹰说得信誓旦旦。

张文昊默默地看着张鹰，犹豫了好久，才说："我想了很久了，现在唯一能在短时期筹措这么多资金的办法，大概就只有一个。"

"只有一个？好啊！"张鹰惊喜。"昊哥，你说，是什么？"张鹰问。

"我……需要你的帮助……"张文昊缓缓地说，眼神里闪过一丝邪气。

四十七　一步深渊

雨水打湿了张文昊的肩膀，滑过了他的脸庞。

"张总，雨下大了，咱们走吧，您要注意身体。"小郭在身后轻声地说。

张文昊回到了现实，感觉全身从上到下无一温暖，双手也冻得僵硬了。

"好，马上就走……"张文昊说着却仍不肯离开。

"兄弟，冷不冷啊……哎……是我害了你……"他说着说着，眼泪又模糊了双眼。

记忆又回到了那个秋天。张文昊为了及时偿还贷款，不致东窗事发，四处筹措借款但毫无收获。眼看还贷日期渐渐临近，张文昊越发一筹莫展。他许多次想到了失败的后果，他查过《刑法》，提供虚假的资信证明进行虚假贷款的，属于贷款诈骗，超过 20 万元的就是数额特别巨大，要判处 10 年以上有期徒刑。张文昊承担不了这个惩罚，他有妻子女儿，还有年老的父母，他们都太需要自己了。

　　怎么办？到底该怎么办？他不明白怎么自己就走到了这样一个死胡同，黑漆漆的没有阳光没有希望。万般无奈之中，他想到了一个尽快筹措资金的方法，或者说是一个阴谋。那就是以牙还牙、以眼还眼，把自己被骗的招数，用在别人身上。没办法，这就是你死我活的丛林法则。

　　张文昊是个聪明人，行动力更是超强。他默默研究着南方老板诈骗自己的方法，从抛出诱饵到引人上钩，从虚建公司到虚拟身份，一步步衡量计算着，考虑着成败得失的概率，分析着哪里会出现漏洞。一琢磨，烟蒂就插满了烟灰缸。他害怕、他恐惧，他不想让自己输得这么惨，所以他只有拼死一搏，甚至不择手段。但思来想去，自己天衣无缝的计划却经不起推敲。张文昊一直在经营生意，曝光度太高，又加上那笔用虚假手段获取的银行贷款，银行的人整天都盯着他的行踪，无形的聚光灯笼罩在他身上，根本没有施展手段的机会。没想到自己的困兽犹斗，却连第一道关卡都跨越不了。哎……张文昊在心里深深地叹息，不甘心就这样一败涂地、阴沟翻船。欲望是魔鬼，良知在生死存亡面前有时会被搁置。张文昊在最短时间消灭了所有善良的挣扎和犹豫，将恐惧转化为对社会的仇恨。他不能让自己成为一个失败者，他需要成功，需要取胜，需要人生继续大踏步地走向灿烂和巅峰。宁可成为罪犯，也不能让自己成为一个可怜的失败者，张文昊这样告诉自己。

他选中了张鹰，他的兄弟，当他的傀儡和木偶。

"兄弟，如果哥哥让你干一件错事，甚至是一件坏事，你会不会拒绝？"张文昊看着张鹰的眼睛，直截了当地问。

"大哥，你说什么呢？这么多年了，你一直拿我当弟弟看，没有你就没有我。你说，让我干什么事？"张鹰没有一丝犹豫。

"好，兄弟。那我就直接说了。"张文昊拍着张鹰的肩膀。"我也是万不得已，才想让你替我走这步险棋。你知道，那笔银行贷款还有不到半年的时间，这个窟窿就算是你我有三头六臂，也无法偿还。现在……就只有一个办法……以其人之道，还治其人之身。"张文昊看着张鹰。

"以其人之道，还治其人之身？"张鹰看着张文昊。"用咱们被骗的方法去骗别人？"张鹰反问。

张文昊没想到张鹰会反应得这么迅速，他又犹豫了一下，鼓足勇气说："我本想自己做，但没办法，我在明处，曝光率太高了，没办法下手，现在就只能依靠你了。兄弟，你现在后悔还来得及，哥哥不该让你办这样的事，不该让你铤而走险。如果你不愿意，就当我没说过这句话……"

"我愿意！大哥。我相信你会制订好计划。"张鹰抢过了话语权。他猛地抬头，喝干了瓶中的啤酒，表情有些悲壮。"事情本来是我引起的，当然该由我来解决。大哥，你就放心吧，我一定会干好的。说说你的计划吧。"张鹰说。

张文昊彷徨地点了点头。"首先，你不能再叫张鹰，你要有个假身份……"张文昊缓缓说出自己的作案计划，如每次教导张鹰一样的有条有理。

张文昊说完了计划，信誓旦旦地补充："警察不是傻子，但也绝不像电视里演的那么聪明。只要谋划好全局，就一定能做到天衣无缝。兄弟，从明天开始，你要好好和我学谈判的技巧和要点。记住，每个细节都要经过反复推敲，没有十足的把握，就绝对不要下手。我会帮你安排仓库和废旧钢材，会给你制作假身份证和代办的公司。记住我说的，一切都要小心，干完了就马上收手。"张文昊也仰头喝干了余下的啤酒。

张鹰默默地看着张文昊，晚霞洒在他脸上，让他觉得晃眼。他心里有些惶恐、有些迷茫，不知道未来到底会发生什么，但心中唯一确定的，就是张文昊是自己的大哥，是自己可以依靠的亲人。想到这里，他便自信起来。

"大哥，你放心，我绝对不会让你失望的。"张鹰仿佛是在对自己说话。"我只要得手了，就马上按照你说的跑路，等过段时间风声过了，我再回来帮你，吃肉、喝酒、玩女人，咱们一定能过上最牛的日子！"张鹰越说语速越快。

张文昊知道张鹰内心的惶恐，宽慰他说："兄弟，你就放心吧，没有十足的把握，我是不会让你出头的。我想了很久，这一定是个天衣无缝的骗局。"说到"骗局"二字，张文昊压低了声音。

"嗯，大哥，办完了这件事我就远走高飞。但……"张鹰犹豫了一下。"你要替我照顾好我妈。"张鹰加重了语气，这是他唯一的牵挂。

"嗯，你放心，你妈就是我妈，我一定让她好好的。等风声过去了，你就回来，咱们一起干大事，一定会过上痛快的日子，吃肉、喝酒、玩女人！也让你妈过上最好的日子！"张文昊紧紧抓住张鹰的手，重重地做出承诺。

这一句承诺，回响在张文昊的脑海里二十多年，总是咒语般地驱逐着他的快乐。

"兄弟，是我害了你！是我害了你……"张文昊又回到了冰冷的现实，眼泪奔流。雨水混杂着他的眼泪，越下越大。

他永远也忘不了张鹰得手后得意忘形的样子，张鹰将所骗的款项全部提成现金交给他之后，就离开了这个城市，消失在人们的视线。在张鹰走的时候，张文昊把自己的一块旧欧米茄手表送给了张鹰。

"兄弟，这是我最珍爱的一块手表，拿在身边当纪念。等以后风声过去了，你回来我再给你买一块新的。"这是张文昊对张鹰说的最后一句话。

张鹰接过这块手表，用手抚摩着欧米茄手表新换上的表面，冲张文昊微笑着，却热泪盈眶。但直到张鹰死去的那天，还没来得及戴上张文昊送给他的那块欧米茄手表。

张文昊怎能想到，张鹰离开之后却并未按照计划销毁伪造的证件、远走他乡，而是准备以相同的手段，继续诈骗其他公司。对金钱的欲望让他一发不可收拾，一直到他坠楼的那一天，他也再未见

210

到自己的妈妈。

　　张文昊得到张鹰的死讯后，心如刀绞，万念俱灰。他不敢去现场，不敢送最近最亲的兄弟最后一程，根本无法面对张鹰的母亲。他连续发了几天的高烧，在断断续续的梦里总是浮现着最后一次见到的张鹰笑着流泪的脸。他心里不停地重复着，是自己害了张鹰，是自己毁灭了张鹰。自己是一个罪人，是一个浑蛋，一个万劫不复的魔鬼。他用自己兄弟的命，换来了这保全自己平安的一百万，用兄弟的鲜血，铺垫了自己所谓的成功之路。当吃肉、喝酒、玩女人这个戏言的目标变得轻而易举之时，张文昊却再无往昔的兴趣。他郁郁寡欢，用工作填满自己所有的生活空间，发疯似的在市场上不择手段地竞争，恶狼般地争抢财富、打压对手，为了目的不择手段，不达目的誓不罢休。张鹰的死让他从心底彻底放弃了所谓的美好，无所不用其极。他从注册资金不过10万的新天公司做起，流血流汗，以命打拼，十年后成立了文昊集团公司，成了一方大鳄。而他内心却越发被无法磨灭的罪孽缠绕，被不断加剧的愧疚蚕食，日积月累，无法安生。

　　这该是心理的癌症，已经扩散无法挽救的恶性肿瘤，他总有这样的感觉。所以他想行善，他想回报，他想赎罪，他想挽救自己的良心。但无论他怎么付出和施予，都无法逃脱那句承诺和那个眼神的谴责，内心最深处的那片溃烂将他的生活带入万劫不复的黑暗。

　　张文昊伫立在雨中，觉得自己的心在流血，很疼，像被一只手狠狠揪着。

雨洒下来成了雾，给凄冷的夜晚更添了惆怅。

"兄弟，等着我。到了那边，哥哥给你当牛做马。"张文昊呼出了一口白雾。

而与此同时，在远处角落中，披着雨衣的林楠拿起对讲机："喂，小曹，马上调查一辆奔驰车的情况，黑色，型号是奔驰S600，车号是……"

他收到公墓管理处的线索，有人在祭拜张鹰。

四十八　智者斗智

雨还在下，张文昊回到房间的时候，已临近熄灯。医院维护的是大多数病人的利益，虽说不像军事管理那样强硬，但也有严格规则。如果说例外，大概也只有那间VIP病房。

老马用复杂的眼神看着张文昊，他刚刚挂断林楠的电话。

"这么晚才回来？"老马问。

"是啊，有点事情需要办。"张文昊简单地回答。

"最近你公司的事不少啊。"老马接着问。

"是，重组、股东打架，一塌糊涂。哎……知道我这样了，大家就都坐不住了。"张文昊自嘲地苦笑。而他自己当然知道，这不是普通的股东打架，而是为了争权夺利在相互地检举揭发、栽赃陷害，这是一场充满明枪暗箭的惊涛骇浪，伤敌一万自损八千，惨烈的程度达到了你死我活。而公安、税务的介入，对于曾经运行良好的公司来说，无异于雪上加霜。这一切是他健康时绝不可能出现的。而如今，他已无力掌控。中国的企业就是这样，有时需要的就是铁腕的人治，公司的灵魂就是董事长、一把手，一旦群龙无首，就会树倒猢狲散，天下大乱。文昊集团公司的灵魂人物出了问题，一切良好的秩序便无人遵守。

"今天受刺激了吧？"老马从报纸上看到了张文昊的惨状。现在的媒体就是这么发达，几个小时前发生的事，现在就拿在了手里。

"呵呵……还行，不是臭鸡蛋，没什么味道。"张文昊摇摇头自嘲道。他显得很疲惫，缓缓地换上病服，仰躺在床上。

马上就要熄灯了。老马用余光盯着张文昊，心里揣测起来。林楠刚才说的短短几句话，引起了他心中的许多疑团。老马不想去相信，张文昊与那个案件有关，但一个警察的职业敏感，又让他不能因为自己的情感而失去对案件的判断。他不想武断，但更不想丧失这条悬而未决的线索和疑点，他让林楠详细调查张文昊刚才祭奠那个坟墓周围的几个坟，看看会不会是张文昊在祭奠别人，但结果却排除了这种可能。老马的直觉在刺痛着他的神经，甚至强过肝部的疼痛。如果张文昊真的是最大的犯罪嫌疑人，那为什么自己这么久都没有怀疑到？老马在质问着自己。

张文昊仰望着天花板，若有所思，沉默了一会儿问："老马，你相信有来世吗？"

"来世？"老马眉头一皱，不知所云。

"对，来世。就是我们有一天从这个世界消失了，身体化为灰烬，而灵魂还会寄存到另一个地方……"张文昊还是那么痴痴地说。"会有吗？"

"哼，我看你是受了刺激了……"老马一转头，不屑一顾。"我不相信，我只相信看得到摸得着的东西，干警察的有句老话：不能相信别人，也不能相信自己，唯一能相信的只有证据。"老马硬邦邦地回答，没有一丝疑惑。

"唯一能相信的只有证据……"张文昊转过头看着他。"为什么不能相信别人和自己？"张文昊问。

"这是警察的基本素质啊。特别是在办案的过程中，你要是相信别人呢，你就会轻信报案人贼喊捉贼的假案，或者陷入被告人编造的辩护圈套。而要是相信自己呢？就会轻视证据、主观臆断，从而丧失了对案件细节的追查，而导致案件的方向出现偏差。只有冷冰冰地独立于执法者情感之外的证据，才能直接证明对和错、黑和白、善与恶。明白吗？"老马回答。

"对和错、黑和白、善与恶……哼……这个世界上，真的有绝对的对和错、黑和白、善与恶吗？"张文昊轻蔑地笑了一下。"难道一切的事物就只有两种属性，就这么简单？非对即错？非善即恶？"张文昊反问。

"当然，好的就是好的，坏的就是坏的，没的商量。这有时人要是走错了路，想回头很难，除非他把自己大卸八块、重新回次娘胎。"老马意有所指地信誓旦旦。

张文昊默默地摇头，又是一阵沉默。"哎……其实有的时候啊，对错黑白，没有什么绝对的区分。那些评判的标准，只是掌握话语权的人手中的砝码，成者王侯败者寇，中国自古就是这样的道理。其实每个人这一生都会犯错，或大或小。如果一个人犯了错，是要给他改错赎罪的机会的。"张文昊一字一句地说。

"笑话，你这么说就是没有黑白善恶之分了？"老马提高了嗓音。"坏人干了坏人，想变成好人我们还要原谅他，凶手杀了人说句'对不起，我错了'，我们就要说他无罪。那要我们警察干吗？那还要什么法律？"老马反唇相讥。

张文昊不知怎么回答，叹了口气。

"所以说，还是那句话，好人就是好人，坏人就是坏人，做错了事就要承担责任，杀人偿命、欠债还钱，这是自古的道理。"老马做着总结。

"得了这个病之后，我想了很多。我想你也一定想了很多。"张文昊望着天花板说，"我有时就想啊，人活这一辈子，到底是为了什么？从呱呱坠地到最后离去，就是那么一个过程。人这一生很短暂，到了最后，其实什么也没有，什么也带不走。有时吧，我真想知道。这人活了一辈子啊，到底什么才是最重要的？生活吗？事业吗？女人吗？还是名和利？如果这些都得了，那又能怎么样？我们年轻时为之奋斗、为之努力的事情，真的那么有价值吗？"张文昊把在张鹰墓前的话又说了一遍。

老马不知该怎么回答了，他似乎听懂了一些张文昊说的道理，甚至开始反思自己，反思自己这三十年的警察生涯。如果按照简单的标准判断，自己这一生到底是对还是错？而自己的职场生涯，又到底该被打上多少分？他又不禁看了张文昊两眼，努力挤走内心的软弱和卑微。他告诉自己，现在聊天的真正目的，是要从张文昊那里套出与案件有关的线索，而绝不是促膝谈心。但他明白，自己对于面前的这个人充满了复杂的情感，他不能像以往那样简单直接地做出判断。但他又告诉自己：你是个警察，不能因为自己的情感而失去对案件的判断。老马很纠结。

"其实啊，我现在越来越懂得，真实的东西才最重要。"张文昊说。

"真实的东西？"老马玩味道，停顿了一下说，"是啊，真的东西。真的高兴，真的难受，敞开乐、放开哭，人才活得不憋屈。是这个意思吧？"

"嗯……越到了这个岁数，我才越体会到，这人啊，有时可以帮助别人，但却帮不了自己，再复杂的谎言也抵不过简单的真实。这现在的人啊，天天说谎，不说谎就活不下去，就立不了足。但骗来骗去，最后骗的还是自己。有时说了一个谎啊，就要用更多的谎去弥补、去掩盖，这是一条没有尽头的地狱啊。"张文昊说。他想到了围坐在老姚病床前的家人，想到了那么真实关切的眼神，想到了老姚与小吕的背对流泪，想到了他大女儿腼腆的笑。同时，他又想到了大声说话的杨晋财，想到了前来逼婚的张艳红。最后，他还是想到了自己，想到了他的女儿，张婕，或是夏尔。张文昊心里，百感交集。

老马看张文昊沉默了，觉得这是个机会。他要继续给张文昊挖坑儿埋套儿，让他露出破绽。老马年轻时曾经干过不少年预审，预审就是审讯犯罪嫌疑人，讲的就是杵人家心窝子、戳人家肺管子，让他说真话。搞预审的都知道，对付软弱的要拍山镇虎，对付强硬的要以柔克刚。他咽了口唾沫，准备把张文昊往阴沟儿里带。

"哎，其实，谁这辈子没做过几件错事呢？"老马有目的地引导。"就拿我说吧，干了一辈子警察，都晃晃悠悠不干正事，盼的就是耗到退休，弄个舒服自在。但现在……哎……早知现在，何必当初啊。这一辈子一晃就过去了，到现在想啊，什么错啊对啊，到了最后都不重要了。"老马说。

这一句，杵了一下张文昊的心窝子。"是啊，谁没干过几件错事呢？"张文昊仿佛在自言自语。"其实啊，这人到了什么时候都逃避不了命运，你认为逃脱了，但最后转了一圈你才发现，自己还在原地，根本没有逃脱掉。作了一次孽啊，是用多少次补救都还不了债的。无论你用什么方式……"张文昊说得真诚，但是不知不觉地上了老马的套。

"啊？怎么这么说？你年轻时做过什么错事吗？"老马忙接话。

张文昊一惊，突然醒了。他听出了老马的画外音，猛地转头看着老马。老马也一愣，赶紧佯装困倦的样子，但那一脸窥探捕捉的表情根本来不及收回。就在这一秒钟，张文昊已经从老马的眼神里看到了一种针尖般的光芒，那表情像极了猎豹在捕猎前的样子。张文昊感到一阵寒冷迅速传遍全身，心底剧烈地震颤了一下，大脑也顿时清醒起来。他突然想起老马是个警察，又想起了张鹰、林楠、经侦总队、夕阳漫山……是，他感到恐惧了，哪怕面前只是个已经退休的警察，对于自己，也是极度危险的。

"呵呵……"张文昊用长长的笑来调整情绪，就像什么也没发生一样。"你想问什么？"张文昊恢复着表情。

"嗨，就先说我，年轻时就净胡来，跟领导拍桌子，跟小民警要资格。现在想起来啊，都可笑……"老马赶忙扯开话茬儿，伪装自己。他知道自己做得太急了，本该多做延伸、拆解的话题，他直接就问了出来。他看出了张文昊那一瞬间眼神中的警觉、惊恐甚至慌乱，但他又不能确定那个眼神的真实含义。哎，这就叫急功近利，前功尽弃啊，自己是不是真的老了，连这么基本的活儿都玩不好了。老马沉默着，梳理着张文昊的反应和他自己的判断，他告诉自己，要慢慢来，但他转念又想，自己现在这种状态，还有时间去慢慢来吗？这是个悖论，无法解决。

"哎，什么来世啊、作孽啊、还债啊，谁也想不明白。"张文昊的语气平缓，拿起了床头的一本书。"这本书说过啊，我们因宽恕而获得宽恕，我们因死亡而获得永生。人啊，到了这个时候就不该企图活得明白了，学会糊涂，学会接受现在的一切，才不会那么痛苦。"他翻开书页的时候，不留神一张照片掉在地上。

老马俯身，将照片捡起。那是一张合影。

"这是……"老马问。

"哎，这是我曾经的全家福。"张文昊接过照片，心里划过一丝温暖。他指着照片说："这是我，年轻的时候，呵呵，瞧那样子。这是我的第一任妻子，夏婕……"张文昊停顿了一下，才说："这是我女儿，张婕。你看她多美。"

老马凑过去仔细看着，那是个幸福的一家三口，张文昊那时还年轻，三十多岁的样子，留着个傻傻的扣边头，咧着嘴傻笑，一脸的幸福。旁边是他的妻子，那个叫夏婕的女人，脸胖胖的，显得温和善良。怀中抱着的小女孩大约有四五岁，嘟着小嘴小鸟般地搂着张文昊。背景像是个军队大院，三口人的后面是一个巨大的飞机模型。老马看着看着，不禁又想到了自己的过去，心里酸涩起来。

"有你女儿现在的照片吗？"老马缓缓问。

"没有……"张文昊默默摇着头。"我对不起她们母女啊，为了所谓的事业早早就离她们而去，是我背叛了她们，哎……"张文昊一声长叹。"后来我女儿随了她母亲的姓，从张婕改名叫夏尔，除了我每月支付的抚养费外，我们之间再也没有什么往来。后来她到了十八岁就出国留学了，几年后我前妻就病故了……就像你说的一样，我失去了最重要的真的东西，真的感情、真的血肉，悔之晚矣啊……"张文昊说的都是沉甸甸的事实，却在另一方面避重就轻。

"她知道你这次的病情吗？"老马又问。

"不知道，我不想让她知道。"张文昊回答。"我在得意的时候背叛了她们，却要在失意的时候求她的同情，这不是太自私了吗？我不会让她来可怜我的……"张文昊说不下去了。

"怎么是可怜你呢？他是你的女儿啊！"老马皱了皱眉。"老张，你想的太多了……"

"哎，有时不能不这么想啊……其实我真的很羡慕你和老姚，身边有爱你们的亲人孩子，真的老马，这才是最珍贵的财富啊……"张文昊拿着照片的手在颤抖，但表情却定格在茫然中。老马知道，这就是他此生最大的遗憾与惩罚。

两个人之间初试锋芒的战斗，结束在几声沉沉的叹息之中。

四十九　漂亮女孩

秋日的下午萧瑟清冷，风扫着一地的落叶，随意地摆布。因为不是周末，医院院子里的人并不多，人们都在忙碌着。医生忙着看病、病人忙着就诊、家属忙着慰问、商人忙着兜售，一切都在按照既定的航线行驶，容不下一丝改变。一阵风吹过，已换上长衣的路人拉了拉衣领，将脸埋在里面，似乎在躲避陌生人的目光。

姜鸿在病号服外披了一件大衣，就那么坐在医院的长椅上，弹唱着一首歌，一首写给自己的歌。

姜鸿的经历不复杂，从大学毕业后便一直在学校任教。学生们都习惯叫他姜老师，没有人提到他诗人、歌手的身份，也许在他们眼里，老师才是个最神圣的称谓。而姜鸿，也不愿意过多提及这些称谓。他写过几部小说、几百首诗歌，但却只出版过一本小说，其他的作品都因文学性过强而没能发表。出版社和书商告诉他，出也可以，但只能自费，加上书号一共要几万块钱，姜鸿无法承受。报纸曾鼓吹他是本地的作家、诗人、歌手，而他却不敢承认，他知道自己至今也没有一部成功的作品，怎能担此名声。所以在时日无多的现在，写作更加变得与生命一样重要。

一个月前，姜鸿得知了自己的病情。他没有像许多人那样惊慌失措、灰心丧气，而是在一个晴朗的下午，一手拿着检查结果，一手拿笔在纸上写下了自己最后一段日子的人生计划。纸上密密麻麻，一行行地记录着那么多他没完成的梦想，那么多还未实施的想法。他要与时间赛跑，与命运博弈。医生和家人瞒不了他的病情，随意的几本专业书籍便可以给他答案。姜鸿预知即将到来的痛苦、衰弱、无力直至死亡，也预知那面前黑漆漆的无底深渊。他也害怕、也彷徨，但他要求自己必须克制住这种情绪，就算是沉默也不能发出抽泣，他要好好走完自己这一生的旅途，就算夜幕到来也要选择正确的方向。可以去安静、去思索、去选择、去超脱，还可以去静静地诉说。他要用一本小说去告诉别人，姜鸿这个名字，曾经来过。

姜鸿痴痴地望着面前的那排白杨树，久久不离。这时，一个身影走进了他的视线。

就一眼，他的心便动了。那是个什么样的女孩啊，随意散开的长发，高挑的身材，一件白色棉质针织衫反射着阳光的明媚，一条深蓝色的裙子袅袅婷婷，像秋风的清爽，像云朵的纯洁。此时那女孩正拖着一个大箱子，吃力地上肿瘤医院的高台阶。

姜鸿放下吉他，几步走了过去。

"来，我帮你拿。"姜鸿伸手托起了箱子的底部。女孩顿时觉得一轻，转头看着他。

这一瞥，姜鸿的世界凝固了。这是个多么美丽的女孩啊，一双眼睛中荡漾着水一般的透彻，浅浅的酒窝里充盈着娴静和温柔。姜鸿顿了一下，说："我来帮你吧。"

"谢谢。"女孩笑得很自然。

姜鸿帮女孩把行李拖到医院的电梯前。"你去哪个病房？"姜鸿问。

"谢谢你了，我自己来吧。"女孩说着要拿箱子的把手。

"没事，这么沉，还是我来吧。"姜鸿没有松开把手。

"真的不用了，我自己可以。"女孩笑着说，她伸出手的一瞬间，与姜鸿的手碰在了一起。两人彼此心都一紧，相互尴尬地笑了笑。姜鸿放开了手，暗叹自己的冒失。

"谢谢你。"女孩又重复了一下谢意，点了一下头，走进了电梯。

姜鸿看着电梯升到了四层，低头想了想，那里是淋巴癌的病区。

五十　后院起火

文昊集团公司的股东会议在嘈杂的议论中开始了。李总坐在主座上，拿着张文昊诊断证明的复印件。"张总已经被确诊了，是肝癌晚期，据医院的权威预料，大概还有不超过六个月的时间。现在我们要尽快研究讨论一下公司现在存在的各项问题，以及下一步的方向……"他冷漠地叙述着，不带一丝感情色彩。

李总是张文昊的助手，五十岁上下的年纪，精干笔挺，一副商场上多年打拼的精英姿态。他早年到美国留学，回国后自己创办公司，但屡屡不顺，最后投奔到张文昊手下。在张文昊的带领下，他迎来了人生中的成功岁月，虽然是副总，但工作风生水起，生活也富裕殷实。与张文昊相对朴实的装扮截然不同，他一身乔治·阿玛尼，手腕的一块百达翡丽就要价值几十万，举手投足间都显得贵气。但在司机小郭的眼里，那却不是真正老板的样子。

但张文昊毕竟要消失了，这是个毋庸置疑的结果。李总要想继续自己的辉煌，直至达到权力顶峰，现在正是个最好的机会。在近几次与张文昊的交锋中，李总取得了决定性的胜利。他太熟悉张文昊的手段和策略了，也知道张文昊喜欢什么、害怕什么，所以他几招就让张文昊尝尽了苦头。李总要让张文昊尽快出局，自己才好独揽公司大权。他自然知道如今日落西山的张文昊，心已不在公司，晚期的肝癌最快也熬不到半年，但他还是急不可耐，急于上位。十几年了，自己一直在张文昊的压制下生活，无法透彻地呼吸和伸展。五十岁的年纪该是职场上的巅峰期，而他自己却离预期有很大差距。欲望是填不满的陷阱，他无法忍受继续的蛰伏。所以在正毅公司的老板任毅暗中找到他联手时，几番考虑，他同意了任毅的计划，挤张文昊出局。

明枪易躲，暗箭难防，张文昊已经离开了公司，一切便都不在他的视线，而所谓的遥控，也要经过李总之手。所以这是李总最大的机会，自然也是张文昊最大的败笔。

在战争中，有时仅凭一胜一负就能决定整个战局。在张文昊得知有某个机构在大量收购文昊集团名下公司的股票时，就知道了事情的严重性。他两次出院到公司，试图去应对这个危机，但无奈身体根本支撑不住，只得全权委托李总处理，并再三叮嘱他要对此加大重视，决不能在这个危急关头心存侥幸。但张文昊怎能知道，这幕后的黑手恰恰就是他面前的可信之人。

棋输一着，满盘皆输。张文昊的事业落入谷底，一如他手中的生命线。他坐在奔驰S600的后座上，不能相信李总对自己的背叛，一阵腹痛又再次袭来，如钢针般刺痛。虽然他已习惯在疼痛中生活，癌细胞和他的生命已经连在一起，成为了身体的一部分。但他不能忍受这疼痛影响他的判断，他此时太需要清醒地面对一个个接踵而来的危机了。他取出吗啡药片，用水送服。

"张总，后面有一辆车一直在跟着咱们。"小郭心明眼亮，透过后视镜看见一辆白色的索纳塔轿车紧紧跟随。

张文昊没有转过头，他知道自己被盯上了。但无论是谁，都无所谓，自己还有什么可害怕的呢？

小郭一踩油门儿，奔驰车迅速与后车拉开距离，车号显露。而随后，索纳塔却并没有紧赶猛追，而是原速在后面行驶。与此同时，一辆黑色的帕萨特从前面路口由右至左驶来。

"前面右转，马上！"张文昊突然说。

小郭按照张文昊的指令，在路口右转疾驶。那辆帕萨特竟然在后面掉了个头，尾随而来。张文昊用余光在车里看着，明白了一切。

其实他如果要回医院，在刚才那个路口是应该左转的，而他故意让小郭在路口右转，目的是要打草惊蛇，看看是否有车跟梢。这下明确了，不但有车跟梢，而且不止一辆。

"甩掉他们。"张文昊平淡的四个字,顿时让奔驰车发起飙来。小郭狠踩油门儿,S600速度一下就飙到了120迈。而后面的白色索纳塔和黑色帕萨特却没有加速,看着奔驰车飞驰而去。张文昊的心在高速中越发缓慢,他低下头,觉得有一种无形的重压。

"林队,追不追啊?再不追就晚了。"小曹驾驶着白色索纳塔,用对讲机喊。

"撤,不要再跟了,收队。"林楠拿着对讲机说。他不想打草惊蛇,更不想过早地抬起鱼竿,这条大鱼要养,没有确凿的证据,他们是无法证明张文昊与张鹰的案件存在联系的,也就没有办法将他绳之以法。这就是法律的公正。

五十一　永远不会姓你的姓

张文昊回到了医院,没再进那个四人间,而是径直走进了VIP房间。那个房间一直给他留着,天天打扫。张文昊停顿了一下,没有开灯。窗帘紧闭,四周漆黑一片,他坐在沙发上,一声不响。他几次想叫护工取回自己在四人病房的东西,但犹豫了许久却没有去做。他想让自己安静,想要去思考什么,而脑海中却空空一片,什么也想不起来。他觉得自己是该去想些办法应对了,应对李总,应对老马。一个是事业,一个是名誉,难道在他人生的最后时刻都要落空？张文昊在黑暗中摸索着，像是在找眼镜，又仿佛是在找香烟，但却一无所获。在这间空旷的病房里，只有黑暗，而没有他熟悉的东西。他坐了许久，又站了起来。

张文昊回到病房时，老马正把一大堆的案卷堆在自己的床上，和林楠聊着什么。看他进来了，两个人同时止住了谈话。

"这么晚还在忙？"张文昊问。

"哎，没办法啊，一个二十年前的案子，再不弄就真没时间了。"老马故意点破。

"哦……"张文昊无所谓的样子，只叹了口气。他看了看林楠，觉得林楠似乎在故意躲闪自己的眼神。

林楠不是嫩，不敢去面对他的眼神，而是不想让自己的眼神犯错。经过这些日子的调查，虽然有些收获，但毕竟距成功太远，这个案件拖的时间太久了，线索全都断了，不是证人离开本市难以找到，就是银行账户注销，资料遗失。而那辆套牌车也再没出现过，可以看出，对手具有很强的反侦察意识。案子办到这个程度，就陷入了另一个怪圈，林楠觉得这么弄下去，反而是原来那个结果显得圆满。破了就破了，案结事了，就算揪出来什么线索又有什么意义？林楠说出了这个想法，老马却差点儿跟他急眼。老马认定了自己的道理：没有什么结果是所谓的最好和最坏，结果只有一个，就是真实的，无懈可击的。

道理虽是这么说，但林楠知道在现实办案中这却只是个大道理，或者说是美好的愿望。其实再硬的证据也是相对的，老马那套"不去相信别人、不去相信自己，只相信证据"的做法，真的已经过时了。

现在中国的法律，是"疑罪从无"。

一条关键的线索查清了，却仍无法证明张文昊的罪行。欧米茄手表的购买者是新天公司，而新天公司的原法定代表人就是张文昊。老马和林楠在查实这个线索后，最初都很兴奋。但随后却发现，这个线索还是太边缘、太次要，也太富想象力。难道就因为张文昊二十多年前送张鹰了一块手表，就把他定为那个案件的幕后主使吗？那真的太武断了，法院根本就不可能采信。老马和林楠苦苦追踪的一个猎物，抓到手了却还要放走，这实在是让人痛苦难受。老马感到，此时在张文昊罪与非罪之间的这层薄薄的窗户纸，实际上坚硬无比。

这时，张文昊的手机响了。看是个陌生的号码，便关到了无声。他不想再受到热情的打扰。而这个陌生号码仍很执着，不断在手机上闪动着。张文昊叹了口气，接通了电话。

"喂，你好……"张文昊冷漠地应了一声，脸上的表情就随即丰富起来。"什么！夏尔？是你！"张文昊一下站了起来。

他的女儿夏尔来了！那个远在大洋彼岸十年未见的夏尔来了！张文昊在房间里踱着步，一时间竟不知道该如何面对女儿。他从床头柜里拿出便服，三下五除二地换上，又走到洗手间里，刮了胡子。他竟然久违地忙乱了。

有人敲门。张文昊稳了稳神，用毛巾擦了一把脸，走出了卫生间。

在门口，站着一个三十出头的女子，她穿着一身褐色的大衣，头发高高盘起，挎着一个女式的大包，眼睛和鼻子像极了张文昊。

"小婕……你……你怎么来了……"张文昊说着动情，眼睛湿润了。

夏尔原来叫张婕，但自从母亲与张文昊离婚之后，她就随了母亲的姓，改名夏尔。见到久违的父亲，夏尔仍无法突破那种生硬的陌生。她知道了父亲的病情，心就算再硬也抵不过骨肉亲情，犹豫了半天，嘴里还是说不出那个字。"你……现在治疗得怎么样了？"夏尔问。

　　"我……挺好的……"张文昊努力稳着情绪。"来，小婕，别站着，里面坐，里面坐。"张文昊突然像年轻了十岁。

　　夏尔仍是冷冷的表情，心里的波动一点儿未表现在脸上。她穿过老马、林楠的眼神，随着张文昊走到了病床前，但并没有坐下。

　　"你……什么时候来的？坐了多长时间的飞机？哦，对了，住在哪里了？需不需要我安排一下？"张文昊忙乱地关心着。

　　"需要我的什么帮助吗？"夏尔看着张文昊问，时间仿佛一下停止了。

　　"帮助？没有没有，我没什么可帮助的。"张文昊没想到她会这么说。

　　"嗯……那是需要我来看护吗？"夏尔停顿了一下又问。

　　"不……不需要……"张文昊的声音低落。

　　"那你是需要我的关心和原谅？"夏尔说下去。

　　张文昊无言以对。"女儿……原谅我……"张文昊沉默了良久说。

　　"原谅你？"夏尔的情绪波动起来，眼睛发红。"你让我怎么原谅你？怎么原谅你？你给过我和妈妈什么感情吗？你真正为我们负责过一天吗？"夏尔颤抖着说，"你知道妈妈走的时候，说过什么吗？她让我永远不要姓你的姓，永远不要见你。"夏尔的眼泪流了下来，她抑制了半天还是爆发出来。

"小婕，哎……请你原谅我……我……"这是张文昊预知的结果，但他仍无法面对。

"不要叫我什么小婕。我叫夏尔，是夏婕的女儿。"夏尔声音不大，但在张文昊听来却震耳欲聋。"我回来了，这段时间也不会走，你有需要就打我这个号码吧。"夏尔站着说。

张文昊努力控制着眼泪，浑身震颤。"他们……他们来了吗？"张文昊问。

"谁？"夏尔问。

"我的外孙和外孙女……"张文昊说。

"好，我会带他们来看你的。"夏尔自知眼泪快忍不住要流出来了，就转身往外走。"你好好保重，好好治疗，我会常来看你……"夏尔声音冷漠，眼泪还是流了出来。她急匆匆地走出了病房，想迅速逃离这种压抑。

老马看着张文昊，心底升起了一丝怜悯。他面前这个人曾经多么冷漠和傲慢啊，现在却只是一个虚弱的老者，一个可怜的老头儿。

张文昊沉默地站在原地，转头看着老马。"还记得你问我这辈子有什么遗憾吗？看见了吧。我的遗憾就是她，我的女儿。"张文昊眼里含泪。"哎……人这一辈子啊，无论到了什么时候，这真的东西只有一次，或失或得，或聚或散。当初你丢了的时候，认为还能再有，但过了多少年以后才知道啊，这真正的失去啊，也就只有一次，就算再多的获得也无法弥补。人啊，总是丢了西瓜捡芝麻，丢了最不该丢的，捡起来的是一堆垃圾。"张文昊的眼泪流了下来。"欠她和她母亲的，我永远也还不上了，等我想要赎罪的时候，她们却再不给我机会。"

"这不是债，是罪孽……"老马也叹了口气。"感情这东西，不是你想找回来就能马上找回来的。慢慢来，我想你女儿总有一天会原谅你的。"老马劝慰到。

"总有一天……"张文昊出神地重复着。"我还等得到那一天吗？"

"你的外孙好玩吗？几岁了？"老马想换个高兴些的话题。

"嗯，就见过一次，仅仅一次……"张文昊也努力想摆脱这种情绪。"但文化不同，语言不通，孩子见了我就哭。"

"嗨，这小孩啊，看见生人都这样，慢慢熟悉就好了。"老马说。

"慢慢熟悉……"张文昊又叹了口气。"咱们……还有慢慢熟悉的时间吗……"他说完又出神地看着老马。

老马哑然，也是一脸的茫然。是啊，我们还有时间吗？我们还有多少个需要等待的一天……

五十二　无力回天

几次介入之后，老马和张总去厕所，就要有人扶着了。每况愈下的身体，正如窗外的气温一样，急转直下。到了年末，窗外的白杨树都光秃秃的，伸出的枝丫无助地朝向天空，似乎是在求救的双手。风吹着哨子横行在这个城市的街道里，像是游牧民族的铁骑再次将这个城市占领。

张文昊的姓名继续出现在各大报刊媒体上。作为与李总争夺公司所有权的守擂者，他一改往日的低调沉默，联合公司内部仍然忠心耿耿的大股东，一起对抗李总，同时登门拜访几个重量级的公司老总，请求出手相助。但好景不长，硬撑了一段时间之后，张文昊的优势便急剧削弱，正如他急转直下的身体。商人之间的交往永远是利益为先，弱肉强食的森林法则才是中心规则。那些曾经在他傲慢和冷漠下俯首称臣的下属，几乎一致做出了明智的选择，纷纷投向了李总一边，而董事会的几个大股东也难堪重压，纷纷倒戈。眼看，张文昊一手创立的公司即将不属于他，而他却还在做着最后强硬的挣扎。他此时想到的，根本不是那高阔的大班台和众人仰视的目光，而是那些贫困的孩子，那些渴望的眼神和双手。这是他真实的想法，但又有谁会相信，会愿意相信。

几天后，他的公司被重组，董事长变成了李总，一切无力回天。历史的潮流重重地将张文昊抛起、甩掉，之后飞速地奔涌向前。他的名字也逐渐消失在各大报刊的头版头条，乐于围观的人们迅速将他遗忘在过去的时光里，埋葬在岁月的尘土中。李总对公司进行大规模清洗，与张文昊有关的许多员工都被辞退，其中也包括司机小郭。张文昊在痛苦挣扎中也最终无奈接受了这个结果，无论是否情愿，毕竟自己已坠落谷底。他宽慰着自己，起码还有那些股票和资产，在自己离开之后，也许变卖了这些还够做一个慈善项目。

夏尔表面虽然冷，却几乎每天都来看他。夏尔明理懂事，照料张文昊十分细致周到，但仍然给不了张文昊那个称呼。她知道张文昊需要自己的存在，却无法逾越母亲临终遗言的高墙。这两个她生命中最重要的人，撕裂了她一生的情感世界，让她时时都处于矛盾挣扎之中。亲情的空白，是她这一生中最大的残缺。但张文昊却已经知足了。能这样长时间地与夏尔相处，张文昊时时刻刻都在感恩，他感谢上帝让女儿在自己的最后一段时间中到来，感谢女儿可以用她的双手抚摩自己的额头，感谢能聆听女儿美妙的声音，感谢能看到女儿美丽的身影。在生命的最后一段路上能有女儿陪伴，他知足了。夏尔的男友和他们的两个孩子也来过几次，孩子很好玩，与张文昊的交流都是英文，但张文昊仍无法去接受那个金发碧眼的外国老头儿。夏尔离过一次婚，和前夫生的孩子由自己抚养，现在的男友是一个大学的教授，年龄相差 15 岁。

紧闭的窗外，阳光很好。一月份的天气异常寒冷，天气预报上说，这几天会有一场大雪。

五十三　战斗、战斗、再战斗

老姚的病情开始恶化了，什么治疗也抵挡不了生命的衰弱。亲人们有时间便来陪他，老姚几次问小吕那盆君子兰怎么样了，小吕打开手机图片让他看，图片中的君子兰郁郁葱葱，长势喜人。老姚又会叫他的儿子来，嘱咐要勤给家里的画眉洗澡、喂食，但说着说着就犯起了糊涂，嘟嘟囔囔地不知说着什么。家人谁也听不懂，只有老伴用手抚着他的额头轻轻地说话，他才会慢慢停止、慢慢平静。老伴说，他这是想起了许多年以前的事。

人血白蛋白已经不能再打了，高医生告诉老姚的家属说，这种昂贵的药虽然可以有效缓解老姚的腹水，却会给老姚的心脏和肾脏造成压力。老姚现在的身体已经是千疮百孔，任何突发的情况都会危及他的生命。家人们怕他孤独，就都守在他身旁。医院的凳子不够了，就都站在床旁，到了饭点从外面买些馒头充饥。

张文昊在心里感叹，无论如何，老姚这辈子也是该知足了。亲人们对他不离不弃，用滚烫的亲情温暖他最后的生活，陪伴他走过人生的弥留旅程，还有什么能比这种情感更真实恳切呢？到了这个时候啊，亲人的定义就变得越发简单了。真正的亲人啊，就是能坚持天天过来送饭的人。能坚持住这雷打不动的每日两餐，就胜过再多的营养补品和嘘寒问暖。上帝对待每一个人其实都很公平，拥有了权力就少了亲情，拥有美貌就少了智慧，拥有财富就少了憧憬，拥有平淡就少了激荡。张文昊问自己，相比之下，自己的所谓成功又算得了什么？

小欣还总会跑到屋里来玩。有时听不到姜鸿弹琴，他就静静地坐在老姚的床边，看老姚难受痛苦了，就趴在老姚耳边说："爷爷，爷爷，你别怕，感冒发烧一会儿就好了。"老姚清醒时会笑着拿手抚摩小欣的圆脸蛋，却一句话也说不出来。

但小欣的天真，是无法抵挡住那种剧烈的疼痛的。那种被撕裂、被针刺的疼痛，那种肿胀的、无法喘息的压抑，让老姚痛苦不堪。

小吕呼叫医生护士，他们也没有办法，只能用含有吗啡的针剂给老姚止痛，让他麻木。生命到了这个时候，存在成了最后的价值。

老姚浑身颤抖，突然不知哪来的一股力气，伸手就要想拔掉插在自己身上的管子。"不治了！不治了！该死不死的，还为难儿女！不治了！"老姚声音不大，却撕心裂肺。

小吕一下就扑了过来，用手拦住姥爷枯萎的双手，抱住那冰冷的身体。"姥爷，很疼吧，我知道，但努力啊，坚持一下，就会好的。坚持一下……"小吕声音哽咽，泪眼朦胧。

"大孙子啊，你知道吗？"老姚颤巍巍地指着点滴中的化疗药。"我每天都打这个东西，我算过了，每一滴就要十多块钱啊！回家吧，我不治了！不治了！"老姚竟然像孩子一样地固执起来。

小吕用力伏在老姚身上。老姚还是挣扎着，几根管子都掉落下来，手上的针头也回了血。

"让我死了好了，死了就不给你们再添麻烦了……"老姚哽咽着。"死了……就不疼了……"老姚孩子般地哭了，让人听着揪心。

小吕感到姥爷的力量迅速地衰减，自己却突然地爆发。"姥爷，您说什么啊！您怎么能这么软弱呢！"小吕痛哭流涕。"您不是告诉过我吗？战斗，战斗，再战斗！您忘了自己说的话了吗！您不能放弃啊！您放弃了，我们怎么办？您忘了吗？我们是和你一起战斗的啊！"小吕握着姥爷那瘦到了极限的手臂，上面密布着化疗、点滴后的针眼，那曾经是一双多么粗壮的手啊，曾经自己两个手都无法将它扳倒。

老姚默默地流泪，再也无法控制自己的情绪。小吕擦了一把眼泪，用尽全力恢复着表情，用手抚摩着姥爷的额头说。"姥爷，我们和你一起坚持！一起战斗！咱们不放弃！咱们谁也不怕！啊？"小吕说。

"嗯……"老姚睁开了眼睛，重重地呼吸，泪从眼角流淌下来。

这时，小欣从外面跑了回来。"爷爷，吃苹果。"他手捧着被切成两半的苹果，递到老姚面前，他又把妈妈给他的苹果拿来了。

老姚在疼痛中微笑着，用尽全身的力气接过苹果，然后吃力地咬了一口。小吕久久凝视着姥爷，用毛巾擦去他脸上的泪水。

"姥爷，您是好样的。"小吕靠在老姚的背后，支撑着他的身体。

张文昊在旁边看得动容，却不想小欣转过身又跑到了他的面前。"爷爷，爷爷，您也吃一口苹果吧。"小欣的小手脏脏的，把另一半苹果递到他面前。

"哎，爷爷不吃，谢谢你了。"张文昊笑着拒绝。

"不嘛，爷爷吃，爷爷吃嘛。"小欣挺倔强，一双大眼睛里满含着期望。

"哎，爷爷真的不吃，乖孩子，你吃，你吃。"张文昊还是拒绝，他有洁癖。

小欣这孩子挺轴，非要把苹果往张文昊手里递，张文昊这么一拒绝，苹果一下掉在了地上。这一下，小欣眼泪差点儿出来。他低下了头，挺委屈的样子，再也没说话，转过身慢慢地往外走，仿佛受到了多大伤害。

张文昊也觉得愧疚，就叫住小欣。"哎，小欣，你看张爷爷这里有什么？"张文昊拿出了一包高级的巧克力。小欣转过头看了看，却并没有惊喜。"我不吃……"他喃喃地说了一句，消失在楼道里。

这个孩子比一般的同龄孩子坚强许多，医生和护士都这么说。虽然才八岁，但却是个肿瘤老患者了。患癌症的孩子都长不高，营养因病患无法正常吸收。小欣又瘦又小，有时拿着自己的 CT 片子玩，还没有片子高。但就是这么一个瘦小的孩子，无论在检查或治疗时，都特别的听话和坚强，从来不哭，让医护人员都觉得感动。他记得妈妈说过的话，男孩子要坚强，哭鼻子不是男子汉。小欣还是由母亲陪着，父亲来过几次，都因工作太忙来去匆匆。夫妻俩也不过都才三十多岁的年纪，却都显得过早苍老，他们现在的生活就是捱着，一点看不到希望，那是种摘心摘肝的感觉，心里空空如也。小欣怎么会知道，在这次的检查结果出来之后，母亲在医院的空中花园里哭得死去活来，她不知是问着老天还是自己，自己的孩子为什么会这么苦命，这么小便走向末路。自己，到底能不能替孩子去死。

几个病友过来安慰她也无济于事，病友们都知道这个孩子，记得他脸上灿烂的笑容。

五十四　我们都需要勇气

　　姜鸿早早做完了检查，不想在屋里憋着就出了门。他穿过了熙攘的人群，走到了肿瘤医院的空中花园。这是个虚假的世界，花草树木都是人工栽植的，阳光是透过玻璃顶照射进来的，空气是经过消毒的，连微笑和鼓励都隐藏在伤感之中。除了治疗，他不想在病房楼多作停留，他不想让自己融入那种失去希望、没有未来的气氛之中。姜鸿在花园里漫步，这条并不宽阔的道路似乎是一种隐喻，虚伪繁华的生机盎然根本掩盖不住现实的冷漠无奈，再茂盛的植物也只是扎根于花盆，而不是在真实的大地。当他穿过那片盆栽植物时，听到一个女孩在唱歌，他回头望去，竟然就是那天遇到的女孩。

　　女孩坐在不远处的长椅上，戴着一副夸张的大耳机，正随着耳机中的音乐静静地唱歌，一身蓝白条的病号服也无法掩盖她的清纯美丽。姜鸿默默地听着，被她的声音感染了。

　　女孩唱完了这首歌，一睁眼就看到了正在注视自己的姜鸿，脸一下红了。

　　"唱得真好。"姜鸿说。

　　女孩红着脸，却挺大方地说："是吧，谢谢夸奖啊。"

"你是受过专业培训的吧？音乐学院的学生？"姜鸿听得出女孩唱歌的技巧。

"不是。"女孩微笑着摇头，"我是唱着玩的。"

"嗯，刚才那首是梁静茹的《勇气》吧，我原来听过。"姜鸿说。

"呵呵，你还知道梁静茹啊。"女孩笑了。"许多男孩都不爱听她的歌，觉得她唱得挺土的。"女孩说。

"不会啊，挺好的一首歌，旋律、节奏、和声、歌词都不错。"姜鸿说完就觉得脸红，暗怪自己不该卖弄。

"呵呵，你说的真专业啊，你是音乐学院的老师吗？"女孩问。

"不是不是。"姜鸿赶忙摇头。"我……我只是爱好音乐。"姜鸿说。

"哈哈，谦虚了不是，你肯定懂音乐，而且还会玩吉他。"女孩侧过头说。

"啊？你怎么知道……我会……吉他？"姜鸿惊讶地问。

"呵呵，看你手上的茧子啊。人家说啊，茧子是吉他爱好者的勋章啊。"女孩笑着回答。

"哈哈……"姜鸿不好意思地用手摸着后脑，一下回到了学生时代的样子。

他们聊了很多，从音乐、艺术到兴趣、爱好。姜鸿在聊天中得知了女孩的姓名，叫艾嘉。

"对了，我该谢谢你上次帮忙。"艾嘉眨了一下大眼睛，浅浅的酒窝映出甜甜的微笑。"我请你吃冰激凌吧。"

"啊，不用了，那点儿事算什么。"姜鸿摆手摇头。

"不行，你等着，我去买。"艾嘉说着就向小卖部的方向走去。

"我来吧，哎……我去。"姜鸿说。

艾嘉回头看了看，笑了一下。一缕阳光洒在她脸上，是那么纯真灿烂。

艾嘉买回了两根红枣牛奶的冰棍儿，姜鸿一口咬下去，一嘴的香甜。

"别看它便宜，但我最喜欢吃了。"艾嘉吃得挺快乐，根本不像一个病人。

"没想到你也是病人呢？"艾嘉问姜鸿，嘴角还有一块牛奶。

"呵呵，咱俩不都是病人吗？"姜鸿笑了一下。"但我觉得，咱俩都不像病人。"他补充道。

"嗯……咱俩都不像病人，也总有一天会战胜病魔的。"艾嘉仰着头，看着空中花园的玻璃屋顶，挺有信心地说。

"嗯！"姜鸿也融入了这种自信，他并不觉得这是种自我欺骗。

"你是来做手术？还是？"姜鸿试探地问。

"我？我的检查结果还没最后出来，等出来了就马上做手术。我不想拖泥带水地等待，早治好了，早去唱歌！"艾嘉说。

"唱歌？你是个歌手？"姜鸿问。

"是啊……是一个没出名的小……歌手。"艾嘉笑得很灿烂。"但我会努力的，让城市的每一个角落都能听到我的歌声。"

"嗯，一定会的。"姜鸿肯定地说。

"嗯，一定会的！"艾嘉也肯定地说。

夕阳洒在他们脸上，一种安静的昏黄。艾嘉和姜鸿并排坐在长椅上，手上拿冰棍儿打着拍子，唱起了一首歌：

风过后的香味，
叶落时的后悔，
快乐伤悲花谢花开有几回；
梦到梦的结尾，
爱到爱得颓废，
风信子的忧伤谁又能体会。

它不想再飞，有没有放弃的机会，
灰色城市上空尝尽孤单滋味；
却也无所谓，就在阳光下买个醉，
随意漂流不必依靠谁。

歌声如天籁，轻轻地飘到姜鸿的耳边，飘到他的心里。一种柔软的感觉从心底发出，一直传遍全身。姜鸿闭眼听着，仿佛看到了高远天空中的一丝浮云中，一朵那么美丽的花飘着，飘着……

他感到自己和身边的人，是那么的健康和自由。

五十五　老鹰的重生

　　小欣开始禁食了。在做手术之前，要提前十二个小时停止进食，同时还要喝一种利于排泄的药水将身体排空。这似乎是一种仪式，要人在生死面前褪尽浮华，纯净得如刚出生的婴儿。这十二小时的饥饿，对小欣这个年纪的孩子来说是难忍的。忍耐力和控制力不该强加在这么稚嫩的心灵之上，生活的残酷不该在这萎缩的生命上施展。小欣显得更瘦了，骨瘦如柴，那双大眼睛中的光芒也似乎渐渐暗淡。

　　几分钟前，小欣的妈妈在那张手术同意书上签了字，那是小欣的生死状。从那一刻起，小欣的生命便不属于他自己，而属于手术台前操刀的陌生人，和他身后看不见的命运之神。老马看着难受，就让坐在姜鸿床旁的小欣吃一块糖，小欣挺坚持，摇头拒绝。老马想到这么幼小的孩子就要面临生死，心里就翻江倒海，不能自己。如果手术成功了，他将失去肝脏，而如果手术不成功，他的未来将会如何，更是个未知数。小欣在屋里围着几个人转，虽然饿得虚弱，但孩子毕竟是孩子，一点儿也闲不住。但他却不去张文昊的床位，他那个小心眼儿里，该是还在为那个苹果的事情赌气。张文昊见孩子这样，也没把那半个苹果扔掉，就那么一直搁在床头柜的托盘里，已经发黄变黑。

老姚还在沉睡，头顶的吸氧机在不停工作。他这几天一直是这个样子，医生管这叫作肝昏迷，开始让家属准备后事。老伴和亲人们轮流守着，非探视的时间也会有人。小吕揉了揉眼睛，才发现自己竟在姥爷身边睡着了，自己的泪水将被子浸湿了，也许在梦里才能痛彻地哭泣。这些天太累了，照顾姥爷、厂里的工作、手头的小说，小吕身兼数职，但却觉得哪样都没有做好。

"听说你在写小说？"坐在病床上的姜鸿问小吕。

小吕一愣，轻轻地点头。"嗯……姜老师，您怎么知道？"小吕不好意思。

"听你姥爷说的。"姜鸿回答。"你是你姥爷的骄傲。"他补充。

小吕眼圈一下就红了。"嗨，我那哪算是写小说啊……"小吕稳了稳自己的情绪。"也就算是记录生活吧。"

"记录生活有什么不好啊？"姜鸿反问。"其实无论是做音乐、写小说还是干什么，只要你喜欢，就可以去做，结果并不重要，重要就在于那个过程。"姜鸿说。

"嗯，我懂。但是，姜老师……"小吕停顿了一下说。"写小说啊，也就是我的一个梦想罢了，梦想是不能拿来当饭吃的，人有时也要活得现实一些。"

"嗯，我明白你的意思。"姜鸿点头，"但是如果我们每个人每天做的每一件事，都仅仅是为了吃饭生存，那我们的生存还有什么意义？生命的意义，在于对未来的追求，而不是用生命去换取生

242

存。写文章也一样，有两种选择，一种是写给别人，一种是写给自己的。写给别人看的东西需要关注市场、流行性、题材等诸多因素，就算你再努力也不会成为自己内心的表述。而写给自己看的呢，就不必有这些约束，和自己对话，和内心交流。"

小吕点头，静静地聆听。

"其实癌症这个病，确实很残酷、很可怕，我也曾一度接受不了，甚至想过放弃。"姜鸿摇头一笑。"但后来我想通了，人的一生总会有个终点，或早或晚，关键是看你要如何对待它的到来，如何在有限的长度中活得精彩。我看过一个纪录片，讲老鹰的重生，我们有时真的该学会像它们一样选择。"

"老鹰的重生？"小吕重复。

"嗯，老鹰的重生。"姜鸿点头。"有个关于老鹰的传说。老鹰是世界上寿命最长的鸟类，它的年龄可达70岁，而要活那么长的寿命，它在40岁时必须做出困难却重要的决定。当老鹰活到40岁时，它的爪子开始老化，无法有效地抓住猎物。它的喙变得又长又弯，阻碍它的进食。它的翅膀羽毛过厚过密，沉重到无法飞翔。这时，它只有两种选择，等死，或经过一个十分痛苦的更新过程。"姜鸿停顿了一下说，"它必须努力飞到一处陡峭的悬崖，任何鸟兽都上不去的地方，在那里要待上超过150天。首先它要把弯如镰刀的喙向岩石摔去，直到老化的嘴巴连皮带肉从头上掉下来，然后静静地等候新的喙长出来。然后再用新喙当钳子，把趾甲一个一个从脚趾上拔下来。等新的趾甲长出来后，再把旧的羽毛都揪下来，5个月后新的羽毛长出来了，老鹰重新展翅飞向天空，这才得到崭新的生活和未来 30 年生命。"

"天呐，这得需要多么大的勇气和毅力啊。"小吕感叹。

"是啊，但这是它们必须的选择，在选择面前只有生与死，而没有其他。"姜鸿说。"对于我们来说，也是这样。是平淡地走完一生，一无所获，还是在我们人生的某个时刻，撞掉笨拙的喙、拔掉老化的趾甲、揪下厚重的羽毛，选择梦想、选择重生。我得了癌症之后其实才明白，为了这唯一一次的生命能不虚此行，就拿癌症当个重塑自己、与过去诀别的机会吧，做一些自己想做的事，才能获得新生。"姜鸿十分真诚。

"嗯，我想，我懂了。"小吕默默地点头。"姜老师，谢谢您给我讲的一切，我知道该如何选择自己的人生了。"

"永远不要觉得自己卑微，当你不再注重别人评判的时候，才是你真正的成熟。做自己喜爱的事情，追逐自己的梦想，怀一颗童心去应对纷繁复杂的世界，过纯粹的一生，这才是生命的真谛。"姜鸿说。

五十六　惩罚与拯救

老马艰难地上了一次洗手间，他不想让别人搀扶，那是种对自尊的践踏。他不想告诉别人自己垮了，也不想对自己低头。他不服输，不想撒手走进那黑暗，他还没完成那个任务，还没给自己一个交代。老马坐到床上，看着一旁沉沉睡去的张文昊。他脸色纸一样的苍白，一如窗外灰蒙蒙的天气。晚秋了，一切的色彩都将消失殆尽、退回本源，也许这个世界的初始颜色就是黑与白，或者是他们混合后的灰颓。

林楠无奈地承认，一切线索全都断了，银行账目、关键证人，连赃款的提现都无从查证，最初几个月的一鼓作气渐渐再而衰三而竭，到了现在又回到了原点。唯一的那块欧米茄手表的线索，虽然可以将张文昊和张鹰串起，却仍无法直接证明张文昊的参与。老马感到一种沉沉的疲惫和无力，面前的黑暗似乎是一个无形的敌人，将自己竭尽全力打出的一拳轻松躲避，而自己却因用力过猛扑倒在地。自己想挣脱的到底是什么枷锁？而自己面对的又是什么敌人？老马反复问着自己，闭着眼艰难地寻找着答案。是张文昊吗？老马不知道。仅仅因为那块手表、那次公墓的线索就能判断他是主谋？不行，那是妄下结论。还是因为那个躲闪的眼神？也不行，那一瞬间的反应根本说明不了问题。除此之外还有什么呢？一无所有。没有人证、物证、证言，没有指认、旁证、任何痕迹，这绝不能成为工作重心。

老马感到恍惚，一时竟开始怀疑起自己这几个月的努力，乱了，全都乱了！自己到底在做什么？到底在找寻着什么答案？如果找到又能怎样？如果找不到呢？这几个月真的就这样荒谬地度过？他不能忍受这个案件就这样查不实也查不否，他必须要给自己一个结果。

他只能要求自己继续固执地心存希望，一旦放弃了案件，就等于提前放弃了自己。老马在心底，还存着一丝希望，他总是隐约觉得有哪个线索没有展开。那种感觉就像是女人织毛衣时找不到了线头，或者像看电视剧时，突然忘记了哪个熟悉演员的姓名。他坚信，只要努力，就一定可以找到那个线头或姓名。

老马不服输，他看着窗外的天色，从心底升腾出一种悲壮。他艰难地站起身来，把一套便服放在包里，然后穿过病房的走廊，躲避着护士的眼神，走了出去。他要把那线头找到，在外面那个凄冷灰颓的世界里。

走出院门口的时候，老马就后悔了。衣服穿得太少了，几天没出门没想到有这么冷。院外落叶满地，风一起就翻飞起来。几个清洁工在不停清扫也压抑不住落叶的失魂落魄，它们似乎在疾呼着什么，在空旷的城市中奔走相告，它们成群结队地寂寞着，毫无方向地茫然失措。

老马被冷风裹着，刚走了几步就感到腹痛。他颤抖着手拦下了一辆出租车，报出了去处，司机痛快地点头。司机知道，从这里去夕阳漫山的路程，该能挣个好价钱。

"师傅，今天我包车，一去一回。"老马说。他下意识地摸了摸口袋，觉得应该够。

"好嘞。"司机回答，一脚油门儿就飞驰而去。

一个小时后，老马再次来到了夕阳漫山养老院。与上次不同的是，这次工作人员没有阻拦，而是把他让进了院长室。

院长吃过老马的亏，见他来了，有种不自然的客气。

"您好，今天来有什么需要我们协助的吗？"院长说。

"嗯，打扰您。"老马也挺客气。"今天来，还是想看看老人，不知现在方便吗？"老马问。

"啊？那个老人啊……"院长欲言又止。"前天刚刚去世。"

"什么？"老马大惊。"怎么回事？怎么去世了？"老马问。

"嗯，是自然死亡，老人走的时候很安详。"院长说。

"那……那老人现在哪里……"老马追问。

"老人已经被接去火葬场了，昨天的事。大概是明天要办葬礼。"院长说。

"接走了？"老马觉得时间都凝固了。"是谁……接走的？"老马一字一句地问。

"是一个小伙子，姓郭。"院长认真地说。

老马要过登记本，翻到那一页。上面赫然登记着一个姓名：郭强。而后面的车号老马太熟悉不过了，就是张文昊那辆黑色的奔驰S600。

老马懂了，张文昊不想躲闪了，也没有一点犹豫，他知道自己会查到这一切。这是他主动的暴露。

老马缓缓合上登记本，看着头顶灰颓的天空，心想那里到底有多少迷雾。他随着院长再次走进了老人的房间，那个宽敞明亮的两居室，被阳光照耀得十分温暖。因为老人的离去，沙发桌椅都被蒙上了白布，而老人的物品却还未撤去，似乎在等着被人带走。

"他们接走老人的时候说过什么没有？"老马问院长。

"说过什么？"院长若有所思。"没有说过什么，但是好像在这里留了一张纸条。"院长说着拉开了写字台的抽屉。"是这个。"院长递了过来。

老马接过纸条，上面有一行规整的字迹："我们因宽恕而获得宽恕，我们因死亡而获得永生。我会接受我的惩罚，让它去拯救我的生命。"老马顿时明白了一切，他转头看着墙上挂的那个老相框，里面有一张张鹰的老照片。那时的张鹰还很年轻，站在一个建筑前傻笑。其实只要细看就会发现，那并不是个什么建筑，而是一个巨大飞机模型的一部分。老马惨笑，脑海中一直找不到的那个线头找到了，但他知道，自己输了。

"林楠，是我……"老马打通了电话。"查查，本市有哪几个地方有飞机模型。还有，查一查张鹰母亲的火化时间，我们一起去。"他说完便挂了电话。

五十七　我想去西藏

回到病房，张文昊已经醒了，司机小郭默默地站在他的身边。见老马进来了，他们便停止了交谈。老马心里很复杂，说不清是种什么感觉。张文昊向他亮出了底牌，但他却没有任何证据可以证明他的罪行。老马说不清自己现在是在侦查一个幕后黑手，还是仅仅在追逐自己弥留人生的最后结果。

　　病房里的闷热与外面的清冷反差巨大，老马刚脱下便服，豆大的汗珠便流淌下来，他抹了一把汗，转头看着张文昊，发现他也正在看着自己。两双眼睛对视的一瞬间，竟然毫无隐藏和躲闪，也没有一丝敌意，老马从那里看到的，仍是那个有些傲气却温和的他。

　　"走啊，出去走走。"张文昊对老马说。

　　"嘿，你看我这刚换上衣服。"老马疲惫地一笑。

　　"走吧，出去透透气，去花园。"张文昊扶着床头站起身来。

　　两个人肩并肩，缓慢地走在医院的空中花园里。空气很好，花园的玻璃窗都开着。

　　沉默着，两个人像对手一样地审视着对方的破绽，再确定出手的机会。

　　张文昊深呼了一口气，看着前方说："癌症这个病啊，其实无法置人于死地。最后的死亡啊，都是由于被癌症所引发的并发症造成的。"张文昊不知为何说起了这个话题。"其实死啊，到了咱们这个年龄已经不那么可怕了，但咱们心里还是不服啊，为什么走着走着就看见头儿了，那么多的事还没干呢，怎么就要收工了……"张文昊自顾自地说，仿佛与老马无关。

　　老马沉默了一下，用手捋着一旁的芭蕉叶。空中花园的气温不高，人也不多。但在这个午后，灿烂的阳光却洒在了他们的脸上。

　　"是啊，那么多的事还没干呢。"老马也摇了摇头。"这鸟儿啊，还没唱出'十三套'；鱼啊，也没长到巴掌长，活了这么久还没喕摸出滋味啊，不服啊……"老马深呼吸了一下。"现在想想吧，以前其实活得挺好，但却总是不知足，总是抱怨，觉得谁都欠自己的。但现在才明白喽，这人啊，活着就压根儿不是为了哪个结果，而是要踏踏实实活好每一天啊。"老马看着眼前郁郁葱葱的草木，感叹着。

"是啊，活着真好，能高兴，能生气，能骂人，能被人算计，呵呵。"张文昊若有所思。"这癌症啊，充满了哲学。中医不是说吗，常生病的人反而不容易得癌，好的细胞生长慢、坏的细胞也生长慢，就算得了也不会迅速蔓延。而身体越是健康的呢？平时越是没病，得了病反而要出大事。现在想想，要是真的还能多活几年的话，就不要住院了，过了这阵治疗就出院找个地方，粗茶淡饭，安度晚年。"张文昊说的是真心话。

"会为以前的事情后悔吗？"老马停住脚步，转头看着张文昊。

张文昊也停住脚步，沉默了一下，看着老马回答："会，当然会。"

老马正要往下说，和他摊牌。却突然听到前面有人呼叫："快来人啊，有人自杀，快来人啊！"

老马浑身一震。"哎，都到了这个时候了，何必呢……"他嘟囔了一句，努力加快了脚步，走了过去。张文昊也随之而去。

在空中花园不远处的一个窗口，人群渐渐围拢，几个医生和护士跑了过来。老马和张文昊走过去的时候，透过窗户看到一个女孩正坐在窗外的栏杆上。窗外阴沉的天不知何时散开，太阳出来了，天空瓦蓝瓦蓝的，空旷高远。肿瘤医院的空中花园本就建在住院楼和门诊楼顶层的衔接处，虽然做了封闭处理，但窗外还是有一段几米宽的边缘，此时那个女孩就坐在那里。

人越围越多，女孩也紧张起来。

"哎哎哎，快让让，让让。"几个医生拨开人群，秦院长走了过来。

他定了定神，显然对处理这种突发事件没有经验。"姑娘，有什么想不开的，跟我说说。千万别轻视自己的生命，这样解决不了问题。"秦院长走上前说。

女孩不为所动，反而又往栏杆外挪了一步。"你们别过来，别过来。"女孩的声音颤抖着。

秦院长还想去劝，被老马一把拦了下来。他干了这么多年警察，知道不该是这个劝法。

"大家都往后退，往后退。"老马伸手将人群往后压。这时精神上的压力才是姑娘最大的心结，易疏不易堵，人群围观势必造成更大的重压。

"秦院长，你去查查她有没有什么家属资料，尽快把家属叫过来。"老马布置着。"您，高医生，马上打110报警，告诉他们有人想跳楼，准备好营救工具。"老马排兵布阵，又回到了工作状态。

"姑娘，你别激动，有事慢慢说，谁也不会逼你。有什么要求可以提出来。"老马把声音放得温和，做缓兵之计。

这时，姜鸿也从病房跑了过来，他一听病友们的描述就猜个八九不离十。到面前一看，果然就是艾嘉。

"艾嘉，有什么事想不开呢？为什么要这样？"姜鸿大喊。

老马一皱眉头，一把拦了过去。"哎哎哎，你这干吗呢？想把姑娘吓下去啊？"老马说。

姜鸿一看，也觉得自己失态。"马叔叔，我认识她，你让我过去和她说几句话吧。"姜鸿说。"我能把她劝下来。"姜鸿挺坚定。

"你认识她？"老马看着姜鸿焦急的眼神，犹豫了一下。"好吧，但千万别刺激她，这种事要慢慢来，她不到万不得已，是不可能有勇气爬上去的，明白吗？易疏不易堵！"老马传授着经验。

"嗯，我明白了。"姜鸿认真地回答。

在大家的注目下，姜鸿慢慢走上前去。"艾嘉，是我，姜鸿。"他努力让语气平缓。

艾嘉循着他的声音望去，眼泪又不住地流了下来。

"艾嘉，其实咱们都是这里的病人，都走到了这一步，生命也到了无法挽回的时候。说句不该说的话，咱们现在还有什么可怕的呢？还有什么想不开的呢？我们余下的时间里，不要轻言放弃、自暴自弃，而要努力地坚持、追逐人生中最纯粹的东西。"姜鸿动情地说，"所以没什么可怕的，你不是也说过吗？咱俩总有一天会战胜病魔的，不是吗？"

老马和张文昊在一旁听着，暗暗点头。

"不是，不是！"艾嘉用力地摇头，泪水飘洒在空中，被寒风吹散。"我现在什么都没有了，什么也没有了……我不想这样等死，不想……"艾嘉梨花带雨，泪眼婆娑。

"谁说你是在这里等死？谁说你什么都没有了？你有的东西还很多，相信我，你有支持你和爱你的人，你一定还能再去唱歌。"姜鸿大声说。"你一定要相信自己，也一定要战胜自己，内心强大了，你的歌声才能让城市的每一个角落都能听到！"姜鸿说着就往前走，老马刚要阻拦，不料他竟然几下爬到了窗外。

所有人的心都提了起来，谁也不敢做声。姜鸿一边说一边靠近艾嘉，距离慢慢拉近，直至不足一米。

"姜鸿，你不要过来，你不要再靠近了，我……"艾嘉显得无助而焦虑。

"姜鸿，你小子停下，慢慢来，别着急！"老马着急了，楼下的措施还没布置好，他怕姜鸿刺激了艾嘉，发生意外。

而姜鸿却丝毫没有停下来的意思，他看着艾嘉的眼睛，腿一转，坐在了窗台上。在一米的距离间，他闻到了风的味道。

"艾嘉，这世界上还有许多的可能，你知道吗？"姜鸿轻声说，那声音只有艾嘉可以听清。

艾嘉没有回答，但含泪的眼睛却看着姜鸿。

"这个世界还有风，还有雨，还有蓝天，我们还能感受到冷暖，还能懂得悲伤。而这一切你不觉得很有意义吗？"姜鸿抬头看着天。"也许我们的时间都不多了，但我常常在想，在最后的这段日子里，我们到底要做些什么？是低着头等待命运的降临呢？还是要仰起头骄傲地走下去？"

艾嘉听着，也慢慢平静下来。"姜鸿，其实你不必为我这样，我不是你想象中的好女孩，在娱乐圈里，白天是人，晚上是鬼，我不配和你谈论音乐。音乐对于我来说，只是赚钱的工具而已。"艾嘉刚刚有些平静，一席话过后又泪流满面。

姜鸿其实早就知道了艾嘉的身份，她一年前在网上炒作的负面新闻，直到今日还被摆在许多论坛的显要位置。"我明白你说的一切，艾嘉，但我想告诉你的是，你真的很美。"姜鸿说。

艾嘉一愣，与他对视。

"你真的很美，你的眼睛，你的微笑，还有你的歌声，我不管以前你做过什么，但我相信，那一切都只是你被假象迷住了双眼。你还是天使，还是我心中的天使。"姜鸿的眼睛里闪烁着一种光芒。艾嘉看了，心里一动。那里有无尽的柔情和温暖，那里也有着一种难得的安全感，艾嘉痴痴地望着姜鸿，甚至忘记了高空中的寒冷。

姜鸿看艾嘉出神，突然走过去，一把将她抱了回来，那动作之迅速，连他自己都感到惊讶。

"好啊！好样的！"人群中爆发出一阵掌声。

老马的心也顿时一松，招呼着说："哎，姜鸿，快把姑娘扶下来。"

张文昊也默默点头，长长地出了一口气。

艾嘉还在姜鸿的怀抱中默默地哭泣。她觉得那怀抱是如此温暖，如此可靠，如此安全，如此让她留恋。

"艾嘉，一切都没事了，一切都过去了，咱们现在重新开始，好吗？"姜鸿轻抚着艾嘉长长的秀发说。

"我的检查结果出来了，我做不了手术了，癌细胞已经转移，只能通过化疗慢慢接近死亡。"艾嘉看着姜鸿的眼睛说。"我的生命没有可能了，也无法重新开始。"她惨淡地一笑。

姜鸿有些茫然，感到心里最柔软的地方被刺痛、被撕扯，但随即又恢复了阳光。"有什么梦想吗？最想做的事情？"姜鸿停顿了一下问，表情温和。

"我想……去西藏……"艾嘉看着他，缓缓地说。

五十八　竹兰梅菊

位于城市西边的火葬场，周边曾经寂静荒凉。随着城市人口的急速膨胀和房价的不断攀升，喧嚣的灯火早已延伸到了这里，将这片本该庄重肃穆的送别亲人之地，装扮得灯红酒绿。

林楠没有将警车开进火葬场院内，怕引起张文昊的警觉。老马慢慢走下车，捂住腹部先站了一会儿。

"师傅，没事吧。"林楠关切地问。

"没事，走。"老马缓慢地做了一个深呼吸，用手擦去了额头上的汗水。

经过林楠查询，张鹰母亲孟淑珍的葬礼在葬礼大厅的竹厅举行，时间是早晨 8 点到 9 点，预约葬礼的正是张文昊的司机小郭。

葬礼大厅是一幢三层的大理石建筑，一层是等候室，墙上摆着一些举行葬礼的注意事项和各个仪式厅的位置图。一层到二层有电梯通行，上面有四个大厅分别以竹、兰、梅、菊命名。有新生就会有消亡，火葬场内人流涌动，一户一户的人家按照既定的葬礼程序按部就班地进行着。葬礼、火化、焚烧花圈和衣物、取骨灰，生命就在这个过程中由肉身化为灰烬，而灵魂也必将在此过程中获得超脱或者永生。

张文昊为张鹰母亲孟淑珍选择的是竹厅。孟阿姨生前清雅、安静，独自抚养张鹰担起生活。张文昊觉得孟阿姨就是淡竹一般的性格。

竹厅已经布置完毕，大厅正面的花托中摆着孟阿姨生前的照片，黑色的相框两边缀着黑色的丝带，庄重而雅致。大厅中间是孟阿姨的遗体，身上放着一大捧花束。经过化妆师的精心工作，她的表情安详而平静。四周摆满了鲜花或纸做的花圈，上面悬挂着赠花圈人的姓名和悼词。走进竹厅，就能闻到一阵芳香。

老马进来的时候，正看到张文昊的背影。葬礼时间还未开始，来人大都坐在等候室里等待。

"早就到了？"老马在张文昊的背后说。

张文昊正默默地看着孟阿姨的遗像，一听老马的声音，回过了头。"啊，你也来了。"张文昊说。

"是啊，送阿姨最后一程。我这辈子，算是欠她的。"老马开门见山，直截了当。

"嗯……"张文昊默默地点了点头。"她这辈子不容易啊，年轻的时候没了丈夫，老年的时候又没了儿子，一个女人孤苦伶仃地生活，太难了……"张文昊叹了口气。"但她走的时候很安详，没有痛苦，据养老院的人说，她是在睡梦中走的。这大概就是她积的功德吧。"

老马也点了点头。"哎，不是说她没有其他亲人吗？怎么今天来了这么多的人？"

"我不想让她走的时候也冷冷清清。来的这些人都不是她的亲人，而是我找来的。有些是夕阳漫山养老院的工作人员，有些是我的朋友。"张文昊回答。

"明白了，你很细心。"老马肯定他的做法。"你……和张鹰认识吗？"老马不失时机地问。

张文昊沉默了一会儿，看着老马回答："现在不说这些，一切等葬礼结束之后。"

"好吧。"老马点头。

葬礼很隆重，参加的人们哭声一片。张文昊安排得很好，大家无论是为了真情还是金钱都很配合。张鹰的母亲孟淑珍安详地躺在那里，宛如熟睡一般。黄色白色的菊花围摆在她身边，散发着淡淡的香味。

轮到张文昊致哀的时候，他走到老人遗体面前，郑重地跪下，呢子大衣卷起了规则的褶皱。"孟阿姨，您这一辈子辛苦了。您相夫教子，艰辛生活，到老了也没享到什么福。您这一辈子，都献给别人了。"张文昊重重地磕了一个头。"张鹰是我的兄弟，您就是我的妈。他走了，我就为您养老送终，孟阿姨，有什么不到之处请您还要原谅。我欠您和张鹰的，一辈子也还不上，如果真的有来生，就让我在那个时候去慢慢偿还吧……"张文昊再次磕头。"阿姨，原谅我，原谅我这个不负责任的哥哥，是我害了我的好弟弟。阿姨，一路走好吧，等到了天堂，记得在那里找到张鹰，然后等着我……

阿姨……一路走好……"张文昊说着磕了第三个头。

小郭走过去，将张文昊扶起。张文昊泪流满面，气喘吁吁。

老马随后也走到遗体前。他没有犹豫，也扑通一下，双膝跪倒。

"张鹰妈，还记得我吧。"老马轻声说，"我就是你当时恨之入骨的警察……对，就是那个害死你儿子的警察，马庆。"老马说着就磕了一个头。"我今天来给您送葬了，您别在意。当时的事真的是意外情况，您儿子的死也真的出乎意料。我不想去解释什么，只想向您赔罪。张鹰妈，如果您还在怨我，那就在天堂里等我几天，等我去了，您再好好收拾我，打我几个嘴巴，或者踹我几脚，我都认。"老马再次磕头。"我这辈子啊，除了拜天拜地拜父母，这腿肚子就没犯过软。老了老了也这个德行，茅坑里的石头——又臭又硬。但是张鹰妈，今天我给您跪下了，我欠您一个儿子，欠您一条命，这个债我还不上。"老马磕了第三个响头。"但是，我在这儿向您发誓，我一定会还您一个真相，一定要把您儿子张鹰的案件查明。是黑是白、是错是对一定会有个结果，不查明白我就没脸去那边见您！"老马语气坚定。"张鹰妈，您别着急，在那边好好等着我，到时候我一定当面告诉您，谁才是罪魁祸首。"

老马说这话的声音并不大，但张文昊却都能听在耳里。他知道老马这是在向自己宣战，也知道面前的这个最后的对手很难对付。但张文昊心里却没有一丝紧张或惊慌，反而心如止水。到了这个时候了，是黑是白、是错是对真的还那么重要吗？人无论怎样挣扎，都会有一天来到这个地方。贫穷的人选择小厅，焚烧廉价的随葬品；富有的人选择大厅，焚烧高档的随葬品甚至现金；

有的人土葬，将尸骨葬于墓地；有的人火葬，将骨灰留存寿盒；有的儿女孝顺，每年清明和忌日都会去扫墓净碑；有的亲情薄寡，在老人死后不欢而散。但无论如何，人们死去的灵魂都只有两个选择，天堂或者地狱，无论贫穷还是富有，无论男女老幼。张文昊默默地看着孟淑珍的遗体，心里想，如果真的有那个地方，自己真的能和她见面吗？自己年轻时犯下的罪孽，真的可以用后半生如数偿还吗？张文昊心里发空，眼前一黑身体就往下倒，幸亏小郭一把扶住了他。

"张总，您怎么了？要是身体不行，我就送您先走。"小郭用双手扶着张文昊，关切地问。

"没……没事……"张文昊回了回神。"不能先走……咱们要办到最后……无论今天怎样，老人也要入土为安。"张文昊缓缓地说。

走完所有的仪式，花圈和老人的随葬品焚烧完毕。

张文昊看着焚烧炉上的一片黑烟若有所思。

老马走过来，递给他一支烟。"怎么样，身体好些了吗？"老马问。

张文昊犹豫了一下，接过烟，在老马打着的打火机上点燃。"我没事，还撑得住。送完老人最后一程，让她入土为安。"张文昊说。

"等骨灰都是儿子干的，你知道吗？"老马又问。

张文昊沉默了一下。"我知道啊，孟阿姨没了儿子，我就当她的儿子，给她养老送终。"他一点没有躲闪。

"为了还你欠她儿子的债？"老马看着张文昊说。"还是还你欠她儿子的命？"老马加强着语气一字一句地补充。

"你这么说什么意思！请你离开！"小郭从后面走过来，挡在老马和张文昊之间。

"哎，你走开，这里没有你的事。"张文昊皱了一下眉头，轻手推开小郭。

"无论我欠她什么，这辈子我都会还。如果这辈子还不上，我就用下辈子还。"张文昊迎着老马的眼神说，"你也不必和我打什么哑谜。我告诉你，在这个世界上欠张鹰母亲的，除了我之外，还有你。"

老马被他说得一愣，但随即点头。"是，你说得对，是我间接造成了她儿子的死。但是，张文昊，我告诉你，真正引张鹰步入歧途、走向深渊的，却绝对不是我，而是另有他人！"老马反唇相讥。

"你……"张文昊一时语塞。

"我说过，这辈子我欠张鹰妈一个儿子，一条命。这个债我还不上，下辈子我就当她的儿子，给她养老送终。"老马正色道。"但只要我这条命一天没完，就一定要查出张鹰案件的真相，是黑是白、是错是对一定要有个结果。"老马信誓旦旦。

张文昊无言以对。

道不同不相为谋，两个虚弱的老人，分别在两个年轻人的搀扶下，慢慢走回到车里。

张文昊坐在奔驰车的后座上，手里捧着张鹰母亲孟淑珍的寿盒。他早就在郊区风水最好的位置给孟淑珍买了一座墓地，看着窗外稍纵即逝的街景，他突然想到"来日无多"这个词。

老马坐在警车的后座上，紧紧跟着奔驰车，用右手狠狠抵着腹部。他知道自己的时间不多了，挖出张鹰案的真正幕后，越发成了他一生的最后愿望。警察和贼，终归不会走到一起，黑白善恶，容不得半点含糊。

五十九　小男孩之死

　　小欣的手术结束了，在手术室红灯熄灭的那一瞬间，小欣的父母和其他病友便拥到了门口。小欣的手术不算成功，推出来后一直在深度昏迷。由于病情危重，他没能回到原来的病房，而是被转到了重症监护室。

　　医生说了一句话让小欣的父母瘫坐在地上：垂危之际。

　　老马感到浑身发冷，不敢相信面前发生的一切，他怎么也想不通，怎么一个好好的孩子瞬间就变成了垂危？这手术到底是在拯救还是毁灭？

　　张文昊在围观时，突然感到不适，被医护人员搀回了房间。老马还是没有机会和他挑明，或者是没有勇气。张文昊这些天似乎老了十岁，老马看着他颤颤巍巍走进病房的背影，一时竟想不起来他刚刚入院时傲慢冷漠的模样。人啊，在命运面前，真的是群蚂蚁。

　　老姚也开始陷入深度昏迷。医生已经下了病危通知："患者病情垂危，随时可能死亡。"这么简短的两行字就决定了老姚的命运。不知怎么回事，在窗外的严冬到来之前，一种急转直下的窒息迅速在病房弥漫开来，人们的状态和情绪像极了这过早漆黑的沉沉天幕。似乎有一只无形的手在掌控着人们的命运，就那么随意地一伸一展，人们就要付出巨大的痛苦和无尽的眼泪。

老马在坚持着，但肝部已经出现了腹水，腹水越抽越多，肚子也越来越大。马刚送过来的上一顿饭还放在床头，没胃口去吃，而下一顿饭又打了回来。"浪费……"老马总是这么说。马刚工作转正之后，开始忙碌起来，年轻人就是这样，总想寻找更广阔的天空，而不知老人们却在这城市的喧嚣之外，默默地吞咽着少盐少油的饭食，耗着这毫无意义的时光。寂寞的时候，可以记清点滴的次数和间隔时间，他们许多人都能有这种能力。生活的意义，到底还在哪里？

林楠查实了两张照片的共同位置：城西的某个军队大院。通过进一步调查，又查明了张文昊和张鹰都曾经在这里居住过。他们在二十多年前都曾经在这里居住，张文昊是军人子弟，从小便在军队大院长大，而当时张鹰只是暂住在这里，母亲孟淑珍在大院的机关食堂里打工。张鹰曾离开了大院外出开办公司，但却看不出与张文昊有什么直接的关系。而那块欧米茄手表的购买人，就是张文昊当时创办的新天公司。这一切的线索纠结在一起，基本形成了在张文昊身上的交集。老马和林楠都明白了，张文昊很可能就是幕后的主谋。

历史不可能重演，谁也无法去弥补过去的罪孽。张文昊的这笔债，苦苦折磨了他后半生的每一分每一秒。而老马作为张鹰案件的见证者，也付出了半生最美好的岁月。一步错步步错，就像迅猛发展的癌症细胞，如果不及时清除而是逃避，早晚都会毁灭一生。

老马没有直接证据对张文昊动手，张文昊也深知这点。两个人在弥留之际还在你追我跑，让彼此都痛苦不堪。张文昊感到极度的疲惫，他不想再做什么猫捉老鼠的游戏，他不想被人在车后盯梢，不想在老马面前演戏。他知道自己喜怒于形，不是个好演员。他只想在生命的最后一段路上过得坦然些、自由些。他高调地举行并参加了张鹰母亲的葬礼，让张鹰母亲最后一程走得风风光光，又花重金购置墓地，将张鹰母亲埋葬在张鹰的墓旁，让母子团聚。他不想再去遮掩、再去逃避，他断定老马和林楠会在暗中监视自己，却不料他们也坦然地参加葬礼。在老马和林楠默默尾随自己的时候，他看到了他们狼一样的眼神。但时至今日，他们却没有理由扑向自己。张文昊感到坦然，甚至有些不屑，他懂得法律和证据的关系，他知道这几条猎犬根本奈何不了他。反而是小郭用魁梧的身材挡在他背后，阻隔着他和警察的距离。

女儿夏尔还是会来看他，但他们之间依然隔着一堵高墙，无法触及也无力破解。但张文昊却很感恩，他觉得在这时能有女儿在身旁，简直是对他最大的恩赐。他又想到了那次与老马谈论人生遗憾的对话，他觉得自己再没有什么遗憾了。

而当他觉得自己安全的时候，老马却在加快着追逐的脚步，老马没有向他认输。老马让林楠彻查新天公司的银行账目，沿着每一笔资金流向，寻找与张鹰案件的关系。哪怕是一丝一缕的联系，再小额的一笔资金，也要详细摸清。逆向思维，是老马的拿手好戏。那天他一说出这个想法，林楠都喜出望外。而这一切危险，张文昊再无法得知。他终于搬回到了VIP病房，终日要护士照看，这不是他能选择的。

"孩子……孩子……我的孩子……"那撕心裂肺的声音，似乎预示了张文昊的猜测。

他挣扎着坐起，在护工的搀扶下，缓步走出门。

是小欣的母亲。那个干瘦苍老的中年女人，此时正伏在一个冰冷的病床上痛哭着。张文昊在这里住了五个多月了，这种情形已经见到太多，但还是忍不住那揪心的疼痛，他想到了小欣那双纯真而固执的眼睛，想起了那个孩子瘦瘦的身躯和大大的脑袋，想起了他快乐的笑声和疼痛的呻吟，想起了他傻傻地说："爷爷，别害怕，你得的是感冒……"

泪水模糊了他的双眼，所有人的双眼都在下雪。

一个稚嫩的生命干涸了，谁也无法阻止他的衰弱。生命的抛物线有时降落得太快太早，快乐还没开始便走向了坠落，而阳光却一直在天空等着他去飞翔。走吧，孩子，别带着悲伤，就那么微笑着伸开翅膀；走吧，孩子，你不懂悲伤，就算你离去了，我们还记着你的美好。

就算所有人都无法接受，但事实仍然存在，病房里流动着一股沉重的压抑，似乎人们生命中的天使已经离去，带走了快乐和欢笑、憧憬和希望。张文昊痛苦地转过头，看着那托盘里早已变成黑色的半个苹果，哭出声来。他突然觉得自己充满了厌恶，用力地撕扯着头发。

"孩子，是爷爷不好……是爷爷不好……"张文昊痛哭流涕。

六十　重度昏迷

姜鸿一直守在艾嘉身边，仿佛他并不是病人，而是照顾艾嘉的家人。两个面临绝症的人就这样相互依靠着、温暖着，让彼此的世界都变得美好起来。艾嘉会把姜鸿的手放在自己的脸上，慢慢地感受着他的体温，他们也会不时地聊起一些关于音乐、艺术的话题，简单得仿佛都回到了学生时代。艾嘉很幸福，她终于知道了什么叫平淡是真，这是绚丽多姿的光影舞台上不可能出现的安全和归属，是鲜花、掌声、镁光灯不能带来的稳定与温暖。

"姜鸿，谢谢你陪我走这段路。"艾嘉缓缓地说。

"是我的荣幸，艾嘉小姐。"姜鸿微笑着回答，轻轻在艾嘉额头上一吻。

"是因为可怜我才爱我吗？"艾嘉迟迟地问。

"是因为你的美丽给了我生命的气息，是因为你的善良给了我生活的憧憬。"姜鸿认真地回答，"我爱你，艾嘉，如果可能，我希望和你携手走完人生的旅程。"

艾嘉泪眼朦胧。"姜鸿……"

"放心吧，我们以后都会在一起，无论健康与疾病，富贵与贫穷。"姜鸿说。

"呵呵……"艾嘉笑了。"你想得美，你还没正式追我呢，我还没收到你的玫瑰。"艾嘉调皮地说。

"好，你一定会收到我送的玫瑰，其他女孩有的，你一定会有；其他女孩没有的，我也努力让你得到。"姜鸿说。

"口气不小。"艾嘉笑得灿烂。"我可告诉你啊，本小姐可是拜金女，其他女孩没有的，你可也不一定买得起。"艾嘉说。

"我说的不是金钱。"姜鸿抚摸摩艾嘉的额头。"我说的是梦想、自由、阳光和蓝天，是快乐、浪漫、温暖和信任。艾嘉，我会给你带来幸福的。"

艾嘉听得热泪盈眶。

但现实的残忍却再次降临，不知哪个小报记者得知了艾嘉的近况，几个娱乐杂志上纷纷爆出"昔日绯闻歌星身患绝症"的字眼儿，一时间风波又起，许多娱记都跑到肿瘤医院来问情况，有的甚至直接找到了病房。艾嘉也再次焦躁恐惧起来，一切美好都被打碎。姜鸿在一次阻拦中，动手推搡了一个挑衅的记者，随即也被拍上了照片，作为反面角色刊登在报刊上。网上又出现了种种传言，各种关于艾嘉的炒作旧事纷纷重现。流言蜚语像癌细胞一样迅速扩散，不可收拾。肿瘤医院无奈，让艾嘉换了病房，也停止了她每日的探视。欲望蜂拥而至的时候，无人考虑别人的感受，包括生死。

门开了，老马走进了张文昊的病房。

"哎，老马。"张文昊觉得意外。"来，随便坐。"张文昊指着沙发。

老马没有拘谨，缓缓地坐下，有些吃力地抬起头。

"老张，我想和你聊聊。"老马说。

张文昊一笑，似乎知道他的来意。"好啊，聊些什么？"他问。

"聊聊张鹰。"老马开门见山。"对不起，我没有时间再说客气话了，咱们都是时日不多的人。"老马补充说。

"张鹰……"张文昊摇头笑了一下。"我认识他。"

老马看着张文昊的眼睛。"我知道你认识他，不仅认识，你们还曾经住在同一个大院里。你什么时候认识他的？"老马问。

"二十年前。"张文昊言简意赅。

"通过什么认识的？"老马接着问。

"呵呵，你是在……审讯犯人？"张文昊疲惫地保持微笑。

"不算是。"老马表情严肃。"老张，你知道我想知道什么吗？"老马说。

"我知道，当然知道。"张文昊搬了把凳子坐在他面前。"这是你的心结，如果找不到答案，你就无法给自己交代，是吗？"张文昊说。

"不是。"老马摇头。"我不是在给自己交代，而是在给张鹰一个交代，给他母亲一个交代，给法律一个交代。"他情绪激动起来。

张文昊看着老马，沉默了一会儿。"给法律一个交代，什么交代？

267

法律只是一个界限，越界的人受到惩罚，而在界内的人安然无恙。其实所谓的执法者，也只是维持秩序者，而不是探究者。你懂吗？"张文昊说。"至于给张鹰和他母亲的交代，不用你代劳，我自会给他们一个交代的。"

"我不懂你说的那些狗屁道理，但我懂得，真的假不了，事实就是事实，什么也掩盖不了真相。就算真相暂时被掩盖了，你也逃避不了良心的谴责。"老马说。

张文昊一愣，内心似被击中。"你有什么证据说我掩盖了真相，你需要证据，确凿的证据。你有吗？"张文昊问。

"是，虽然现在没找到，但……我相信总会找到的……"老马说着用手顶住了腹部，他又开始疼痛了。

"你……还有时间吗？你真的要用剩下的时间去做这件事？"张文昊皱着眉头说。

"是，不只我现在要做，我二十年前就想要做，只是……一直没有机会。"老马额头开始冒汗。

"你……"张文昊看出了老马的异常。"也许你至今也不明白，所谓的法律到底是什么？其实这个世界上没有王子犯法与庶民同罪的事，那些都是人为编造的谎言。真正能给社会创造价值的，推动时代前进的，有时并不是那些遵纪守法的庶民。而是在森林法则、弱肉强食争斗中占领资源的胜者。你懂吗？"张文昊看着老马说。"你……真的没有时间去证实这一切了……"张文昊一字一句地说。

"你错了，我不只是想证实这一切，而是……"老马呼了一口气。

"而是，还想给你一个机会……"老马说。

"机会？什么机会？"张文昊看着他。

"一个赎罪的机会……"老马说。"我今天来，不是以警察的身份来的，我也不再是什么警察……"老马缓缓地擦了一下额头的汗水。"我只是想告诉你，一辈子了，有些事总是要去面对的，别逃避，要对得起自己的良心。"老马推心置腹，一点儿没有夹杂什么预审策略。"其实说实话，刚开始我看不上你，没拿你们这些有钱人当什么好人……"老马气喘吁吁地说。"但一起走了这么久了，经过了这么多事，我已经把你张文昊当成了朋友。老伙计，咱们的时间都不多了，咱们谁也骗不了自己……"老马用拳头抵住右腹部。"那句话怎么说，我们因宽恕而获得宽恕，我们因死亡而获得永生。我虽然听不太懂，但是也能明白那里的含义。我想，真正的宽恕，并不是别人给予的，而是自己给自己的，只有对得起自己的良心，才能解开自己的心结。老伙计，你这一辈子了，真想让自己带着良心债走吗？"老马边说边挣扎着站了起来。

张文昊被这一席话击中了，他感到内心在剧烈地震颤着，头脑一片空白。他瞠目结舌地看着老马，竟然一句话也说不出来。老马似乎解开了他心中最纠结的疑问，到底是良心重要，还是名誉重要。他苦苦做了多年的慈善，不就是在偿还自己的良心债吗？但只有他自己明白，他即使再付出、再回报，也弥补不了他亏欠的罪孽，再高的名誉也掩盖不了他对自己的谴责。他的心结，到底是该带进坟墓，还是该像老马说的那样去解开？同样都会疼痛，结果却大相径庭。一个是平静中的终生遗憾，另一个则是剧痛中的超然解脱。张文昊用双手捂住头，身体蜷缩在一起。他在逃避着，默默地等待着老马离开时的撞门声。他要让自己好好想一想，这是他人生中最后一个重大的抉择。

而不料，他却听到了一声沉重的声响。

"咚……"一声闷响。

张文昊抬起头，发现老马竟栽倒在地。

"啊！老马！来人！快来人啊！"张文昊挣扎着站起，一下扑到老马身旁。"护士！有人摔倒了！"他大喊着。那声音穿透了层层的黑暗，带着一种绝望的疼痛，让人不寒而栗。张文昊颤抖着双手，用尽全力去晃动老马的肩膀。

"老伙计，我们不该是对手，该是朋友啊！不该是对手！"他泪流满面。

六十一　肝脏移植

眩晕的光影，漆黑一片的天花板，散碎的脚步和嘈杂的说话声交织在一起。身体感觉很轻，仿佛有什么东西在拖着自己走，不停地拽着、拽着，从这边拉到那边，又换了地方。努力地想去挣扎，却发现浑身没有一丝力量，只能任人摆布。在这个分不清方向的黑暗里，呼吸也开始急促，似乎有什么在胸口上重压。疼痛，腰部折断般的疼痛，嗓子火辣辣的灼烧感，即使努力地张嘴，也呼不出声音，似乎已经丧失所有的语言功能。然后还是黑暗，仿佛遥远的地方有人在叫。在叫什么？是我的姓名吗？还是要问我什么……一片黑暗，坠落，无尽地坠落，很安静、很平淡，毫无恐惧。也许，这就是死亡的感觉吧……

在抢救室里，医生和护士在繁忙地工作着。老马被扒光衣服，全身插满了管子。此时的他早已不再是马庆，而是一个没有任何知觉的身体，如果不是仍在呼吸，与一具尸体并无两样。亲友们在抢救室外焦急地等待，马刚早哭成了泪人，坐在长椅上一言不发。林楠在原地踱步，不顾护士阻拦不停地吸烟。小吕和姜鸿也站在门前等待着，癌症病房的病友们，往往可以成为挚交，在生命的最后时刻，人们才能袒露心胸。

在焦急的等待中，时间被无限制地拉长，谁也不知道下一秒会发生什么。在这里，这群面对着强大死亡力量的人们，气如游丝地做着最后的抵抗，用所谓的化疗和放疗去拖延着不断衰竭的生命，活着，到底是为了什么？有的人来不及思考，有的人中途放弃，有的人灰颓低迷，而有的人，获得了重生。

一个小时后，抢救室的灯熄灭了，老马被医护人员推了出来。

"医生，医生，我父亲……怎么样……"马刚第一个跑过来，颤抖地说。

"请让开一下，病人还未脱离危险期。"医院回答。老马并没有被推回病房，而是被推进了重症监护室。

"高医生，我父亲的病情到底怎么样？"在医生办公室里，马刚焦急地问。

"是啊，高医生，他有没有生命危险？需不需要立即做手术？"林楠也问。

高医生是主治医生，早年在国外知名医科大学获得博士学位，具有丰富的临床经验。高医生说话不兜圈子，向来直来直去，这点对于家属来说是好事，但对于病人来说，却显得有些残酷。

"这么说吧，患者马庆虽然做了多次介入治疗，但他肝脏内部的肿瘤已经转移，并出现了腹水积液，几次短暂的昏迷也是由此引起。现在还说不好是不是肝昏迷，如果确定是肝昏迷的话，不会有太长的时间，你们家属要做好准备……"高医生说。

"那……那……还有没有什么办法啊？啊？高医生。"马刚带着哭腔问。

高医生停顿了一下，回答："现在唯一的办法，就是做肝脏移植手术，就是换肝。"

"换肝？"马刚重复着。"好啊，需要什么程序？可以立即手术吗？"马刚问。

林楠看他完全不懂，就插话："高医生，现在患者已经是肝癌晚期了，做肝脏移植的成功概率还有多大？"

"这正是我要对你们说的。"高医生停顿了一下说，"肝移植手术的风险很大，特别是对于马庆这样一个肝癌晚期的患者，他现在的身体情况能否经得住手术打击也是一个问题。这个提议必须由你们家属做出判断和决定，如果决定了就必须马上寻找肝源。说句不好听的，现在做肝脏移植手术，是最后一条路了。"高医生看着林楠说。

"最后一条路了。"林楠倒吸一口冷气。

"大夫，我们做，换肝需要多少费用？"马刚问。

"嗯，如果在我们医院做肝脏移植手术，加上肝源、手术等相关的费用，大约五十万左右。要好好考虑，这不是一个小数字。"高医生不带丝毫感情色彩地说。

五十万……这个数字一直在脑海里回响。

马刚在医院空旷的走廊里默默地向外走。已经接近凌晨了，如果再不回去，最后的那班公交车也即将停驶。而父亲呢，还被关在那个密不透风的屋子里，浑身插满管子，紧闭着双眼无望地等待着判决。而自己这个儿子，却不能解救自己的父亲。他孤单无助，五十万对于他来说，简直就是个天文数字。现在虽然工作转正了，但家里的存款加在一起也不过几万元。要不就卖了家里的那栋房子，马刚想。但卖了房子以后的生活会怎样，他没了主意。

在复杂的现实生活面前，没有哪个人可以单纯地做出决定。人生最痛苦的事情，就是选择。抛弃一半再获取一半，根本没有什么所谓的双赢。马刚木然地走在寒冬的街上，末班车从身边驶过也不知道。

六十二　生命的真谛

老姚走了，终于还是走了。走得很安详、没有痛苦，在那么一个阳光明媚的清晨，他一睡不醒。一大家子人围着他，充满尊重和敬意地伏在他身边，没有撕心裂肺地痛哭，没有不遗余力地撕扯，只是在疼痛中微笑着流泪。他们答应过老姚，走的时候不能哭，要笑着送别。他打赢这场战斗了，与病魔搏斗一直坚持到了最后，连医生都说是个奇迹。亲人们爱着的人安详地走了，脸上似乎还有一丝微笑。他走得很坦然，正如他在这个病房的状态一样，充满了包容和乐观。

小吕在收拾老姚的遗物时，说姥爷走得没有遗憾。但当他从床头柜里拿出一张卡片时却痛哭流涕。姜鸿问他怎么了，小吕说，那是姥爷三年前办的一张公园年票，但却没能用到。这个年轻时在四九城里靠蹬人力三轮车糊口的老人，一辈子虽然贫穷，却是幸福的。在最后的日子里，老姚仍没有丢了自己的"面儿"和"份儿"，为了不给亲人添麻烦，他总是尽力将自己的要求降到最低，就是上厕所也要坚持到最后再叫人。谁也忘不了他和他孙子一起喊的那句话：战斗，战斗，再战斗。他没有向命运低头，向命运战斗的人，是勇敢可敬的人。

小吕走的时候，来到VIP病房，把那盆带走又带来的君子兰送给了张文昊，君子兰郁郁葱葱的，让人追忆夏日的美好。

"这盆君子兰养得真好，你们真用心。"张文昊压抑住情绪说。

小吕却摇头。"张爷爷，这已经是第三盆君子兰……"

张文昊木然。

"也许真的有某种宿命吗？还是巧合。"小吕默默地说，"我姥爷的那只画眉在上个星期也走了，也许……是去那个世界等着他了……"

"老姚是个好人，也是个幸福的人啊。有你们在，他没有什么遗憾了。"张文昊默默地点头。

"谢谢张爷爷帮助我们全家，您是个好人，我们永远也不会忘记您的。"小吕深深地给张文昊鞠躬。

"别，孩子，快起来。"张文昊的眼泪流了下来。"好好工作，好好生活，别辜负了你爷爷的期望。他一直为你自豪。"

两行眼泪流淌在小吕的脸上，小吕闭上眼睛。如果姥爷没有患上癌症，也许他会带着姥姥安详幸福地走在这个城市的各个美景中，也许姥爷会再次用脸上那糙糙的胡子去扎他重孙子的小脸，也许……而一切惘然，时过境迁，一切美好的东西一旦逝去就化为尘土。

"对不起，姥爷，我那段时间连续两周没有陪你，对不起，姥爷，每次我来仅仅待个半天，对不起……我没有像妈妈一样守在你身边。对不起……"压抑了那么久的伤痛突然爆发，小吕痛哭起来。

心中的哭泣，是永远也流不干的河水，小吕无声地颤抖。他无法控制地回忆往昔，姥爷带给他的烧鸡，姥爷热烘烘的手臂，姥爷第一次带他去吃卤煮。

张文昊试图劝住他，但最终还是忍住了。也许此时此刻对于小吕来说，感情的释放更好。他抬起头，看着窗外碧蓝如洗的天空，突然想到了老姚常说的那只养了十几年的画眉。难道真的是种预兆吗？他不相信鬼神。但不知怎的，他竟然真的从天边的那朵云彩上看到了那只鸟，那只展翅飞翔的鸟，是画眉吗？张文昊闭上眼睛，想象着那只小鸟会在某个未知的地方陪伴老姚，在他身边蹦跳，在他肩头歌唱。张文昊双手合十，但愿如此。

我们挚爱的亲人，都终将远去。但你们却将永远居住在我们的心灵深处。谢谢你们给我的赞誉，谢谢你们为我自豪。我永远不会觉得自己卑微，我会做自己喜爱的事情，追逐自己的梦想，怀一颗童心去应对纷繁复杂的世界，过纯粹的一生，找到生命的真谛。小吕默默地告诉自己，也告诉姥爷。

六十三　匿名捐款

安静蔚蓝的天空中，鲜有几只鸟儿飞过，大片大片的流云，游荡在即将暗淡的天际。人们匆匆而过，孤独地穿梭在这寒冷的城市中，奔向属于自己的那盏灯火。或晴或阴，或暖或冷，或悲或喜，只有自己心知肚明，我们匆匆忙忙地生活，匆匆忙忙地努力，匆匆忙忙地丢失和忘记，匆匆忙忙地失去和获得。每走一步就失去了前一步的旅程，在许多的路口迷失方向。我们走在这城市的单行车道，只能前进而不能回头，在这世界的下坡路上，不断加快着速度。夕阳弥散，蔚蓝的天空渐渐落寞，灰暗笼罩着的世界，反而有种安全感。也许我们已经习惯这种虚伪的安全，在黑暗中不再相信阳光。其实有这样一句话：黑夜中也有阳光，只不过没有照到我们脸上。

为什么要在失去的时候才懂得珍惜，为什么不能在拥有的时候读懂幸福？总以为黑暗过后黎明还会升起，而谁会愿意知道，每天、每小时、每分、每秒，有那么多人面临着痛苦的选择，有那么多人随时可能遁入一去不返的黑暗。又有多少人真正懂得"珍惜"二字的含义？多少人会珍惜亲朋带来的温暖、敌人带来的伤痛，会去珍惜身边的一草一木、一悲一喜？我不知道，谁也无法洞悉他人的感受。但我却知道一切的感受都是财富，酸甜苦辣一一尝试，才是人生百味……

这是姜鸿那本小说的片段。在这段日子里，他一边做着治疗一边写着小说，他像一个旁观者一样观察自己和周围的人们，观察着他们的喜怒哀乐、生老病死，观察着冷漠与彷徨，快乐与悲伤。在这里，无论贫穷富有，无论男女老幼，大家都站在了同一条起跑线上，或者说是悬崖边缘。"生命对于每个人都是公平的"这句话，放在这里，也许更加深刻。

马刚在这个城市的另一处,行色匆匆。从昨天开始,他一直未睡。他找过了所有认识的朋友、同事和远方的亲属,一切目的都是筹钱,他要在最短的时间里筹到五十万元。家中的房子已经在不久前委托给了中介,他开价不多,但要求立即变现。四十平方米的房子算起来也该价值五十万元以上,他不想再花心思考虑日后的生活,因为父亲只有一个……

林楠也拿出了自己的十万余元积蓄,同时在单位号召同事们给予捐款。大家都在和时间赛跑,争分夺秒。

医生的电话在催,肝源已经找到,但老马的生命在萎缩,命悬一线,死神在一步步逼近着他。所有爱着他的人都在拼命地奔走,他们怎能容忍他不辞而别。像他这样一个昔日的牛皮糖、滚刀肉该叉着腰,冲着黑暗大骂才对,怎能如此安静。

"去你妈的!"马刚怒吼着挂断电话。那个陌生的号码在问他是不是中介,试图把房价压到最低,四十万。简直是趁火打劫!他觉得自己有点歇斯底里了,在钱的面前,大家都是弱者,骗人者与被骗者的区别仅仅在于,他们丢失的是金钱还是道德。

马刚重重地喘气,抬头仰望着黑漆漆的天空,感到没有一点希望。他犹豫了良久,想要回拨电话。四十万就四十万,明天拿现金。这是他最后的要求。而这时,林楠的电话却打了进来。

"喂,林哥。"马刚尽力压制住自己的情绪。"啊……什么?什么!你再说一遍!"马刚激动起来,双手不由得颤抖。"真的吗?是真的!"他的热泪夺眶而出,再也控制不住情绪。

林楠在电话里说，医院刚刚得到一笔匿名捐款，指名道姓地捐给马庆，而且数额刚好是五十万元。马刚狂喜，一下跳了起来，他飞快地在黑暗中奔跑，一不小心滑倒在地上，但也顾不得疼痛，又一跃而起。他仿佛看到了黑夜中的阳光，也想起了那句不知是谁说的话：黑夜也有阳光，只不过没有照到我们脸上。

　　"爸爸，你有救了！爸爸！你有救了！"马刚在黑夜里大声地喊。他对父亲的爱一直在心底留存。

　　林楠坐在秦院长的办公室里。

　　"秦院长，我想知道这个账户的详细信息。"林楠说。

　　"对不起，你作为病人的家属，是无权查询我们医院的账户的。"秦院长公事公办地说。

　　"对不起，我现在不是以病人家属的身份，而是以警察的身份。"林楠说着拿出工作证和一张办案介绍信，介绍信上填写着"为查清张鹰涉嫌合同诈骗一案，特请贵医院提供相关情况……"

　　他始终是一个警察，无论何时何地都是。他记得师傅制定的侦查重点，要详细查清每一笔涉案账户。同时他还记得老马说过的一句话：不要相信自己和别人，只有相信证据。他知道自己要做什么。

六十四　立即出院

三天后，老马仍未走出重症监护室，马刚日夜在这里守着，生怕出一点纰漏。那笔钱已经打入了肿瘤医院的账户，大家都心照不宣，知道是谁捐的款，但没有一个人说出他的名字。肝脏移植手术在有条不紊地安排着，医院组成了手术团队，多次会诊研究手术方案。一切都在向着好的方向努力。

姜鸿和艾嘉坐在高医生办公室里，艾嘉拉着姜鸿的手。

"你们这样做很草率，你们现在还很年轻，如果继续坚持治疗，一定还有生存的希望。如果要征求我的意见，我不同意！"高医生一字一句地说。

姜鸿和艾嘉要放弃化疗，立即出院。

"高医生，我们感谢您对我们付出的一切，我也明白您刚才说的话。"姜鸿说。"但就算是可以坚持治疗，最终的结果也是那个三年期和五年期。化疗和放疗所带来的副作用和并发症也会让我们之后的生活毫无质量。我们决定了，不把生命交给治疗的流水线，不让我们的生命在最后的时间里萎缩。我们要回到生活里，寻找我们的梦想，用我们自己的方式拯救自己。"姜鸿的眼睛里闪烁着光芒。

"哎……其实艾嘉，虽然你的淋巴癌症已经扩散了，但是依旧有生活的希望，我希望你们要想明白，不要后悔。"高医生转而劝告艾嘉，仍要挽留。

"不会，我们不会后悔。"艾嘉和姜鸿同时摇头。

"与其让自己的生命在这里枯萎，不如再让他最后绽放一次。相信我们，会很好的。"艾嘉眼睛里闪着光芒。

高医生沉默了，良久才拿出两张表格。"这是病人自愿要求出院的申请单，你们再考虑考虑。"

姜鸿和艾嘉没有犹豫，坚定地在上面签字。

阳光洒在他们的脸上，泛出一种红晕。高医生看着他们，觉得也许真的会有希望。

张文昊已经无力坐起，在 VIP 病房的黑暗里默默地倒数着每日的时间。

三十而立，四十不惑，五十而知天命，六十而耳顺，七十而从心所欲。他早已过了知天命的年纪，但还未到从心所欲的境界。谁也骗不过自己的感觉，谎言在这个时候显得那么轻薄苍白。他不再拉上窗帘，他想看着每天的阳光射进来的长度、角度不断变化，他想到了许多人说过的许多话，也忘记了许多人和许多的容貌，那张他和前妻以及夏尔的合影一直摆在床头，虽然夏尔这些天一直没来看他。司机小郭曾经对他说过，夏尔其实很爱他，也很要强。她说服了几个大股东，还聘请了律师团，在与霸占公司的李总争夺公司所有权。也许夏尔觉得，将本就属于张文昊的公司归还给他，该是了却他最后的心愿。但夏尔却不知道，张文昊这个时候要的，早已不是什么公司和财富，他想要的，只是和女儿独处的珍贵时间。

没了老马的日子，张文昊感到异常寂寞。在被拉长的时间里，再也没有人和他斗智斗勇。他是自己这一辈子遇到的最难缠的对手，同时也是自己弥留之际最好的朋友。其他面带微笑的来客，根本不去关注他内心的枯萎，他们看似礼貌的行动，只是为了在探望他时不出问题。那么多虚假的、伪装的、微笑却恶心的面孔接踵而来，打扰了他的睡眠，影响了他的思考。而自己却再也无力拒绝，他觉得自己像个展品，供人参观却即将撤展。

呵呵……他苦笑着。周围的几个人也笑了。"看，张总笑了，看来是好多了。"他们说。

"滚……"张文昊有气无力。

"什么？张总，您要什么？"一个人凑到跟前说。

"我……让你……滚……"张文昊放大了声音。

几个人愕然，纷纷退了出去。一个人在出门时回头冷笑着，仿佛在看着一个笑话。如今的张文昊，早已威严不在。

这时，姜鸿和艾嘉拉着手走了进来。

"张伯伯……"艾嘉轻声叫。

张文昊睁开眼睛，看是他们，就努了一口气，让护工扶着他坐起。"呵呵……姜鸿……艾嘉……什么事啊？"张文昊声音微弱。

"我们是来向您道别的。"姜鸿说。

"道别？你们……要出院了？"张文昊关切地问。

"是，我们要出院了。"姜鸿肯定地说，"今天是来和您道别的，我们要一起去西藏。"

"去西藏……"张文昊咳了几下。"好地方啊……我去过几次，天是那么的高远……阳光是那么的好，人也非常纯朴……"张文昊回忆着。

"是啊。等我们到了那里，会把那里的美景拍成照片，发回到医院让大家看。"艾嘉笑着说。

"呵呵……你们……你们的身体能行吗？"张文昊断断续续地问。

"行，我们相信一定能行。"艾嘉回答。

两个人走到张文昊的身边，握住张文昊的手。"张伯伯，你也要加油啊，一定要加油！"

张文昊看着两个年轻人，眼泪慢慢地流淌下来。"好，咱们都要加油，一言为定！"

六十五　最后抉择

一个月后。那是一个再普通不过的中午。几个断断续续的梦之后，老马睁开了眼，阳光正好照在脸上，那是种久违的温暖。他没清醒多久，又是一阵迷乱的昏睡，许多毫无关联的片段被衔接在一起，空中花园，欢叫的鸟儿，街道，马路，公交车的鸣笛和大片大片的绿色植物，不知为什么，那梦里全都是夏天。终于，老马醒了，从沉睡中醒来。

他喘了一口气，浑身没有一点儿力量。他发现自己鼻子里插着氧气管，腹部缠着密布的绷带，几根管子一头插在里面一头延续到床下。左手上插着针头，两个点滴瓶挂在头顶上方，滴液慢慢地从那根细细的软管中滴落、流淌，一直进入到自己的血管和身体。他想要坐起，但刚一动，腹部的伤口便撕扯般的疼痛。随之而来的是浑身的酥麻、骨节的酸软、胸闷气短，还有就是一阵巨大的空虚饥饿。

"爸……您醒了？您醒了！"趴在一旁的马刚一下坐了起来。

"哎……我……这是……"老马努力地回忆着什么，却怎么也想不起来。"我怎么了……"他问。

"没怎么，一切都过去了，您好了，没事了！"马刚狂喜中声泪俱下。

"哎……是吗……"老马喘了一口气。"有吃的吗？饿了……"老马说。

"有！有！"马刚抹了一把泪。"护士，护士！病人醒了，快来啊！"马刚说着站了起来，冲外面喊着。他手舞足蹈，让老马看着，想笑。

两个小时后，老马已经可以坐起来了。林楠听到喜讯也赶了过来，见老马吃了流食，状态稳定了，这才将他肝脏移植的事情告诉了他。老马听罢长长地叹气，他自然知道这件事是谁做的。但不知怎么，一种强烈的不安随即涌上心头。他叫过林楠。

"那个……那个案子查得怎么样了？"老马用微弱的声音问。

林楠停顿了一下。"已经查实了，再往下走两步，就可以挖出幕后……"林楠说。

老马停顿了一下。"查查那笔五十万的匿名捐款，看看这个账户是否存在关联。"老马说。

"嗯……已经查了。"林楠点头。

"查了……"老马皱眉。"有什么发现？"他问。

"他……是在故意露出马脚，也许……"林楠停顿了一下说，"他就是想栽在您的手上。"林楠说。

老马默然，半天说不出话。

"师傅，真的有必要这么做吗？"林楠犹豫了一下，问。

"有必要……咱们都是警察……"老马缓缓地说，看不出是犹豫，还是虚弱。

在黑暗中，老马彻夜无眠。一幕幕往日的画面纷纷浮现他的脑海，涌到他的眼前。那个夏日的闷热、多雨、躁动和彷徨，那个落叶纷飞秋天的萧瑟秋风、寂寞和无助，那些说过的话和做过的事，那些匆匆而去的青春，绿色、蓝色的警服，那些奔跑的岁月和永远充满力量的年代，那些耗着的空虚和不屑一顾的自我麻醉，这一生就像快进电影一样匆匆而过。自己到底为了什么而活？到底在找寻着什么样的结果？老马头痛欲裂。

思想被一阵突如其来的阵痛击碎，老马努力地克制自己不发出声，不想去打搅酣睡的病友。老姚走了，小欣走了，姜鸿出院了，病房里都是一些新的面孔。他们从最初进入这个环境的茫然无措、彷徨恐惧，总会一步一步走向淡定和接受，这就好比一个生命的盛衰过程。万物轮回，谁也无法逃脱。

下午他让马刚带他去看张文昊，却被告知张文昊已在几天前进了重症监护室。老马坐着轮椅，透过窗户看到了那个浑身插满管子的张文昊，一切的迹象都预示他没法再次站起来。老马躺在床上，矛盾、犹豫，感到一种火烧火燎的挣扎。他想不透彻，是不是因为自私、因为虚荣、因为固执，还是因为焦虑才这么执着地办那个案子。他仍然找不到答案，说服不了自己，破了那个案子到底有什么意义？或者说，是不是最好的选择？

如果真实的情况被揭露，即将走向终点的张文昊，必将名誉扫地、身败名裂，必定会被这个结果打入万劫不复的地狱。他一生为之努力制造出的光环，也将被打碎，不复存在。他妈的！到底是自己破这个案件重要，还是情谊重要？到底该不该，毁了他的一生？老马不知道，这二十年的过错，该由谁来承担，由谁来弥补？难道只有唯一的选择吗？这种犹豫侵入了他生命中的每一秒时间。

理智总在告诉老马，法律只有一条路，没有选择。是，只有唯一的选择，只有一条路。只要他还认为自己是个警察。

一夜的煎熬。清晨五点起，病房一如既往地忙碌起来，试表、扎点滴、服药，那几个还叫不上名的病友认真虔诚地接受着每一项，毫无怨言地服从命令、听从指挥，仿佛从进来的那一刻起，便把自己的生命诚惶诚恐地交给了医院，如释重负。而他们之后的命运会如何，又有谁能知道？老马嫌吵，就自己坐上轮椅，让马刚推着他出去转转。

上了几层电梯，他又来到了空中花园。清晨的风还很寒冷，马刚忙给老马戴上了毛线帽，又把他的衣领掖了掖。满眼还是植物的绿色，但在这个季节却凋零稀疏，不再郁郁葱葱。外面不时响起几声鞭炮，过不了几天就是春节了。中国的传统讲的是农历，真正的新年不是日期的更迭，而是春天的来临。老马闭目沉思，自己竟然已经过了六个月的期限。马刚推着老马慢慢地走着，看着东方慢慢升起的阳光，一点一点地在眼前扩散。其实我们看到的黑暗，总是暂时的，阳光不会消失，只是没有照到脸上。

走到中间空地的时候，老马看到了摆在长椅旁的几幅照片。照片被做成了展板，上面是高高的天际和白云，是阳光下碧绿的草原和湛蓝的湖水，是布达拉宫高高的台阶和雄伟的身姿，是黄金般的雕塑和绚丽的经幡。一种对美好的震惊油然而生，老马看着那些照片记录的景色，满眼都是生命的胜景。他往照片下面看，看到一行细细的字：作者——肿瘤医院患者，姜鸿、艾嘉。

六十六　生死之门

时间一分一秒地过去。

十点五分，老马接到林楠打来的电话，一切都查实了。

老马没再犹豫，拨通了局长王志宇的电话，作为警察，他别无选择。这个案件事关重大，犯罪嫌疑人有社会影响，有特殊身份，他不会草率行事。他也不会再让自己感性，纠结于病友之间的感情之中。他知道自己的这条命，是张文昊给的，但他也想让张文昊得到，真正意义上的救赎与解脱。

十点二十分，门外传来一个病人家属的哭声。病房内的两个病友好奇地走出去，回来都面如土灰。

十点三十分，王局打来电话，让老马不要着急，鉴于犯罪嫌疑人还拥有政协委员等特殊身份，他们需要先向上级领导请示，才能开具刑事拘留手续。

十点四十五分，门外传来一阵匆忙的脚步声。老马正在打点滴，他刚想坐起，手一碰，床头柜上的玻璃杯掉在地上摔得粉碎。他看着这一地的碎片，心里突然一空。

VIP病房在忙乱，医护人员进进出出，不一会儿就有人被推进了手术室。老马头皮发麻，知道有事发生。

"护士，护士。发生什么事了？怎么了？"老马问门外的一个护士。

护士匆匆忙忙地说："VIP正在抢救，可能快不行了。"

老马知道，VIP指的就是张文昊。

老马心里一揪。默默地重复，VIP，快不行了……

他慌忙让马刚推他到手术室门前，医生果断地将门关闭，门上的红灯亮起。几个护士进进出出，老马急切地问她们情况，护士却缄口不语。

不一会儿，人群聚拢。先是张文昊的女儿夏尔和司机小郭匆匆赶来。不一会儿，秦院长又带来了几个西装革履的人。再后来接踵而来了许多穿着各异、年龄不同的陌生人，里面不乏商界人士和社会名流，也夹杂着一些穿着普通甚至寒酸的平头百姓。人越聚越多，几个扛摄像机的记者不顾护士阻拦，簇拥在手术室门前拍摄。老马坐着轮椅在人群中，找不到自己的位置，他在这里干什么？是与其他人一样在关注张文昊的生死安危？还是在作为一个警察，在看守他的犯罪嫌疑人？他难抑心中起伏的波澜，觉得心情像坐过山车一样翻滚，眼眶不知何时湿润了，他知道，自己对张文昊心存感激。

这时，老马身后响起了齐整的脚步声。他循声望去，在王志宇局长的带领下，江副总队长、林楠和五六个穿着齐整警服的民警赶到了现场。他们走到老马的身边，停住了脚步。

"师傅，给您带来了。"林楠递过来一副手铐。按老马的要求，他将亲自为张文昊戴上手铐。

老马用右手接过手铐，感到手心一阵彻骨的寒冷。他将头转了回来，用左手紧攥住轮椅的扶手，痴痴地盯着手术室上的红灯。他明白，一旦红灯熄灭，就只有两种可能，生或死。而一旦张文昊出来，他暂时的生，便是他名誉的死。他将面临形式上的刑事拘留，虽不会收监但身份将会转变为犯罪嫌疑人。从富豪慈善家到犯罪嫌疑人，这个天大的落差将给他的一生定性。可想而知，在众多媒体的曝光下，他将名誉扫地、身败名裂，他最珍视的东西将被彻底打碎，那慈善家的自我救赎也将被视为最肮脏的谎言，遭人唾骂。如此想下去，老马倒觉得，也许死亡才是张文昊最好的归宿。这一里一外，张文昊再也无法逃脱了，他苦苦经营半生的慈善，终究抵不了他曾经的一次罪孽。在他面前，没有任何一个是好的结果，这也许就是上天的惩罚。

但老马仍然希望他能活下来，希望能再次看到这个老对手、老伙伴桀骜不驯的笑，看到他顽固不化的坚硬和冷漠。不要死，要活下来，无论如何要活下来！老马来不及考虑他这么想的出发点，但他坚信自己此时不再是为了破那个案子，完成那个所谓的最后心愿。他只是希望张文昊能活下来，再次呼吸到这个美好世界的空气。听到风声、看到落叶、闻到花香、感到冷暖，生命的每分每秒都是如此可贵。我们要努力活着，战斗，战斗，再战斗！不去逃避曾经的失误和过错，而是要勇敢地去面对，勇敢地去承担。

林楠刚要和老马说些什么，老马摆手，说："一切我都知道了，那些事情不必多说。"他知道，一切都彻底查清了。

这时，手术室门前的红灯熄灭了。所有人都屏住了呼吸，时间像静止了一样，没有人去破坏这种庄严肃穆的寂静。手术室的门没有打开，里面没有一丝声音。夏尔和小郭最先冲了上去。

"爸爸，爸爸……"夏尔终于喊出了那个称谓。

随后是记者们的拼命拥挤。人群涌动，老马感觉眼前漆黑一片。

林楠和其他警察拨开人群，闪开一条道路。马刚推动了轮椅，慢慢地向手术室的方向驶去。老马左手紧攥着轮椅的扶手，右手则握着那副冰冷的手铐。天真冷啊，他感觉自己苍老的手，已经温暖不了手中的钢铁了。他急切地想知道张文昊的手术结果，急切地盼望再看到张文昊的那张冷脸。

"老伙计，你别跟我这儿装，我知道你死不了，你可别给自己丢脸！"老马压抑不住内心的情感，这些天积攒在心里的彷徨、犹豫、无助、绝望，如开闸的洪水，一股脑儿地化作奔流的眼泪。"在我们面前，就只有一条路，谁也逃脱不了。你别想跑，要是爷们儿就给我全须全尾地出来。"他默默地说。

手术室的门缓缓打开，老马望着那逐渐扩大的门缝中的黑暗，恍惚中进入了一个似曾相识的场景。天色灰白，城市的上空被一层厚厚的阴霾所笼罩，夕阳透过灰色的云层投射出一种惨白的光芒，让天色介乎于白天和夜晚之间。熙熙攘攘的人群在拥挤的街头左突右撞，蚁群般地寻找着食物。路灯还未点亮，举头看鳞次栉比的摩天大楼，会感到一阵眩晕。

阳光透过云层和窗户直射在老马脸上，一种不切实际的温暖突然袭来。老马回过神来，却分不清哪个场景才真实可信。

六十七　涅槃重生

所有人都屏住了呼吸，时间像静止了一样，没人敢去破坏这种庄严的寂静。

在拥挤的人群前，医护人员缓缓推出了一辆担架车，上面蒙着白布。一切自欺欺人的奢望都在瞬间土崩瓦解，一个坠落的花瓶终将破碎。

那里静静躺着张文昊的肉身，他的灵魂已经走远。

夏尔痛哭起来，小郭拉着她也泪流满面。记者们想要拍照，却被几个人阻拦在外。现场混乱起来。

"老张！老张……"老马再也压抑不住内心的情感，失声痛哭。这些天积攒在心里的那些彷徨、犹豫、无助、绝望，如开闸的洪水，一股脑儿地化作奔流的泪水。

这时，走过来一位 VIP 房的特护护士，把一封信交给了老马。

老马接过来看，上面的字迹很工整，写道：

老马：

当你看到这封信的时候，对不起，我想我已经走了。我不知道你此时会有怎样的心情，就像你不知道我写这封信的心情一样。但我想，大概都不会好。

你是我在生命的弥留之际认识的一个特殊的人，没想到竟然是对立了二十年的人。我知道，你人生的最后期望就是将我绳之以法。我也觉得，你早晚一天会查到我，因为这是你人生中的最后一个任务，没有什么能比这个更让你认真，更让你执着了。但是我告诉你，你也许太专注于探求了，将力量都用在了某些不重要的细节上，却忽略了许多重要的环节，比如我如何获得的第一桶金。你不算是一个好警察，起码我觉得不是。但是我想，如果我能败在你的手上，也许是该庆幸的。因为我拿你当朋友，我最后的一个朋友。

但是当你看到这封信的时候，我想，你还是输了，起码你没有亲手将我抓住，让我付出应有的代价。但你还是虽败犹荣，我想告诉你，这代价我却早就已经付出了，从张鹰死后的每一分每一秒，我都不堪重负，都在用生命赎罪。我的一生早已没了什么可歌可泣的信仰，一切的生活就像癌症的蔓延一样，令我慌不择路。这是命运对我的惩罚，我逃脱不掉。反而是在我身患绝症之后，特别是在遇到你之后，才觉得有了希望、有了斗志，甚至有了生机。和你斗，让我感到了久违的年轻，这很奇怪吧，真是奇怪。

是的，正如你所说。真正的宽恕，并不是别人给予的，而是自己给自己的，只有对得起自己的良心，才能解开自己的心结。我不该带着良心债走。二十年前的那场浩劫，不但使许多无辜的人家破人亡、妻离子散，也让我失去了好兄弟珍贵的生命，背上不堪重负的孽债。我是个懦夫，选择了逃避和隐藏，一直努力让自己去遗忘。我可以从法律上做得天衣无缝，让你们找不到漏洞，寻不到证据。但从良心上，我却一日都没有宁静，根本无法逃避。人啊，越是想藏在黑暗中就越害怕被曝光于天下。身体离罪恶越来越远，而心却永远逃不出那个牢笼。我逃啊、跑啊，一辈子了，还是于事无补、无济于事、无法挽回。

幸亏遇到了你，一个再普通不过的老警察。我才发现自己不是赎罪无门，我还有选择的机会。你说过，我们还有赎罪的机会，我想我听懂了，也想通了。我不是故意输给你，是你帮我战胜了自己，是你成就了我对自己的救赎。我要感谢你，我的老伙计，我怎能想到，竟是你这样一个难缠的对手陪我走完了人生的最后一程。这段时间，你和病友们让我知道了什么是最快乐的笑和最痛苦的疼，知道了什么是挥散不去的悲伤和最有力量的希望，让我找到了生命的真谛。

我终于可以安静地坐下来，与几个人踏踏实实地聊天，我很庆幸能找到这种感觉，很庆幸。

同时，我也希望能帮你完成你的救赎。不要再愧疚了，也不要自责。张鹰的死，责任或许在我、在你，但最重要的还是在他自己。不错，是我利用了他，将他引入歧途，是你抓住了他，让他陷入困局。但如果没有他自己内心欲望的膨胀，没有他接连不断地继续作案，就不会有罪大恶极的死亡和坠落。是贪婪吞噬了他，让他万劫不复。有段时间我一直在想啊，死亡，到底算不算是一种救赎。现在我懂了，它只是一种逃避，真正的救赎，只有依靠自己。

最后，原谅我的不辞而别，也原谅我不情愿的逃避。也许你还会为我戴上手铐，但已经无所谓了，我的心结解开了，我不再害怕自己名誉扫地、一无所有。我余下的款项已经通过律师做了分割，除去部分留给我的亲人外，其余的股份和款项都要变现，转入抗癌基金会的账户。老伙计，从今天开始，你所有的治疗费也都由我出，不必推辞，如果实在不要的话，可以扔在地上，但依然会有人捡起来还给你，这点儿不要再去逞强。

代我去告诉我的女儿，我很爱她。我不求她原谅我年轻时所做的一切，但请她接受我的道歉。很欣慰她能找到属于自己的幸福，要好好珍惜、好好经营，好好地呵护，千万别弄丢了。我此生最爱的两个女人，真的是她和她的母亲，丢了她们的爱，我悔恨终生。

走了，永别。勿念。

赎罪之人张文昊

老马泪流满面，却强忍着不发出声音。马刚扶住父亲的肩，不知如何安慰。

"老伙计，一路走好吧，你丫没给自己丢脸……"老马抬起了头。他将手铐拿在胸前，久久地凝视，之后缓缓地将张开的手铐重新咬合。"张文昊，你错了，是我赢了……"老马默默地说。

这时几个媒体的记者围了过来，他们认出了王志宇局长。

"王局长您好，请问公安民警今天为什么会出现在现场？有没有什么情况可以向我们透露？"一个记者发问。

老马浑身一冷，转头紧盯着王局。此时王局的一句话，很可能会决定张文昊生命中最珍贵东西的去留。

而王局却一字一句地说："张文昊作为社会的慈善家，是我们局的老伙伴、老朋友，曾多次支持过我们的工作。今天我们是代表我们全局的民警，来探望他的。"

"马伯伯，谢谢你这段时间对我父亲的照顾。"夏尔走到老马面前，动情地说。他身边站着一个老外，带着两个大眼睛的孩子。

"姑娘，你爸爸，是个好人。"老马肯定地说。

夏尔点头，泪水滴落在空中。

"老伙计，你这辈子没有遗憾了，你的女儿原谅你了。你，赎罪了……"老马对着窗外那湛蓝的天空和白云说。

不知怎的，他仿佛从天边的那朵云彩上看到了一只鸟，那只鸟展翅飞翔，久久不肯离去。

尾　声

　　整个城市的人都在为张文昊送葬，在他遗体告别的那一天，各大媒体纷纷报道：《知名慈善家张文昊践行承诺，捐出了遗体器官》《知名慈善家张文昊去世，万人相送》《张文昊一生慈善，捐款共计九千余万》……

　　许多受过他恩惠的人都来送行，告别仪式会场门前水泄不通。张文昊的慈善基金会也在那一天正式成立，夏尔没要父亲留给她的那笔钱，全部捐给了基金会。许多企业家受到感动，纷纷解囊，慈善基金越滚越大，之后逐渐成为了本市甚至全国支持肿瘤康复事业的重要捐款来源。作为慈善基金会的负责人，郭强以张文昊的名字命名基金会，张文昊的善举必将被载入史册。

　　身着便服的老马坐在轮椅上，头发斑白，身后是以林楠为首的几排警容严整的警察。他们在张文昊的告别仪式上，庄严地敬礼。

生命的意义，在于对未来的追求，而不是用生命去换取生存。我们必须奔跑，为了每一个向往的地方和梦想，去追逐，去努力，战斗，战斗，再战斗。对死亡的恐惧，不是源于那重重黑暗的深不见底，而是源于我们对生活中美好的留恋。不要等到即将失去的一天再追悔莫及。相信我，没有什么比亲人的笑容更温暖，没有什么比爱人的亲吻更甜蜜，没有什么比朋友的手臂更有力，没有什么比真情实感更值得珍惜。怀一颗童心，去应对纷繁复杂的世界，过纯粹的一生，才是生命的真谛。

一生的奔走，不是为了最终能到哪里。生命的意义，就在于这过程。

我挚爱的人，一路走好。你离别的那一天，我会终生铭记。

我们都在静静的旅途

盼望着窗外下一处风景

就算是遗憾多过快乐无人相助

就用这一切为明天祝福

我们都在静静的旅途

把快乐伤悲一一悉数

就算你离开我的座位义无反顾

我知道这旅程不会因你结束

就闻闻一路上的野花香味，绽放的幸福

春天相聚秋天别离也不要哭

就让我走一段旅途，将快乐刻骨
开头结尾可疏忽，过程满足
就让我走一段旅途，将伤痛记录
一路走过的风景将是一生财富

图书在版编目（CIP）数据

原罪 / 吕铮著. -- 北京：北京联合出版公司，
2017.12（2018.8重印）
　　ISBN 978-7-5596-1052-2

　　Ⅰ. ①原… Ⅱ. ①吕… Ⅲ. ①长篇小说－中国－当代
Ⅳ. ①I247.5

中国版本图书馆CIP数据核字(2017)第248429号

原罪

作　　者：吕　铮
出版统筹：新华先锋
责任编辑：宋延涛
特约监制：林　丽
策划编辑：孙小波　王战省
封面设计：王　鑫
版式设计：徐　倩
营销统筹：章艳芬

北京联合出版公司出版
（北京市西城区德外大街83号楼9层　100088）
北京市松源印刷有限公司印刷　新华书店经销
字数154千字　620毫米×889毫米　1/16　19印张
2017年12月第1版　2018年8月第2次印刷
ISBN 978-7-5596-1052-2
定价：49.00元